冲淡平和中的苦涩与优雅

CHONGDAN PINGHE ZHONG DE KUSE YU YOUYA

周作人散文传播接受研究

王勤滨 著

沈阳出版发行集团
沈阳出版社

图书在版编目(CIP)数据

冲淡平和中的苦涩与优雅 / 王勤滨著. -- 沈阳：沈阳出版社，2022.1
ISBN 978-7-5716-2073-8

Ⅰ.①冲… Ⅱ.①王… Ⅲ.①散文集-中国-当代 Ⅳ.①I267

中国版本图书馆 CIP 数据核字(2021)第 208955 号

出版发行:沈阳出版发行集团丨沈阳出版社
（地址:沈阳市沈河区南翰林路 10 号 邮编:110011）

网　　　址:http://www.sycbs.com
印　　　刷:长沙市精宏印务有限公司
幅面尺寸:170mm×240mm
印　　　张:15 印张
字　　　数:220 千字
出版时间:2022 年 1 月第 1 版
印刷时间:2022 年 1 月第 1 次印刷
责任编辑:张晓薇
装帧设计:潇湘悦读
版式设计:曾小平
责任校对:张　晶
责任监印:杨　旭

书　　　号:ISBN 978-7-5716-2073-8
定　　　价:78.00 元

联系电话:024-24112447
E-mail:sy24112447@163.com

本书若有印装质量问题,影响阅读,请与出版社联系调换。

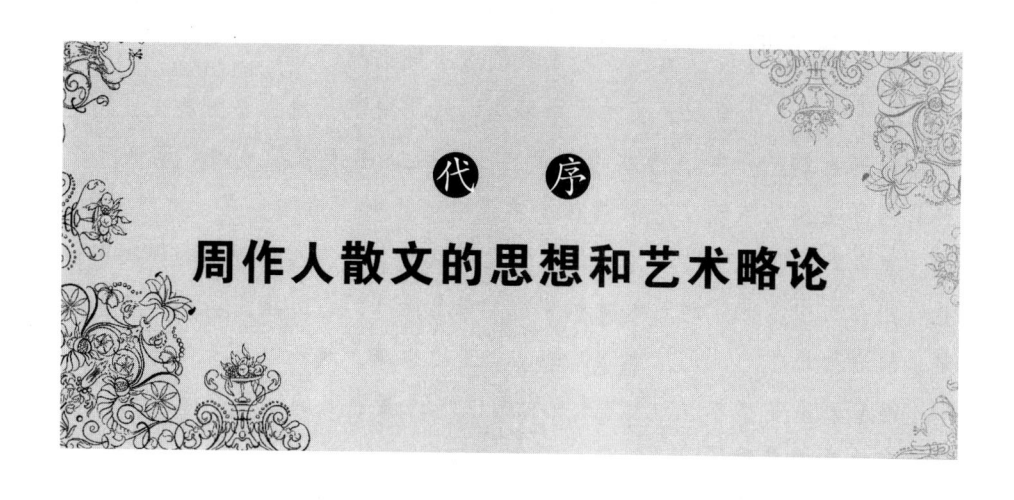

代 序
周作人散文的思想和艺术略论

在现今的中国，人们是很难完全理解周作人的。那些盲目地肯定的言论和草率地批判的文章便是有力的证明。如果我们对研究对象不能进行较为科学的分析评价，实际上真正受到损害的并不完全是被曲解被否定的对象本身。《阿房宫赋》云："秦人不暇自哀而后人哀之，后人哀之而不鉴之，亦使后人而复哀后人也。"

周作人是一个个人主义[①]的人间本位主义者。其实质是以人道主义为基础，提倡人的个性的全面发展。他的个人主义思想主要规定了作为主体的人和作为社会的人应取的态度。然而，在中国强大的封建传统势力面前，他的自由主义思想遭到了意外的冷遇。于是，他开始由立转向破，批判封建礼教、性道德、自大、排外、崇古。他在破中立，又从立中破，在破立结合中寻找中国传统文化与现代文明的交汇点，以促进传统文化的现代化。

人，是一个不可穷尽的发展中的存在。

周作人对人的探索的成绩应当肯定。但是由于他个人主义极度膨胀，

[①] 对周作人来说，实行人道主义必须提倡个人主义，而本文又把周作人的人生观称作自由主义思想。因此，本文中在不同语境中使用人道主义、个人主义、自由主义，其意义均指周作人的人生观。

以致在抗日战争中变节附逆，则是我们应当批判的。

周作人的人生哲学、艺术思维形式、气质决定了他主要用散文言志抒情。深入骨髓的平等、博爱思想形成了他散文中亲切平易的"闲话风"。自我表现是他的人道主义思想在文学观中的折射。情理愈真，文辞愈曲。他注重幽默、趣味的尝试。作为一个无神论者，周作人在疲惫的现实中挣扎，小品文中那空灵的艺术境界成了他喘息休养的一方净土。不可否认的是，随着他思想的消沉，周作人的艺术道路也越走越窄。

著名画家安格尔说过："只有构思中渗透着别人的成果，才能创造出某些有价值的东西。"[①]

作为一位思想启蒙者和散文大师，周作人吐纳中外，别立新宗。用任何曾经影响过周作人的思想来概括周作人的思想都是片面的。同样，用任何曾经影响过周作人的艺术来概括周作人的艺术也是片面的。我们只能称之为周作人思想，周作人的散文艺术。

一

"五四"运动前夕，周作人发表《人的文学》，提出了自己的人生观和文学观。他的人生理想是人道主义下的个人主义的人间本位主义。周作人个人主义的中心是在自由的环境中，追求人的个性的全面发展。很明显，这些都是西方18世纪启蒙运动时期的思想，可归之于西化派。在本文里，我们把他的人生理想称为自由主义。

实际上，周作人自由主义的形成有一个发展变化的过程。早年他具有尊王攘夷的正统思想。义和团时，他虽然把人民群众视为抗击外来侵略的主要依靠力量，但仍称之曰"拳匪"。和一般的读书人一样，他参加科举考试。后来读了《新民丛报》《民报》《革命军》等书刊，一变而为排满，坚持民族主义计有十年之久。"五四"时期，周作人又曾梦想着世界主义，提倡日本的新村理想，特别赞赏新村提出的自立与互助两种品德。值得注意

[①]〔法〕安格尔著．朱伯雄译．安格尔论艺术．辽宁人民出版社，1974.

的是，周作人在日本留学期间提倡民族主义的同时，就非常注重人的精神方面的影响，这显然是看到西方物质文明带来的弊端有感而发。这期间，周作人对安特路朗的文化人类学颇感兴趣，他并非为学习而学习，大抵只是为"人"。如果说对被压迫民族文学的接触使周作人冲破了中国传统文化中的家族本位主义，那么，文化人类学的思想更使他冲破了"国家民族"的狭窄范围，进入对人自身的思考。这不仅是对以把人不当人为主要特征的中国专制主义传统文化的最根本的否定，而且融入了20世纪世界性的人的觉醒和解放的潮流。

周作人的思想内容有如下几点：

（一）追求人的个性的全面发展。人的个性的全面发展是周作人个人主义的中心。他认为要实现人的个性的全面发展，具体到每个人必须具备以下条件：

1. 要有健康的体魄和心理。这是一个人的个性全面发展的必要前提。周作人感到中国人许多缺点的原因都是病。如懒惰、浮嚣、狡猾、虚伪、投机、喜刺激麻醉、不负责任等都是人们虚弱之故。神经衰弱，没有力气，为善为恶均力不从心。

2. 要具备一定的基础知识。这种基础知识是以人自身为中心的知识体系。具体来说就是要有生理学、心理学、医学史的基本知识，从身心两方面了解人的个体；要有生物学、社会学、历史的基本知识，以求多侧面展示人的本质；要有天文、地理的基本知识，以熟悉人类生活的自然环境；要有数学、物理、化学的基本知识，使人类了解自身物质文明达到的程度；还要有艺术的基本知识，如艺术史、艺术概论、文学等，目的在于将艺术的意义应用于实际生活中，使人们生活艺术化，艺术生活化。以上基本知识是人的个性全面发展的基础。

3. 要有一定的人格操守和品德修养。每个人要有自立、自力、自尊、自爱、自信的精神，要勤劳，要勇于创造自己的人生价值，用自己的身心劳作换取幸福的生活。

（二）要有一个自由宽松的环境。这种自由环境包括对自己对他人的态度以及人们之间应普遍遵守的道德两方面。对自己是指每个人都有发展个性的自由，即人们有选择人生道路的自由，有选择职业、生活方式的自由。对他人来说，要尊重他人对各自人生道路、职业、生活方式的选择，也就是说，要有宽容的态度。

作为西方自由主义的一条思想原则，宽容原是从宗教宽容引申出来的思想解放、精神自由的确定不移的信念。在具体思想里，周作人的宽容也涉及宗教宽容，如信仰自由。但更多的是强调文艺的宽容、对个性的宽容。他说："以自己表现为主体，文艺必然是个性的。不应该也不能用某种教义来强行统一"，"文艺的生命是自由不是平等，是分离不是合并，所以宽容是文艺发达的必要条件"。①这里，周作人把宽容作为个性解放的一具利器，因而显示出来的是一种昂扬的战斗姿态，而非软弱地乞求权威高抬贵手或网开一面。同时，他又认为，宽容绝不是忍受。不滥用权威去阻遏他人的自由发展是宽容，听凭权威阻遏自己的自由发展而不反抗是忍受。正确的态度应该是，当自己求自由发展时，对于迫压的势力不应取忍受的态度；当自己变为已成势力，对于他人的自由发展不可不取宽容的态度。换句话说，周作人宽容的原则是要求人们宽容一切，唯独对于不宽容不能宽容。

人是社会的人，每个人应明白小处是我，大处有人类。为了保证每个人全面发展的机会均等，并使整个社会正常运转，就必须在人们之间建立某种规范亦即道德。周作人深切感到中国传统封建道德的一个显著特点是不具普遍性。没有普遍性表现在两方面，其一是不平等"刑不上大夫，礼不下庶人"就是一个典型的说明。封建道德中虽有君恕臣忠、父慈子孝等说法，但实际上往往偏执一方。而加在妇女身上的贞操、节烈等枷锁更是残酷虐待妇女的不平等道德。这些都是与把人不当人的封建制度相适应的。讲究人道主义的周作人认为："我们不必讲偏重一面的畸形道德，只应讲说人间交互的实行道德。因为真的道德一定普遍，决不偏枯。天下绝无只有在甲应守，在乙不必守的奇怪道德"。②中国的封建道德不具普遍性的另一表现是不切实际。西方民主法制所要求的是最低限度的伦理道

---

① 周作人.文艺上的宽容·自己的园地.北京晨报社，1923.9.
② 周作人.平民文学·艺术与生活.北京十月文艺出版社，2011.1.

德，譬如人人必须遵守法规和公共道德，这就有别于中国儒家所标榜的最高限度的伦理道德。即要求人们日日向上，终至成德成圣。就内圣之道而言，当然可以提倡最高限度的伦理道德，然而讲外王之道的民主自由则不能老唱道德的理想主义高调，而是应该根据人性和社会现实较合理地要求最低限度的伦理道德。我们如果懂得99%的人永不会去做圣人，就不难明白，儒家想从内圣之道（个人道德）推出外王之道（社会道德）是根本行不通的。基于此，周作人认为，文明社会道德的管束应该很宽，应该有助于个人主义的发育成长。

（三）重实证尚事功。作为人类的一员，一个人要立足社会，用自己劳动创造的价值服务社会并得到社会的酬报。那么，如何估价一个人的价值呢？周作人认为应该用实证的方法论其事功。他实证的标准是看其是否合乎人道，是否有利于人性的发展。具体说来，就是在人道主义的范围内看其是否折辱尊严、是否有损健康。像缠足、蓄妾、鸦片、科举等等这些只能使坏人更加虚伪、使好人徒受无益之苦的劣迹，周作人一生都是深恶痛绝的。他认为不能抽象地无原则地肯定"气节"，反对用传统的道德标准臧否人物，要看事功，即实际的行为与效果。在《关于英雄崇拜》一文里，他对30年代中后期风行一时的史可法、文天祥气节崇拜现象提出异议。"我们对于他们应当表示钦敬。但是，这个我们不必去学他，也不能算是我们的模范"。周作人认为我们要有气节，须得平时使用才好，若是以亡国为期，那未免牺牲太大了，而且这种死于国家社会毫无益处。他甚至说："光有气节而无事功有时足以误国殃民。"[1]

（四）科学理性精神。科学理性精神是周作人人生观和全部思想体系的支柱。所谓科学是指反映事物客观规律性的知识体系。理性是指一个人由科学的知识体系与一定的人生观调剂而成的控制言行的能力。周作人看到科学思想的养成对除旧布新的重要意义。从小的方面看，他认为人们无论做任何事情，科学思想都是不可少的。在他看来，凡是两性间的旧道德禁戒几乎十有八九求出迷信的原义来。要破除这种迷信与礼教，非求助于

---

[1] 周作人.关于英雄崇拜·苦茶随笔.北京十月文艺出版社，2011.5.

科学知识不可。法律可以消除它们表面的形迹，只有科学之光才能灭尽它内中的根株。周作人认为直视事实的勇气也是现代中国人所缺乏的，非从科学中去训练不可。他举例说，当时讲"主义与问题"的人都不免太浪漫了一点儿。他们做着粉红色的梦，硬不肯承认社会上有黑暗，"譬如，谈革命文学的朋友最怕的便是人生的黑暗。有还是让它有着，只是没有勇气面对现实，没有勇气去说，他们尽嚷着光明到来了，农民都觉悟了，明天便是世界大革命，至于农民实际是怎样的蒙昧、卑劣、自私，那是决不准说，说了便是有产阶级的诅咒。"①在周作人的心目中，科学的态度就是实事求是的态度，就是平实地说实话求真理的作风。一不为古人所欺，二不为权势所屈。使真理事实虽出于仇敌亦不可废，使理谬事诬虽出自君父也不可行。从大的方面看，周作人认为封建社会之所以会产生、存在、发展，固然某种程序上顺应了历史发展的要求，但主要是由于人们愚昧、不开化，人们须知道小处有我、大处有人类，要实行自立互助的人道主义。

（五）中庸思想。中庸思想是中国传统文化中很重要的一个方面。周作人在文章中多次申明自己是中庸主义者。他发现："古希腊人也尊崇中庸之德，其相反之恶则曰过。中时常存，过则将革。无论神或人向受此律的管束。"②他注意到日本俳偕大师松尾芭蕉、兼好都是汇合儒释或再加一点佛老。"他们思想通达，因通达故似多矛盾，难于彻底，易于中庸，恰是常人所能效法处。"③一段时期内曾有人认为所谓中庸就是不偏不倚，就是把矛盾对立的双方二一添作五。其实不然，周作人思想中各对立范畴间是一种动态平衡，如欢乐与节制、自我扩张与自我约束、绅士与流氓、入世与出世。中古社会的封建卫道者多强调矛盾双方的对立，周作人不仅看到矛盾双方对立的一面，而且注意到矛盾双方既对立又统一的一面。也就是说他的中庸观具有辩证因素④。周作人是性善论者，认为人们的一切

---

① 周作人.妇女问题与东方文明等·永日集.北京十月文艺出版社，2011.3.
② 周作人.朴丽子·秉烛谈.北京十月文艺出版社，2012.2.
③ 周作人.关于酒诫·秉烛谈.北京十月文艺出版社，2012.2.
④ 实际上，老庄思想中就有辩证因素。

欲望在客观条件具备和道德许可的范围内应尽量得到满足。他提倡人的生活的丰富多彩，希望人们于日用必需的东西以外，还必须有一点"无用"的游戏与享乐，生活才更有意思："我们看夕阳、看秋河、看花、听雨、闻香、喝不求解渴的酒、吃不求饱的点心，都是生活上必要的"。① 他还认为，人有禁欲的倾向，即所谓防欢乐的过度，并即以增欢乐的程度。"生活的艺术就在于微妙地混合取与舍二者而已"。② 周作人说自己心中有两个鬼，绅士鬼和流氓鬼。当他在创造、实现自己的人生价值时，表现出来的是绅士风度；当人道以外的力量侵入他的势力范围时，他心中的"流氓"就奉命"武装"出击。周作人的中庸观不仅运用在思想上，也运用在艺术创作中，如他艺术追求中的幽默、趣味就很讲究中庸。周作人的中庸观在很大程度上是一种方法论。其作用是使人们在各种矛盾的对立统一中，进行自我调节、自我平衡、自我保护，为人的个性发展创造一个和谐的环境。不过，我们也可以看到周作人思想中对立的范畴双方虽含有辩证因素，但却是有所偏重的。如欢乐与节制、绅士与流氓、入世与出世中，偏重于欢乐、绅士、入世也是很明显的。

周作人的思想包含的内容虽然庞杂，却是一个有机的统一体，那就是人间本位的个人主义。

中国自由主义运动的发生发展走着一条与西方自由主义迥然不同的行程。中国近代自由主义是先从对西方自由主义学说的移植开始，然后过渡到自由主义的实际运动，是观念的现实化的过程。与西方国家（特别是英国）先有实际的自由主义运动，然后再从实际运动中归纳抽取出自由主义的观念和理论不同。周作人经过十多年的寻求、探索，终于找到了西方的人道主义，并把它作为自己的人生理想，希望自己的这种理想能够在现代中国结出正果。然而，他追求的这种理想属于一种积极自由（正面理想），一定程度上具有乌托邦的性质。后来，他自己也把它称作罗曼蒂克。认为那是一种"少年意气"。实际上，周作人的那种自

---

① 周作人.北京的茶食·雨天的书.北新书局，1931.
② 周作人.生活的艺术·雨天的书.北新书局，1931.

由主义的正面理想不可能在当时中国的现实生活中实现。因为积极自由的实现要以消极自由（外部自由）的实现为前提条件。在消极自由都无法保证的情况下，积极自由在现实生活中根本无从谈起。它充其量只能成为一种内心的自由。从这个意义上说，西方近代自由主义提倡的主要是消极自由。尽管这种自由基本上是消极防守的性质，不如积极自由那么理想和貌似辉煌，它却是达到积极自由的第一步。然而在中世纪思想占统治地位的国家要达到和实现外部自由也是很不容易的。可以说，整个西方近代政治思想史就是一部争取外部自由的发展史。伟大的辛亥革命结束了中国两千多年的封建政治统治，但封建思想仍在当时的大部分中国人心中占主导地位，根除它的影响非一朝一夕之功。难怪"五四"时期周作人到处鼓吹宣传日本新村理想时，当时充当他后盾的大哥鲁迅却毫不隐讳地表示了自己的冷淡："周作人宣传新村运动的文章不是什么大文章，不必各处登载"。[①] 示出鲁迅对中国现实的清醒认识。于是不久，周作人就感到"教训之无用"。在《不讨好的思想革命》一文中，周作人以沉痛的心情谈到中国思想启蒙者的遭遇："他们是孤独的人，他们在荒野上叫喊，不是白叫，便是惊动了熟睡的人们，吃一阵臭打。中国现在政治不统一，而思想道德却是统一的，你想去动他一动，便要被那老老小小、男男女女、南南北北的人齐起作对，变成名教罪人"。面对有两千多年封建历史的中国，面对当局的武力压制和民众的愚昧、麻木，周作人感到要在中国实现自己的人生理想，路途是多么艰难遥远！因此20年代中期周作人的注意力就由对自己正面理想的建设转到对愚劣国民性的批判上。他1924年底起草的《语丝》发刊词中的一段话是颇能反映他当时的心态的："我们并没有什么主义要宣传，对于政治经济问题也没有什么兴趣。我们所想做的只是冲破一点中国的生活和思想界里浑浊停滞的空气。我们个人的思想尽自不同，但对于一切专断与卑劣之反抗则没有差异"。

世界各国的封建制度都是以严格的等级制度为特征的。封建的等级观

[①] 鲁迅.致钱玄同书.1919-8-13.

念构成了封建社会思想形态的总基础和总纽带。如果说皇帝是这个等级的最高层的话，那广大劳动妇女就是这个等级的最底层。而造成妇女这种低下的社会地位的主要原因是由于那最基本最自然的"性"。所以，周作人批判传统腐朽文化所选择的突破口是他那得心应手的"性心理的研究"。用周作人自己的话来说，"反抗专制的性道德是我所想做的"。①"我所顶看不入眼而顶想批评的，是那些假道学、伪君子"。② 他希望通过对中国人性心理的解剖会最终导致整个封建伦理体系的崩溃。于是他引人注目地发表了《女裤心理之研究》。报载某教育联合会郑重通过了一项关于女学生制服"袖必齐腕，裙必及胫"的议决案。周作人一眼看穿，一语中的：" 教育会诸公取缔豁敞脱露。正是畏惧肘膝的蛊惑力，怕窥见人家而心荡神摇"。人们的重礼教，最大的原因是性意识过强而克制力过弱，极端的禁欲主义掩盖着的正是变态的放纵欲求。周作人在《语丝》上连续发表《狗抓地毯》《抱犊谷通信》等文章，向人们揭示原始性禁忌与原始性崇拜的秘密："野蛮人觉得植物生育的手续与人类相同，所以相信了性行为的仪式可以促进稻麦果实的繁衍。德国某地秋收的时候，割稻的男女要同在地上打几个滚，即其一例"。"他们非意识的相信两性关系有左右天行的神力，非常习的恋爱必将引起社会的灾祸，殃及全群，所以才有那样猛烈的憎恨"。③ 这种原始性禁忌、性崇拜并未随着人类文明的进步而消失，反而由于统治阶级的推波助澜而愈演愈烈，而长期影响、支配着后来人们的婚姻制度以及性的观念、心理，形成了一种民族集体无意识。在此基础上，周作人形成了一个极为重要的思想：对性过失过于严厉的社会制裁以及对两性关系过多的社会关注，恰恰是社会不发展、还停留在原始阶段的表现。周作人知道，在现代中国，要实现建筑在个人责任感基础上的性关系的自主与宽容，是十分艰难的。但他仍寄希望于人们的理性。他认为，道德进步并不靠迷信之加多而在于理性之清明。我们希望中国性道德的整

---

① 周作人.不宽容问题.语丝，1925（42）.
② 周作人.我最.语丝，1925（47）.
③ 周作人.狗抓地毯·雨天的书.北新书局，1931.

饬，也就不需要训条的增加，而是需要知识的解放与趣味的修养。

为了实现人的个性的全面发展，周作人在思想上致力于自由气氛的开创。这除了批判封建礼教外还必须打破人们思想的封闭状态，批判保守观念。

周作人反对盲目排外。在他的散文中，我们看不到强烈鲜明的反帝意识。他认识到政治革命与思想革命往往不是同步进行的，有时它们在表现形式上还可能出现逆差现象。当时，中国与世界各国的政治经济联系主要是国家与国家间的联系，是经由政府通过各国政治集团实现的。中国作为被侵略被压迫的半殖民地国家，反抗帝国主义的政治压迫和经济剥削当然是政治革命的主要任务。但是也应该看到，当时中国人民的反帝政治斗争与先进人士向国外寻求救国救民真理的过程是同步进行的，是与加强中国人民与世界人民联系的历史需要共存并举的。在思想文化领域的国际联系中，占主导地位的不只是统治集团与统治集团之间的交往，还包括人民与人民、文化与文化之间的广泛接触。在这样的格局中，思想文化领域内的关键问题不是外国的"文化侵略"，而是如何大胆地、积极地吸收全人类所创造的一切精神财富，特别是西方文艺复兴以来在反封建斗争中所积累起来的民主主义思想成果。在这里，主要的危险不是对外开放，而是盲目排外。20年代中后期周作人一系列揭露帝国主义列强侵略中国罪行的文章，始终贯穿着清醒的理性。他认为一个民族的代表有两种，一种是政治军事方面的所谓英雄，一种是艺文学术方面的贤哲。我们只能分别观之，不能轻易地根据其一而抹杀其二。

封闭性与保守性是并生共存的。中国的农业自然经济的自给自足产生了一种根深蒂固的崇古复古意识，这与执着现世人生的周作人的个人主义是背道而驰的。周作人最厌听有人说"我国开化最早""我祖先文明怎样"。他认为开化早，古时有一点文明，原是好的，但不能老是那样崇拜。仿佛人的一生除了恭维祖先外别无他事可做。周作人运用进化论对祖先崇拜、复古尚古进行批判，希望人们由祖先崇拜改为自己崇拜、子孙崇拜。一句话，要把人们的思想纳入人道主义的轨道。

在如何处理西方自由主义与中国传统文化的关系这个问题上，"五四"时期的思想家多将它们看作是截然对立的关系,断言欲实行西方的民主自由就必须彻底抛弃传统文化。这表明他们当时对中国传统文化中丰富复杂的思想资源分析梳理不够。新崛起的东方文化派对东西方文化的见解由于强烈的复古倾向更加强了自由主义者的上述意识,使新文化运动初期曾显示出一定温和立场的胡适也日渐激进起来,直至发出"百事不如人"的感慨。甚至打出"全盘西化"的旗帜。30年代中期,周作人已到天命之年,严复以后几十年来西方自由主义在中国的命运使他明白:自由主义要想在中国扎根,必需创造性地解决西方自由主义与中国传统文化的关系问题,克服已有的片面性。周作人觉得自己当前所做的应该是尽量挖掘中国传统文化中可以与西方现代文明相衔接的因素以利于实现中国传统文化的"现代化"。于是周作人就用自由主义的价值观念对中国传统文化进行重估。

周作人多次说对他影响最大的中国古代思想家是汉末的王充。周作人最佩服王充的是他的"疾虚妄"。周作人自号"知堂",固然源于孔夫子"知之为知之,不知为不知。"的圣训,但其神韵却是王充的"疾虚妄","疾虚妄"就是重事实。这与周作人信奉的西方自由主义的重实证尚事功也是一致的。他说:"对于一切东西,凡是我所能懂的,无论何种主义理想信仰以至迷信,我想也大抵能领取其若干部分,但难以全部接受,因为总有一部分与我的私见相左"。[1] 这是一种典型的自由主义价值观。用这样的标准观照中国传统文化,首先要打破的就是儒家思想的正宗独尊地位,如实地把它看作是中国传统文化众多流派中的一家。周作人认为尽管自己的基本思想是儒家的,但绝不是儒教徒,而可以算是孔子的朋友。他觉得在《论语》里,孔子压根只是个哲人,不是全知全能的教主。虽然后世的儒教徒奉孔子为祖师,但在周作人眼里,孔子不是耶稣而是苏格拉底之流亚。周作人还认为《论语》20篇所说多是做人处世的道理,可供后世人取法,却不能定作天经地义的教条,更没有什么政治哲学的精义可以治国平天下。他说:"传统儒教徒把佛老并称曰二氏,排斥为异端,这是很可笑

---

[1] 周作人.《重刊袁中郎集》序·苦茶随笔.北京十月文艺出版社,2011.5.

的。""道儒法三家原只是一气化三清,是一个人可能有的三样态度,略有消极和积极之分,但绝不是绝对对立的门户。"① 在谈到明末散文时,周作人认为虽然已是三百年前,其思想精神却是新的:"这就是李卓吾的一点非圣无法气之留遗。说得简单一点,不承认权威,疾虚妄,重情理,这就是现代精神。现代新文学如无此精神也是不能生长的。"② 周作人经过对中国传统文化的整理,使人们看出,中国传统文化并不全是实现现代化的障碍,人们不用担心传统文化会在现代化的过程中面目全非或灰飞烟灭。相反,传统文化的一些因素倒可以在现代文明的平等气氛中发扬光大。

以上我们谈了周作人思想的内容及在中国的特殊国情下其思想表现的特点,这里需要说明的是周作人注重思想启蒙并不能说他是"思想救国论"或"思想决定论"者。他在《文艺复兴之梦》一文中指出,实现中华民族的振兴,并不只是文学家思想家的事情,而必须军事、政治、经济齐头并进,他的文章之所以主要谈思想、文学而较少涉猎政治、经济等领域。一方面固然是当局的政治高压所致,但主要是他本着自己一贯奉行的"知之为知之,不知为不知"的信条行事的结果。

周作人所推崇的人道主义理论体系对当时的中国来说,是具有超前性的。其理论价值在今天看得更真切。但由于他的个人主义的极度膨胀,以至在抗日战争中丧失国格人格,则是我们应当批判的。

二

近代中国积弱不振,屡遭列强欺凌。因此,周作人这一代知识分子大都是抱着救国救民的愿望从事文学活动的。在日本留学时期,鲁迅等人筹办《新生》杂志,周作人是参与者之一。这时他是"文学救国论"者。辛亥革命后的绍兴时期,周作人继续强调文学的社会功利作用,同时开始注意

---

① 周作人.谈儒家·秉烛谈.北京十月文艺出版社,2012.2.
② 周作人.关于近代散文·知堂乙酉文编.北京十月文艺出版社,2013.1.

文学的趣味性，这是人生观中对"人"的思考在文学观中的折射，即文学中个性因素的出现。"五四"后，周作人正式提出个性文学的主张并呼唤纯文艺性的"美文"的繁荣。此间，他仍是"文以载道"论者，只不过这个"道"是他的"人道主义的个人主义"之道。1923年、1924年间，周作人蔷薇色的梦在严酷的现实中破灭，他的文艺思想一变而成为"文学无用论"。这里的"文学无用"是指周作人感到文学对政治经济没什么影响，文学的功用只是修身养性、陶冶情操而已。1924年后，他的纯文艺性的"美文"（或称小品文）就与他那从事文化反思和传统批判的杂文分开了。当时政治上的高压环境使得持中庸之道的周作人在进行文化反思和传统批判时往往从谈文学入手。因此，周作人的文学思想与其世界观、人生观是密不可分的。一方面，从他的艺术选择具有相对独立性来看，他的艺术选择本身就是他思想的一部分。另一方面，周作人的艺术选择固然受他的世界观、人生观的指导、制约，不过显而易见的是，他的艺术选择又反过来充实、丰富了他的世界观、人生观。

废名在强调周作人与明代公安派笔调的不同时这样说："知堂先生没有那些文采，兴酣笔落的情形，我想是没有的，而此都是公安及其他古今才士的特色"。[①] 是的，周作人散文中很少有诗人特别是浪漫主义诗人的激情喷发、奔泻。更没有浪漫主义诗歌中常见的繁复的形象、辞藻、夸张的词句以及凌厉的气势或震撼力。在周作人的艺术思维中，很少有浪漫主义诗人思维中经常出现的飞跃、断裂、变形。他的思维平、实、稳。周作人一再申明自己不是情热的人，自己的意见总是倾向平凡这一面，凡过火的事情他都不以为好。他不大喜欢李白，觉得他夸。在他看来，作诗使心发热，写散文稍为保养精神之道。他还提到自己不喜欢看小说，自己读小说大抵是当文章去看。有些不大像小说的随笔风的小说，他倒兴味颇浓；而那些有结构有波澜的东西，他反而不热乎。我们可以说，周作人的人生哲学、气质、生活方式、艺术思维形式都是唯物的、散文式的。

[①] 废名.关于派别·废名文集.东方出版社，2000：148-153.

如何在启蒙对象身上重现其脱离愚昧的过程，从而建立一种在启蒙者与启蒙对象之间进行思想情感交流的合理关系，这个问题为"五四"时期大多数思想启蒙者所忽视。他们在心理层次上缺乏在启蒙者和启蒙对象之间建立一种理想交流状态的假定或预设。对他们来说，启蒙与其说意味着唤起人们的理性自觉而摆脱中世纪的蒙昧，不如说是强迫启蒙对象接受一种新文化。而周作人的人生哲学、气质、艺术思维形式正好能弥补这一不足。对周作人而言，每写一篇文章，都是在与读者进行心灵的对话，从而形成了他的散文特有的"谈话风"。他不把文章看作符咒或是皮黄，只算作写在纸上的说话。话里头有意思，而语句又传达得出来。下面所录两段话可见作者性情之一斑。

"我一直不相信自己能写好文章，如或偶有可取，那么所可取者也当在于思想而不是文章。总之，我是不会做所谓纯文学的，我写文章总是有所为，于是不免于积极，这个毛病大约有点近于吸大烟的瘾，虽力想戒除而甚不容易，但想戒的心也常是存在的"。[1]

"适之说志摩是诚实的理想主义者，这个我也同意。而且觉得志摩因此更是可尊了。这个年头儿，别的什么都有，只是诚实却早已找不到，便是爪哇国里恐怕也不会有了吧，志摩却还保守着他天真烂漫的诚实。我们平常看书看杂志报章，第一感到不舒服的便是那伟大的说谎，上至国家大事，下至社会琐闻，不是恬然地颠倒黑白，便是无诚意地弄笔头。其实，大家也各自知道是怎么一回事。自己未必相信，也未必望别人相信，只觉得非这样地说不可。知识阶级的人挑着一副担子，前面是一筐子马克思，后面是一袋子尼采，也是数见不鲜的事。在这时候有一两个人能够诚实不欺地在言行上表现出来，无论这是那一种主张，总是很值得我们尊敬的了"。[2]

作者不黏滞于功利，一切出于自然流露，随意抒写，不加造作，不费力气，不落蹊径，说得既有诚意，又有风趣，读下去使人总有所得。而所

---

[1] 周作人.自序·苦口甘口.北京十月文艺出版社，2012.8.
[2] 周作人.志摩纪念·看云集.河北教育出版社，2002.1.

说大抵不是经天纬地的大道理,所谓"简单中有真味"。文章措辞质朴,善能达意,随便说来,仿佛满不在乎,却很深切地显示出爱惜惆怅之情。读者读其文,听其言,又能窥见其性情之微,转足以想见其为人,毫不经意之间竟成神交。他的散文在家常式的谈话中有一种平等、亲切的态度。常用委婉商量的口吻。"亦未可知""亦未见得"之类不确定的语句随处可见。尽量避免强加于人的逼人锋芒。杂学与博识是周作人广征博引的基础,"但他的态度不是卖智与炫学的,谦虚与真诚的二重内美,终于使他的理智放了光,博识致了用"。① 特别是30年代后,周作人对人生的看法依旧,但是渗透了人情物理,知识变成了智慧,成就了一种明净的观照。可以这么说,周作人在启蒙者与启蒙对象之间形成了一种相互尊重其思想个性、以启发理性为目的,通过探讨、说明达到交流进而培养启蒙对象的价值自觉能力的理想关系。

当出类拔萃的追求达到高度境界的时候,人们的思维往往会出现趋向朴素、真挚的回归。从而唤起一种自查式的清醒、自觉式的检索。这时人们极愿意正视自己的不足与缺憾,置自身于平实、淡泊的境地。一切自诩、得意忘形均消解化作对自我的客观审视。也正是在这时,大家气度萌发了,大家风范出现了。

人,能从主观的境界里跳出来,不失主体;又能从客观的角度反观自身而不受主观偏见的束缚。这是获得了个体活动最大自由度的反映。

我们知道,周作人在"五四"前很重视文学的社会功利作用,随着他思想上人道主义的个人主义的确立,现实生活中激烈的政治斗争的影响,在艺术思想上他就把"自己表现"作为艺术的终极目的。"自己表现"中的"自己"是指主观的真实,亦即真实地表现作者心灵的矛盾及作者在独特的体验中产生的个性情感。他所说的这种"个性"并非超然物外。周作人认为虽然个性是个人唯一的所有,却又与人类有根本的共通点。艺术是独立的,又是人性的,所以既不必使它隔离人生,又不必使它服侍人生。只任它成为混然的人生的艺术罢了。他还认为"为艺术"

---

① 郁达夫.中国新文学大系·散文二集.上海文艺出版社,2003.7.

派以个人为艺术的工匠,"为人生"派以艺术为人生的仆役。现在却以个人为主人,表现作者的情思而成为艺术,初不为福利他人而作,而他人接触这艺术,得到一种共鸣与感兴,使精神生活充实丰富。这是人生的艺术的要点。有独立的艺术美与无形的功利。周作人对艺术表现主观的偏重代表着中国现代美学在艺术真实问题上与中国传统美学观念不同的方向。在中国美学史上,每当主观的真实成为美学思考的热点时,艺术中个性情感的表现也同时在扩张强化;反之,艺术中的个性情感就萎缩以至消失。在中国现代美学理论体系中,主观真实问题一直是个薄弱环节,这是崇高美理想、主体性原则与中国现代艺术之间存在严重断裂的反映。这种断裂不仅表现在中国浪漫主义的发展长期处于沉寂的低谷,而且表现在与浪漫主义思潮共存的主观美学的发展长期处于缓慢发展的状态。周作人感应时代的脉搏,在思想理论上初步反映了这种趋势。

不管未来的道路如何艰难曲折,一种不可能出现在中国封建社会的审美需求和审美思考——张扬人的主体性的新美学,毕竟出现了。

"五四"时期,周作人在所作著名演说《圣书与中国文学》里认为,中国新文学始终未取得建设性成就,思想未成熟固然是一个原因,没有适当的言辞可以表现思想也是一个障碍。对于文学语言形态地注重也还有周作人个人的原因。他在南京读书时期,就对语言产生了持续探索的热情。他不但精通本国语言文字,而且熟谙日本语、希腊语、英语和世界语,他的语言才能在同时代作家中是数一数二的。正因如此,周作人在关注、思考中国文学的发展时,总是首先从语言形式着手。他较早地看出了口语与书面语的区别。认为一种语言可以而且应当有两种语体,即口语和书面语。口语是平时说话时用的,为一般人民所共喻。书面语是写文章用的,须得有相当教养的人才能了解。书面语当然应以口语为基本,但用字更丰富、组织更精密,使其适于表达复杂的思想和微妙的感情之用。周作人还对古文在新文学语言形式中的地位做了新的界说:"我相信所谓古文与白话文都是华语的一种文章语,并不是绝对不同的东西。"五四"前后,古文还坐着正统宝座的时候,我们的恶骂力攻都是对的。到了(古文)已经逊位列入齐民。如还是不承认它是华语文学的一分子,正如中华民国还说满清一族是别国人，这未免有点错误了。"① 周作人认为我们平日写文章本来没有一定写法。未必定规要返古，也不见得非学外国不可。总之，只是有话要说，话又要说得。目的如此，方法由各人自己去想。其结果或近欧化，或似古人。这样看来，有人把周作人30年代中后期带有文言性质的散文看作是复古倒退就似乎失之偏颇了。周作人觉得文字上的雕虫小技非壮夫所当为，但汉字性质上有此游戏之可能，人们亦不可忽视。周作人认为，在实际应用中汉字的游戏性质可能产生两种效果。其恶性发展就是应试体的史论，进而发展为清末的策论及民国以来的洋八股。这些文章念起来，不但声调颇好，也有气势。意思深刻，文字流畅。然究其实，则甜熟、浅薄、伶俐、苛刻，不过是舞文弄墨、颠倒黑白的秀才坏子。但是，把汉字的游戏性质加以适当的利用，则是可以为散文创作另辟蹊径的。那就是混合散文的朴实与骈文的华美，使笔致有一种润泽，力避行文的干枯粗糙。

谈到幽默时，周作人说："自新文学发生以来，有人提倡幽默。世间遂以为这也是上海气之流亚，其实是不然的"。② 他认为幽默是从悲哀生出的理性逃避的结果。睁开了眼睛，环视现实，我们所住的星球是目不忍睹的悲惨世界。倘若二六时中，斤斤计较，人们便不能生活下去了。于是，人们便寻出了一条路——以笑了之，心中的一点余裕变愤为笑、化泪为笑。林语堂认为："没有幽默滋润的国民，共文化必日趋虚伪。生活也必日趋欺诈，思想必日趋迂腐，文学必日趋干枯。而人的心灵必日趋顽固"。③ 在林语堂看来，幽默的力量是无限的。周作人则认为幽默在现代文章中只是一种分子，不过却是不可缺少的一种分子。因为缺少幽默似乎没有什么要紧，然而这是人性不健全的一种征候，道学与八股把握住了人心的证据。道学与八股下的汉民族哪里还有幽默的气力呢？他认为幽默是从科学的了解、艺术的趣味和道德的节制中经过一番调剂产生出来的。用

---

① 周作人.国语文学谈.艺术与生活.北京十月文艺出版社，2011.5.
② 周作人.上海气·谈龙集.北京十月文艺出版社，2011.1.
③ 林语堂.论幽默·林语堂经典作品选.当代世界出版社，2007.9.

婉而有趣的态度处之,幽默就是中庸,不肯说得过度。如周作人在《上下身》一文中对道学家把人体的上下身分出尊卑、邪正的非科学态度进行了评析。

"这种说法既然合于圣道,那当然是不会错的了,只是实行起来却有点为难。不必说要想拦腰的'关老爷一大刀'分个上下,就未免断掉老命,固然断乎不可。即使在该办的范围内稍加割削,最端正的道学家也决不答应的。平常沐浴的时候,(贤人们)要备两条手巾,两只盆,两桶水,分洗两个阶级。稍一疏忽,不是连上便是犯下,紊了尊卑之序,深于德化有妨;又或坐在高凳上打盹,跌了一个倒栽葱,更是本末倒置,大非佳兆了"。

亦庄亦谐,使人们在会心的微笑里领略了道学家们的愚顽丑态。周作人注意到幽默与其他喜剧形式的区别。尤其注意幽默与讽刺的区别,这是由于"讽刺是短命的,对象倒了的时候,它的力量也就减少,但幽默却是长命的"。[①]周作人是性善论者,不承认恶,认为恶是用善之过。他认为我们的敌人不是活人,而是附在许多活人身上的野兽和死鬼。因而思想批判要对事不对人,言论要力避尖酸刻薄、剑拔弩张的杀机和火气。所以,周作人的幽默与鲁迅常带有尖锐讽刺的幽默不同,也与林语堂为闲适而闲适的幽默不同。从周作人的幽默里,既能看到他的机智,也能感觉到他那认真、诚实、与人为善的态度。

周作人的散文世界里,趣味占有特殊的地位。他很看重趣味,以为那是美也是善。"平常没有人对于生活不取一种特殊的态度,虽其趋向不同,却各自成为一种趣味。"[②]趣味是一种使人愉快、使人感到有意思、有吸引力的特性。周作人认为好的小品文应有知识与趣味的两重统制。

卓越的大家从来不只是一把板斧、一副腔调,而是十八般武艺样样俱全。周作人的趣味包括雅与谐的统一。他在谈到日本俳文的三种境界时说:"一是高远清雅的俳境,二是谐谑讽刺。三是介于这之间的诙谐的趣

---

① 周作人.凡人崇拜·秉烛谈.北京十月文艺出版社,2012.2.
② 周作人.笠翁与随园·苦竹杂记.北京十月文艺出版社,2011.5.

味。"①周作人自己是倾心于融雅趣与谐趣为一体的第三种境界的。所谓雅就是大方自然的风度,并非要禁忌什么字句,或装出绅士的架子,而是讲究适度。因此,周作人将雅具体化时就必然归结为明净的感情与清澈的理性的调和。这就打上了中国传统文化中"乐而不淫,哀而不伤"的"中和之美"的印记。

周作人把南北朝时期的文学看作是"贵族文学",而把元代杂剧看成是典型的"平民文学"。他认为贵族文学的精神是"求胜意志",平民文学的精神是"求生意志"。在他看来,中国文章以六朝人为最不可及。中国文学里没有厌世派的文章是很可惜的。他还认为,中国后来如果不是受了一点佛教影响,文艺里的空气恐怕更要陈腐,文章里恐怕更要损失些好看的字面。贵族文学与平民文学并非文言白话之异,或士大夫无名氏之别,而是作者人生观的不同。周作人对平民文学总感到一种漠然的不满足,原因是那平民文学太是现世太是利禄的了。这也难怪,由于人世间的幸福平民们还未得享受,他们的理想自然便是那可望而不可即的贵族生活,此外再没有别的希冀。所以,在文学上表现出来的就是那些功名妻妾的团圆思想。贵族阶级在社会上凭借自己的特殊地位,已经享尽了世间一切可能有的荣华富贵,他们感到人生也不过如此,于是产生了一种超越的追求。汉魏南北朝时期诗歌中隐逸神仙的思想就是这种超越的表现。周作人说:"我不想因此判分两种精神的优劣,因为求生意志原是人性的,只是这一种意志不能包括人生的全体。我不相信某一时代的某一种倾向可以做文艺上永远的模范,但却相信真正的文学发达的时代必须多少含有贵族的精神"。②这里的"贵族精神"就是一种超越。超越现世人生,包括自我,进入宗教般的"入神""忘我"境界。周作人以写正经文章为主(指杂文),以写闲适的小品文为辅。并且闲适文章只是为了消遣或调剂之用。周作人经常诉说自己写文章太积极,"满口柴胡,殊少敦厚温和之气"。如果说周作人的正经文章里充满了苦涩味,他所钦羡的贵族精神倒是在闲

---

① 周作人.谈俳文·药味集.北京十月文艺出版社,2012.2.
② 周作人.贵族的与平民的·自己的园地.北京十月文艺出版社,2011.1.

适的小品文里实现了的。朱光潜这样谈到他读了《雨天的书》后的感受："而在现代中国作者中，周先生而外，很难找得第二个人能够做得清淡的小品文字。在读过装模作样的新诗或形容词堆成的小说（应该说"创作"）以后，让我们同周先生坐在一块，一口一口地啜着清茗，看着院子里花条虾蟆戏水，听他谈'故乡的野菜'、'北京的茶食'、二十年前的江南水师学堂和清波门外的杨三姑娘一类的故事，却是一大解脱。"①的确，我们读周作人的小品文。不会给人一种沉闷和压抑，倒是有一种轻松感，一种空灵美。

---

① 钱理群.周作人传.华文出版社，2019.1.

目 录

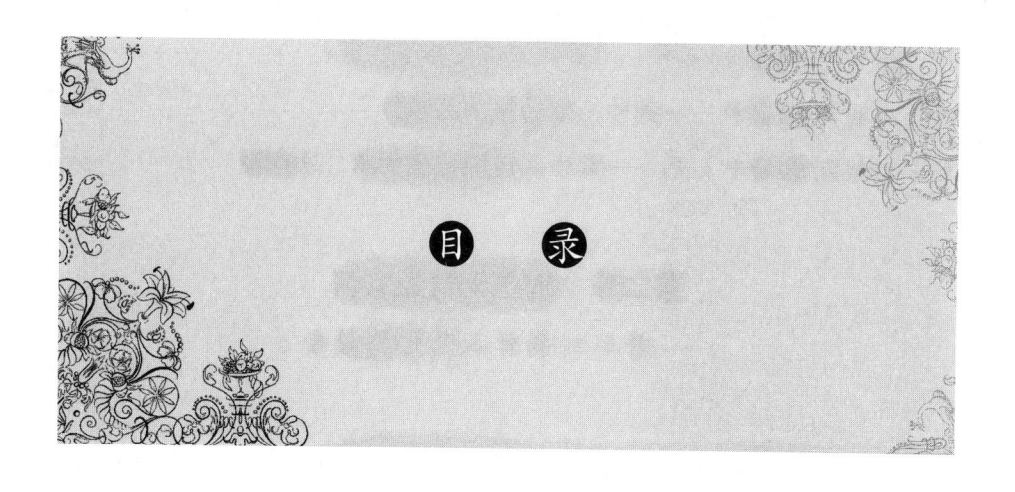

代序： 周作人散文的思想和艺术略论 …………………………… 001

绪 论

一、周作人散文传播接受研究的实际意义和理论意义 …………… 001
二、周作人散文传播接受研究在国内外的现状及趋势 …………… 003
三、周作人散文传播接受研究的目标 ……………………………… 004
四、周作人散文传播接受研究的重点和难点 ……………………… 005
五、周作人散文传播接受研究的思路和方法 ……………………… 006

第一章 "五四"以来的周作人传播接受概述

一、20 世纪 20 年代——周作人传播接受的初期阶段 …………… 007
二、20 世纪 30 年代——周作人传播接受的第一次高潮 ………… 009

三、20 世纪 50 至 70 年代——周作人传播接受的低谷 ·············· 013
四、20 世纪 80 年代——周作人传播接受的恢复 ·················· 014
五、20 世纪 90 年代以后——周作人传播接受的第二次高潮 ········ 015

第二章　道是无情还有情
——鲁迅对周作人的传播接受

一、相似的生活学习经历打下周氏兄弟对话的基础 ················ 019
二、在"女师大"和"三一八"惨案中周氏兄弟互相策应 ············ 023
三、鲁迅认可周作人在中国现代文学史上的地位 ·················· 029

第三章　亦师亦友
——废名对周作人的传播接受

一、废名对周作人的道德文章欣羡已久 ·························· 047
二、废名与周作人的文学创作殊途同归 ·························· 056

第四章　周作人传播接受的重镇
——沈从文对周作人的传播接受

一、沈从文在表层对周作人的师承 ······························ 067
二、周作人在文学创作上对沈从文的影响 ························ 082
三、沈从文在学习周作人的基础上也开辟了自己的一块园地 ········ 093

第五章　对立统一，相辅相成
——胡适对周作人的传播接受

一、两人是良师益友 …………………………………………… 106

二、相互砥砺，共同进步 ……………………………………… 112

三、智者见智，仁者见仁 ……………………………………… 115

四、春兰秋菊各显所长 ………………………………………… 127

第六章　其他读者对周作人的传播接受

一、沈启无对周作人的传播接受 ……………………………… 138

二、京派文学的当代传人——张中行对周作人的传播接受 … 150

三、苏雪林、司马长风、任访秋对周作人的传播接受 ……… 159

第七章　有关周作人传播接受的几个问题

一、周作人传播接受的时代原因探索 ………………………… 176

二、个人素质对周作人传播接受的影响 ……………………… 180

三、沈从文对周作人的"误读" ……………………………… 183

四、现代传媒对周作人传播接受的影响 ……………………… 186

五、传播接受如何参与周作人在文学史中地位的形成 ……… 191

结语	196
参考文献	199
附：周作人著译篇目系年间表	204
后记	209

绪 论

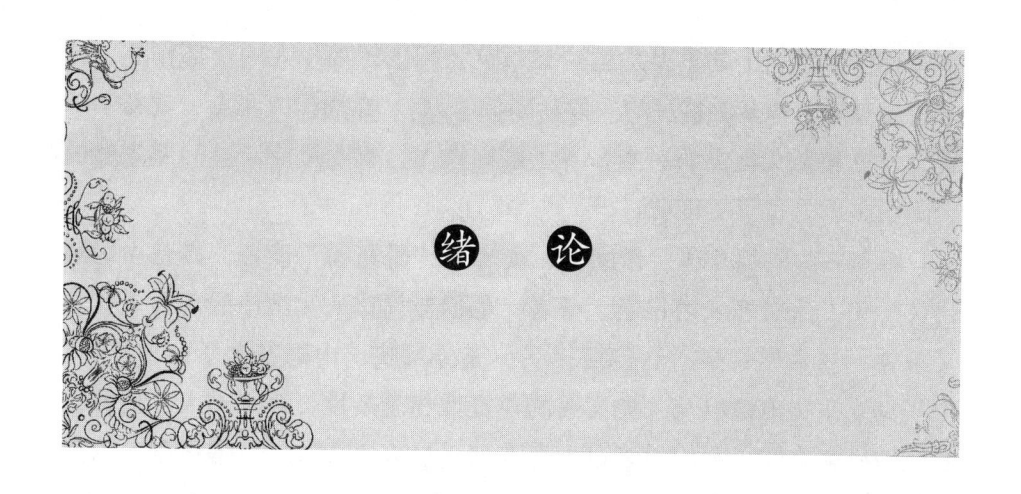

一、周作人散文传播接受研究的实际意义和理论意义

一般来讲,进行众多"读者"对"个人"的传播接受研究,接受对象必须具备下列两个条件:一是这个"个人"必须是文学史上的大家,顶天立地,成就卓著,独树一帜,而且有众多追随者或有意无意地模仿者。二是所选众多"读者"必须是文学领域具有重要影响的作家或学者。本选题《周作人传播接受研究》具备这样的条件。周作人被认为是京派文学的领袖人物,是中国现代文学史上的一位重要作家。他不仅在现代文学理论上有重要贡献与影响,如提出"人的文学""言志文学",而且在小品文创作、外国文学翻译、文学评论和文化批评方面也都有不俗的表现。20世纪40年代中期,谈到周作人在中国新文学史上的地位时,郑振铎认为:"假如我们说,"五四"以来的中国文学有什么成就,无疑地,我们应该说,鲁迅先生和他是两个颠扑不破的巨石重镇;没有了他们,新文学史上便要黯然失光。"[①] 此言虽不无夸张之嫌,却道出了周氏兄弟在

---

① 郑振铎.蛰居散记·惜周作人·海上文学百家文库(郑振铎卷).上海文艺出版社,2010:431.

中国现代文学史上的重要地位。如果读者阅读了周作人的全部作品,就一定会对舒芜曾多次讲过的一段话印象深刻:"在周作人身上,就有中国新文学史和新文化史的一半,不了解周作人,就不可能了解一部完整的中国新文学史和新文化史。"[①]

而本书选取的几位"作家型"读者、"研究型"读者,都是中国现代文学史上比较著名的作家、学者,他们对周作人文学中的现代人文主义精神、艺术形式探索的传播接受,充分反映了中国新文学的多样性、中华民族文化传统以及人类文明的丰富性和复杂性,对周作人传播接受的梳理研究有助于我们纠正过去存在的"以人废文""以偏概全"的俗见乃至偏见,使周作人文学研究的内涵不断扩展深化。在现代文学史上,周作人是颇有争议的人物,不少观点众说纷纭,莫衷一是。而本书通过对周作人传播接受的考察研究,将能够理清不少似是而非的观念。通过对周作人文学思想内容及其艺术特色及其具体接受的探究,将有助于人们对周作人文学及其传播接受有一个更为全面的理解和认识,借以恢复或重现周作人文学的真实鲜活面貌。

本书重点考察梳理京派文人、自由主义读者对周作人的传播接受。从周作人到废名、沈从文再到张中行,他们一贯坚持的人间本位的个人主义,注重个人的权利,重视个人心声的抒写。在将近一个世纪的时间里,在中国这个具有悠久封建历史的国度里,在这个强调整体和谐、强调等级秩序、强调服从权威而漠视个人权利和个性发展的国度里,几代京派文人在反对封建专制、批判愚昧盲从、提倡科学民主、探索个人权利及其生存发展空间方面做出了艰苦卓绝的努力。他们在文学艺术形式探索方面取得的成就,其价值在今天看来仍然是弥足珍贵的。

在现代传媒条件下研究各类读者对周作人的传播接受,总结其内在规律,不仅对京派文学的传播接受研究具有一定指导借鉴作用,而且对于中国当代文学的创作实践以及当代文学的理论构建也应该不无启示意义。

---

① 舒芜.周作人概观.湖南人民出版社,1986:3.

二、周作人散文传播接受研究在国内外的现状及趋势

对周作人的传播接受研究主要散见于现代文学批评史著作和一些有关周氏兄弟的研究论文。20世纪80年代初以来，国内对周作人及其文学成就的研究已经非常可观。据不完全统计，截至2021年4月，国内已出版有关周作人的研究专著近50部，年谱1部，传记8部，研究资料汇编2部，共发表有关周作人及其文学研究的论文1850篇。但是，对周作人传播接受具有系统性的研究文章却不多见。在一些单篇或著作中，一些学者对周作人的传播接受情况进行了一些探讨。如钱理群的《周作人传》中，一些章节对周作人的文化心理对京派文人的影响有较为深入的揭示，对周作人文学的接受，进行了一些简要的论述；孙郁的《周作人左右》，比较详细分析研究了周作人与京派作家的一些私人交往以及他们在文学上的影响和接受。孙郁、黄乔生主编的《回望周作人》丛书，在序言中对周作人文学思想、艺术特色及其承传接受的观察思考，显出编者对周作人文学的广泛探索与深刻领悟。刘绪源在《解读周作人》《今文渊源》中的一些章节里，有不少谈到关于周作人传播接受的问题，对周作人给予京派文学的影响，不时可见思想的光芒，智慧的火花。张永的《民俗学与中国现代乡土小说》一书在考察梳理沈从文、废名对周作人及其文学的理解和接受方面有自己较为深刻独到的思考。日本学者木山英雄的专著《文学复古与文学革命——木山英雄中国现代文学思想论集》洞幽烛微，对周氏兄弟在文学思想内容和艺术形式上的区别以及他们对中国现代文学的影响与接受谈了自己的看法，构成一家之言。

但是，就周作人传播接受的整体研究现状而言，仍然存在一些不足：首先，新时期以来，学术界对周作人的传播接受研究与对周作人文学的研究相比，无论从数量上还是质量上讲都显得相形见绌。这主要是由于对周作人传播接受的研究尚未形成一种自觉意识，大都处于自发阶段，还是一种感悟式、印象式的散论。其次，一些接受者由于知识结

构、文化视野和思想文化资源的限制,他们对周作人的接受所做的分析隔靴搔痒甚至不着边际。再次,一些读者由于受到意识形态的影响,他们对周作人文学的解读及接受与周作人文学的实际情况相去甚远。总之,目前对周作人的传播接受研究尚未出现有目的的、系统的、较为全面的考察梳理,尚未提升到理论上的层次,从而导致对周作人传播接受的内在肌理认识不清甚至出现一些盲区、误区。随着对周作人传播接受研究的推进,周作人传播接受研究的自觉意识和理论意识必然会逐渐加强,其深度和广度也必然会有较大开拓,罩在周作人文学及其传播接受上的层层面纱将会逐渐揭开。本选题就是朝向这个目标迈进的一次初步的自觉尝试。

三、周作人散文传播接受研究的目标

本书将对周作人在文学上的成就及其价值进行全面梳理,他在文化资源、知识积累、创作实践和心智成熟方面均高人一等,周作人文学在文学领域无可取代的地位能够使它当之无愧、众望所归地成为众多读者的接受对象。

通过所选"作家型读者"和"研究性读者"对周作人传播接受的考察辨析,梳理出在现代传媒条件下,各种类型读者对周作人传播接受的基本情况及其形成的个人原因和社会原因。

研究探索周作人文学的思想内容和艺术形式对周作人传播接受所产生的影响。周作人文学在思想内容上具有集大成的性质,只要有利于"个人"的发展,他都不捐细流,勇于拿来为我所用。艺术形式上更没有门户之见,融合诗歌、散文和戏剧的艺术形式为一炉。所以京派小说大都有散文化、诗意化的色彩。

通过对所选各类读者对周作人散文传播接受的梳理,总结周作人散文传播接受的总体特点和内在规律,为我们沿着正确的方向解读周作人文学作品提供参照和借鉴,也希望能够为推动当代文学的创作实践和当代文学理论的构建提供有益的启示。

四、周作人散文传播接受研究的重点和难点

以专著的形式,从接受学的角度全方位、多视角考察探索周作人传播接受的论著,目前在国内外尚未出现。本书倘能付诸实施并圆满完成,则庶几能够避免这种缺憾。

选择哪些读者对周作人的传播接受作为考察研究对象是一个较为关键的问题,因为接受者也必须是大家或是在相关领域里有重要影响者,而且他们必须具有传播接受周作人文学的客观条件与主观意愿以及相关的事证、言证、旁证作为支撑。

不同类型的读者对周作人的传播接受具有不同的方面和不同的层次。考察梳理其传播接受的深度和广度,是不易捕捉和把握的难点。这只有通过研究主体长期反复地考察探究接受者的已有文献、他们与接受对象的交往,包括人际交往、言语交往以及精神交往几方面,才能找到路径,结出正果。

论文第二、三、四、五、六章属于"史"的部分,第七章则是"论"的部分。"史"的部分试图通过不同类型的读者对周作人传播接受的考察辨析,抓住其内在的东西,本质性的内容,切忌就事论事。论的部分需要跳出"史"的范围与思维模式,做到高屋建瓴,总揽全局。该部分需要综合运用社会学、人类学、心理学、文化研究、接受美学以及现代传媒接受学等方面的理论知识。同时,对中国当时的具体国情要有清晰的观察与判断,对中国现代文学的总体格局以及各种文学思潮流派的发展演变能够了然于胸。要搭建这样的平台,发现、捕捉并击中目标亦并非易事。

对于过去各种针对周作人及其文学传播接受的成见需要仔细甄别,认真辨析。比如周作人文学和中国传统文化的关系问题,周作人以及自由主义读者在 30 年代"'象牙之塔'里的探索"的评价定位问题,都是需要厘清的问题。

选题"论"的部分,如果研究者没有总结出自己的一套深思熟虑、切实中肯的看法,或者没有有的放矢地对西方当代一些文艺理论的创新性运

用,往往容易成为散论。这是本论题在实际运作中需要在战略上清醒、战术上重视的一个问题,也是本论题的重点和难点所在。

五、周作人散文传播接受研究的思路和方法

本书主要考察探索不同类型的读者对周作人的传播接受,而且重点考察辨析自由主义读者对周作人的传播接受,由于各类读者的政治理念、文学观念、个人修养、知识结构、文化视野及其文化资源的来源差别较大,所以他们对周作人文学传播接受的内容、深度和广度存在较大差异。本选题的任务之一就是要考察出这种差异并追踪探索造成这种差异的个人原因和社会原因,并总结出一些带有规律性的东西,以便更加全面准确地解读周作人文学,进而推动我们对整个中华民族的文化特点、心理结构的发展及其走向有更加深刻的理解和把握,并且服务于当代文学创作实践和文学理论的构建。

在研究方法上,本书首先通过考察不同读者已有的创作,以及与接受对象的交往,这种交往包括与接受对象的人际交往,精神交流。因为,与周作人的人际沟通、精神交流是文学接受的基础。进而探讨不同类型的读者对周作人文学的接受内容及其层次,由于各类读者的具体情况差别较大,所选读者对周作人文学的接受面貌将会异彩纷呈。其次、将采用现代社会学、心理学、文化研究、文学传播接受理论来梳理探讨各类读者对周作人的接受。第三、本论文将借助现代传媒理论来探究各类读者对周作人文学的传播接受,具体到对周作人的传播接受,主要是探索纸质媒介的生产、流通、传播及其接受对周作人文学传播接受的影响。史论结合是本选题的主要特点,透过现象把握本质是本选题的基本策略。

第一章
"五四"以来的周作人传播接受概述

作家及作品研究已经走过了以作者为中心、以作品为中心和以读者接受为中心的历程，呈现出多元化的格局。以读者接受为中心的文学史和文学批评方兴未艾。笔者试图从读者接受这一视角对从"五四"以来近百年的周作人传播接受进行一番梳理。

目前，从读者接受的角度探讨周作人传播接受的专著在国内尚未出现。本论题试图在这一领域进行大胆的尝试。下面将从不同时期、不同类型读者的接受视角，以时间为经，以伦理道德批评、社会分析批评、艺术分析、审美分析、文化心理分析为纬探讨"五四"以来对周作人其人其文的传播接受。

一、20世纪20年代——周作人传播接受的初期阶段

周作人散文的传播接受开始于"五四"时期。从目前的资料上看，最初注意到周作人的是傅斯年。他发表于1919年5月《新潮》的文章《白话文学与心理改革》把周作人《人的文学》称为"五四"文学革命的宣言书。1922

年,中国新文学的发难者胡适在纪念《申报》五十周年所写《近五十年来之中国文学》一文中对周作人的散文小品给予很高评价,认为周作人"美文"的提倡及其成功实践"彻底打破那种'美文不能用白话'的迷信了"。此后,周作人的杂文、散文小品陆续发表,他的作品集也不断结集出版,他的作品受到越来越多读者的关注。在文学研究会与创造社的论战中,郭沫若虽然对认为"批评是主观的鉴赏不是客观的检察,是抒情的论文不是盛气的指责"的批评理论表示反对,不过却意外肯定了周作人在散文创作上的成绩。他认为周作人散文集《自己的园地》中的文字"清丽优雅",思想"明晰透彻"。[①] 一些读者对《雨天的书》等作品集中的赏析颇得要领。如赵景深对《西山小品》的解读,认为是表现作者情感与理性的冲突;朱光潜在分析周作人作品集《雨天的书》后得出结论:"这书的特质,第一是清,第二是冷,第三是简洁",朱光潜在分析了其中的《苍蝇》后写到:"而在现代中国作者中,周先生而外,很难找得第二个人能够做得清淡的小品文字。他究竟是有些年纪的人,还能领略闲中情趣。如今天下文人学者都在那里著书或整理演讲集,谁有心思去理会苍蝇搓手搓脚!然而在读过装模作样的新诗或形容词堆成的小说(应该说"创作")以后,让我们同周先生坐在一块,一口一口地啜着清茗,看着院子里花条虾蟆戏水,听他谈《故乡的野菜》《北京的茶食》、二十年前的江南水师学堂和清波门外的杨三姑娘一类的故事,却是一大解脱"[②]。朱光潜对《雨天的书》中表现出的从容不迫的悠闲趣味表示欣赏。总之,20年代读者对周作人散文的研究仍然停留在印象式的评点和单篇的鉴赏,尚缺乏整体性的考察和理论上的提升。

美文的提出与实践。1921年5月,周作人发表《美文》一文,提倡叙述性、抒情性和艺术性的散文小品——美文。既用个性化的语言表现作者独特的情思。在现代文学史上形成了"言志派"的小品散文。这是"五四"文学革命在散文思想内容和艺术形式上的反映。代表作家有周作人、朱自清、林语堂、郁达夫、俞平伯、徐志摩等人。他们是具有自觉文学意识的

---

① 郭沫若.批评——欣赏——检察.创造周报,1923-10-28.
② 周作人.雨天的书.北新书局,1931:110-111.

散文作家,对我国现代散文产生了重大的影响。

在文学创作上,废名、朱自清、林语堂、郁达夫、徐志摩的散文均可看作是对周作人《人的文学》《平民的文学》以及《美文》中所倡导文学理想的实践。

受周作人影响明显的应是废名的文学创作。废名在散文、小说的思想内容、语言操作、对趣味的追求方面明显受到周作人文学理论和散文创作实践的启发。

二、20世纪30年代——周作人传播接受的第一次高潮

20世纪20年代末以后,新文学中心南移后继续留在京津两地的原语丝派、新月派作家形成了所谓的京派作家。他们持自由主义立场,在文学创作中努力表现自己的个性。1933年朱光潜在北京自己家里开始举办"读诗会"文学沙龙,沙龙不定期聚会。参加者有周作人、沈从文、凌叔华、林徽因、俞平伯、杨振声、梁宗岱、废名、何其芳、李健吾、萧乾等。1937年1月,沈从文、朱光潜、杨振声等人发起创办了《文学杂志》,朱光潜任主编。起初酝酿编辑委员会由沈从文、朱光潜、杨振声、叶公超、周作人、朱自清、废名、林徽因八人组成,后加上上海的李健吾和武汉的凌叔华。30年代沈从文还出任《大公报·文艺副刊》的主编。这一会一报一刊,聚集了一批主要生活在北平的学养深厚的作家学者。他们思想趣味相同、文学理想相近,并在交流中相互影响,这群文人学者史称"京派"。京派是一个松散的文学流派,他们没有固定的组织也没有表明自己文学主张的纲领或宣言。不过,他们却有着相同的文学理想和追求。其中,周作人资格最老,是京派公认的精神领袖。

1934年夏天周作人携夫人去日本度假,日本友人的热情款待显示周作人在日本已经具有相当的知名度。当时在日本流亡寓居的郭沫若也很是羡慕。郭沫若发表在1937年8月30日出版的《逸经宇宙风西风》上《国难声中怀知堂》(周作人号知堂)一文说过这样的话:

古人说,"闻鼙鼓之声则思将帅之臣",现在在国难严重,飞机大炮的轰击声中,世间的系念虽然也就多是某某司令,某某抗敌将军,某某民族英雄,然而我自回国以来所时时怀念着的,却是北京苦雨斋中的我们的知堂。

近年来能在文化界树一风格、撑得起来、对于国际友人可以分庭抗礼,替我们民族争得几分人格的人,并没有好几个。而我们知堂是这几个没有好几个中的特出一头地者,虽然年轻一代的人不见得尽能了解。

"如可赎兮,人百其身",知堂如可真的飞到南边来,比如就像我这样的人,为了调掉他,就死上几百千个都是不算一回事的。

日本人信仰知堂的比较多,假使得到他飞回南边来,我想,再用不着用他发表什么言论,那行为对于横暴的日本军部,对于失掉人性的自由而举国为军备狂奔的日本人,怕已就是无上的镇静剂吧。

郭沫若文章中的一些措辞可能有夸张之嫌,但周作人及其文学在当时国内外的影响及其地位也由此可见一斑。

整个30年代,周作人的文学地位在业界已经很高。随着周作人散文思想的逐渐清晰,对周作人文学的研究在20年代研究的基础上出现了更自觉更系统的局面。苏雪林在《周作人先生研究》一文中说:"周作人先生是现代作家中影响我最大的一个人。除了他清丽幽默的作风学不来外,我对于神话、童话、民俗学等兴趣的特别浓厚,大都是由他启示的。"接下来,苏雪林分别就周作人散文的思想内容和艺术特色两方面加以分析。

京派文学的代表人物沈从文受到周作人各方面的影响也是很明显的。写于1934年的《论冯文炳》,文章开始,沈从文首先竖起周作人这面旗帜:"从'五四'以来,以清淡朴讷文字,原始的单纯,素描的美,支配了一时代一些人的趣味,直到现在还有不可动摇的势力,且俨然成为一特殊风格的提倡者与拥护者,是周作人先生。"这可以看作沈从文对周作人文学创作特色的总体认识。

接下来沈从文分析道:"无论自己的小品,散文诗,介绍评论,统统把文字发展到'单纯的完全'中,彻底地把文字从藻饰空虚上转到实质言语上来,那么非常贴近人们的情感。就是翻译日本小品文及古希腊故事,与其他弱小民族卑微文学,也仍然是用同样调子介绍与中国青年读者晤面。"不仅如此,沈从文对周作人文章的前景也非常看好:"因为文体的美丽,最纯粹的散文,时代虽在向前,将仍然不会容易使世人忘却,而成为历史的一种原型,那是无疑的。"①

沈从文对周作人创作中较为核心的要素——趣味,也把握得十分准确。"周先生在文体风格独自以外,还有所注意的是他那普遍趣味。他那种绅士有闲心情,完全为他人无从企及。用平静的心,感受一切大千世界的动静,从为平常眼睛所疏忽处看出动静的美,用略见矜持的情感去接近这一切。在中国新兴文学十年来,作者所表现的僧侣模样领会世情的人格,无一个人有与周先生面目相似处"。显然,沈从文对周作人文学的创作风格和艺术特点的梳理,目的是想由此说明冯文炳在文学语言、趣味方面受到周作人的承传及影响。但是,如果我们用周作人文学的创作风格和艺术特点来审视沈从文的作品,沈从文的乡土小说创作对周作人的接受也是显而易见的。

从《论冯文炳》中沈从文对周作人文学的创作风格和艺术特点的总结概述来看,这段论述就颇有周作人风:平实、质朴、自然。实际上,这也是沈从文文学的创作风格和艺术特点的夫子自道。沈从文自己就是那种"清淡朴讷文字,原始的单纯,素描的美"的语言风格的拥护者和实践者。

重视在新文学作品中进行思想启蒙与文学语言的经营创新是周作人和沈从文的共同追求。由于两人在年龄、家庭、民族、地域、教育背景等方面的差异,沈从文的语言与周作人文学中的语言相比,更显得陡峭、古朴。虽然沈从文的文学语言受周作人的影响不如冯文炳那样直观,但他们的基本风格和发展走向则是大体相似的。

在思想上,沈从文与周作人一样,坚持以人为本的自由主义立场,思想资源则驳杂多样。因此,他们对政府当局文艺政策和左翼文学的专制划一持反对态度。1936年10月发表《作家间需要一种新运动》批判左翼文学中出现的"差不多"现象。指出一些青年作家的文章都差不多,文章思想内

---

① 沈从文.论冯文炳·沈从文全集(第16卷).北岳文艺出版社,2009:145.

容差不多，所表现出来的信念差不多。甚至艺术表现手法差不多。原因在于：“记住了时代，而忘了艺术。”"这是由于中国是一个两千年的帝国，历来是一人在上，万人匍匐。历史负荷太重，每个国民血液中自然都潜伏着一种奴隶因子"。所以，许多作家也就缺乏独立识见，只知追逐时髦，创作上也就缺乏个性，习惯于模仿，人云亦云。

郁达夫在第一个十年的《中国新文学大系散文集·导言》中对周作人的散文进行了总结归纳，从周作人前期的"舒徐自在、信笔所至"到后来的"一变而枯涩苍老，归入古雅遒劲一途"的演进。

30年代对周作人散文的评价也不完全是正面的。如阿英在《现代十六家小品序》中，一方面肯定周作人在散文理论方面的贡献，但是又认为在给予读者影响方面前期不如后期大，并且尖锐指出周作人后期散文的思想倾向是落后的。许杰在《周作人论》中用社会分析理论评论周作人散文从文学有用论到文学无用论，从人道主义的提倡到讲究趣味的言志论"这中间的变迁，朝着落伍、倒退的方向滑去。"这代表着20世纪30年代的左翼作家对周作人文学的基本看法。

1934年12月，陶明志（赵景深）编辑的《周作人论》由上海北新书局出版。编者在《序》中介绍了编辑《周作人论》的基本情况："周氏兄弟，鲁迅和周作人，是文坛上的两大权威者。关于鲁迅，我们已经有了《关于鲁迅及其著作》《鲁迅在广东》和《鲁迅论》（两种）等参考资料。关于周作人，这还是第一次的辑集。最近，周作人先生东渡日本，受到彼邦人士的盛大欢迎，各杂志均争载他的谈话。他是中国新文学运动发轫者之一，又是我国现代小品文的第一个作家。对于一个文坛上重要的人物，这本参考资料的贡献不是没有意义的。"[①]本书共收入有关周作人的研究论文43篇。分为五类，第一类总论周作人的生活及其文学思想，计12篇；第二类论他的小品文，计8篇；第三类论他的诗，计2篇；第四类，论他的文学论文，计11篇；第五类，论他的翻译，计11篇。陶明志主编的《周作人论》是新中国成立前唯一的一本研究周作人的论文集汇编。从所收录的内容来看，20世纪30年代

[①] 陶明志编.周作人论.上海北新书局，1934：1-2.

对周作人研究的范围已经是比较广泛。编者的态度还算公允客观，既收录从审美视角出发对周作人散文思想及艺术特点进行分析研究的文章，也收录了当时的左翼人士如许杰从社会分析视角研究周作人散文思想的论文。

周作人附逆后，对他的传播接受逐渐减少。在民族矛盾上升为主要矛盾之际，对周作人散文思想艺术平心静气的研究被对他附逆的惋惜和谴责所替代。只有在沦陷区还可见到对周作人散文的研究。其中，胡兰成的周作人研究可以作为代表。抗战后与周作人有着相同的身份境遇的胡兰成，同样把周作人散文分为前后两期，而且自己更喜欢他在"五四"到北伐前那种"谈虎谈龙，令人色变的文字"，后期的文字则不免消极，具有"淡淡的忧郁"。胡兰成在《谈谈周作人》中对周作人 30 年代后抄书之作给予理解和肯定。认为这类文章"不超俗，也不随俗"。

1945 年 12 月，周作人以汉奸罪被逮捕。1947 年底被判刑 10 年。

三、20 世纪 50 至 70 年代——周作人传播接受的低谷

1949 年 1 月，周作人出狱。新中国成立一直到"文化大革命"，周作人被剥夺了基本的公民权利。写文章不允许再用原名周作人，而只能用其他名字，如周启明、周遐寿。1956 年鲁迅逝世 20 周年，这期间，政府调整了以往的知识分子政策，并且一度变得较为宽松。作为鲁迅的弟弟，周作人用周遐寿之名写了不少有关鲁迅的回忆文章。把鲁迅一生的人生经历、求学过程、思想脉络写成文章，并结集出版，为当代学者研究周氏兄弟提供了无人可以取代的第一手材料。

在文学研究方面，20 世纪 50 年代到 70 年代末，国内文坛很少在正式场合提及周作人，偶有提起，也是作为负面形象。值得一提的是，也有一些学者从学术的角度和尺度给予周作人的散文一席之地。如 1951 年 9 月王瑶在自己的专著《中国新文学史稿》（上册）中，对周作人早期的散文给予较为客观的评价。

这一时期，周作人的传播接受在国外以及港台得以继续。日本学者木山英雄在二十世纪六七十年代一直致力于周作人文学的研究。木山认为周

作人在中国现代文学史上的地位不亚于鲁迅，指出周作人"坚信散文是作为文学的自我表现最自然、最自由的形式"。香港学者司马长风1980年出版了第三版的《中国新文学史》，在第13章"早熟的散文"一章中，作者对周作人重视散文的观点给予肯定。司马长风认为散文有如围棋，最容易学会，却很难学好。周作人认为，散文的兴盛一定是在"王纲解纽"的时代，在"处士争议、百家争鸣"的情形下才可能产生"言志"的散文，周作人还把文学分为"言志"和"载道"两类。司马长风对周作人上述观点表示肯定。

司马长风较为赏识周作人的散文小品《乌篷船》《喝茶》《苦雨》及《谈酒》，并专门分析了《初恋》和《唁辞》。司马长风把自己1975年10月15日在香港中文大学文学院的演讲稿《周作人的文艺思想》经过整理作为附录（一）放在《中国新文学史》上卷之后，对周作人在文学理论上贡献和影响给予重点关注。

四、20世纪80年代——周作人传播接受的恢复

20世纪70年代末、80年代初，国内启动经济市场化和思想上的开放，沉寂多年的周作人传播接受重又开始活跃。有关周作人散文研究的论文包括他早期、后期散文的主要内容，指出他早期散文的革命性以及周作人早期文艺理论的开创性，周作人文学在当时的影响等等。如李景彬在《文学评论》1980年第5期发表的《论鲁迅和周作人所走的不同道路》，认为周作人以人道主义为中心的"人的文学"观念代表着"五四"文学革命已经达到的高度。有关文章还有南京大学许志英的《论周作人早期的思想倾向》[①]，完全抛弃了纯粹运用伦理道德标准评价一个人文学价值的传统做法。舒芜在1986年8月由湖南人民出版社出版的《周作人概观》则主要对周作人在新文学理论和批评的建设、新诗创作及其理论探索、小品文文体的构建和在外国文学翻译等方面的突出贡献进行分析梳理。另外，1993年舒芜还出版专著《周作人的是非功过》，考察周作人作为现代文学史上重要的思想家在

---

① 许志英.论周作人早期的思想倾向.现代文学研究丛刊，1980（4）.

"五四"时期关于"人"的发现、妇女的发现、儿童的发现等方面在当时的重大影响。

20世纪80年代中期,张菊香、张铁荣合编的《周作人年谱》和《周作人研究资料》出版,为周作人文学研究提供了不少便利。

这个时期,在周作人作品文集出版方面也有不俗的收获,岳麓书社陆续出版的周作人散文集及其他出版社陆续推出的周作人散文选集一时成为热销书。北京大学教授钱理群开始于1991年出版的《周作人传》销售形势看好,截止2001年该书共印行7版,销售数量达几十万册。倪墨炎出版于1990年的周作人传记《中国的叛徒与隐士周作人》,据作者自己讲,出版不到两年就印行3次。倪墨炎先生的首版对周作人文学思想的评价尚未放开手脚,最后一版的解读显然更加全面深刻。传记能够立体、丰富、形象地展现周作人复杂矛盾的人生及其思想历程。钱理群以渊博的历史知识、社会知识和文学知识深入到周作人的内心世界,钱理群是鲁迅研究的资深学者,加之他写周作人传记过程中参阅了当时尚未公开出版的周作人日记,他的《周作人传》显示出一定的深度和广度,他与传主感受着周作人人生中的悲欢离合,生活中的迷茫困惑,颇能引起读者共鸣。

总体看来,20世纪80年代的周作人的传播接受水平应该说还没有超过70年代以前国内外已有的深度和广度,不过却为以后的周作人文学的传播接受夯下了较为坚实的基础。

五、20世纪90年代以后——周作人传播接受的第二次高潮

20世纪90年代初期,文学研究中的各种思想相互碰撞。这自然会在周作人传播接受领域有所反映,例如,1991年12月21日曾镇南在《文汇报》发表文章《略释周作人失节之"谜"》,感慨学术界存在狂捧周作人的热潮,对新时期的周作人研究给予整体否定。随后黄开发在2月29日的《文汇报》发表文章对曾镇南的观点进行辩驳。认为新时期的周作人研究基本上是建立在实事求是的基础上的,是严肃认真的,而恰恰是一些人对当下学科研究状况和周作人基本情况的陌生与隔膜才导致他们做出如此以偏概全的结

论。1995年7月,老作家何满子在《文汇报》登载文章《赶时髦并应景谈周作人》,对周作人的文学创作和为人处事给予全盘否定和批判。袁良骏则认为对一个汉奸如此热衷,不是一种正常现象。① 实际上,这是一种"左倾"思想的余绪。从伦理道德视角展开批评,固然痛快淋漓,在当时的国内形势下也比较保险稳妥。不过,这种批评方法容易带来二元对立思维的弊端,很难做到全面地、客观地考察分析周作人及其文学创作的风貌。

当时,从事周作人文学研究的国内学者十分清楚在具体研究中所面临的传统伦理道德问题的困惑。他们尽量避免在周作人研究性质问题上做过多的纠缠,继续在周作人文学的思想内容、艺术特色等方面将周作人文学研究推向深入。

20世纪90年代中期以后,随着国外文化研究的引进,探索周作人的文化思想成为热点。如钱理群的专著《周作人论》,多方位地梳理了周作人文化思想的东西方资源,着重从周作人热衷的人类文化学入手分析周作人的神话学、民俗学、性学和童话学思想。而且,钱理群还对周作人文化观与他附逆之间的因果关系做了分析:周作人欲以中国文化为中心,融合日本文化之所长,完成对东亚文化的整合,从而能与西方文化相抗衡。这也许是周作人后来叛国附逆的心理依据。这与一般从意识形态、伦理道德层面寻找分析周作人附逆事敌的原因,显然更能令人信服。此外,顾琅川《越文化与周作人》②,胡令远的《周作人之日本文化观》③。分别从纵横两方面探讨了影响周作人文学的中外文化思想资源。

随着周作人文学研究的深入,研究周作人散文的专著在1994年面世。这就是刘绪源的《解读周作人》④,该书充分肯定周作人抄书体散文,具有一定学养的读者面对这样的本领,不仅要暗暗称奇的。因为学术常识告诉我们,能够摘抄古书名言,必然博学;能够懂得外国作家之高明、本国名

---

① 袁良骏.周作人为什么当汉奸.光明日报,1996-3-26.
② 顾琅川.越文化与周作人.中国现代文学研究丛刊,1991 (2).
③ 胡令远.周作人之日本文化观.日本学刊,1996 (6).
④ 刘绪源.解读周作人.上海文艺出版社,1994.

人之鄙陋，定然多识。称其在思想内容和艺术技巧上的价值远在前期散文之上。该书另一个闪光点是对周作人散文中的"涩味"与"简单味"的鉴赏分析十分中肯到位。2011年刘绪源又出版专著《今文渊源》，他在书中专章分析探讨周作人、鲁迅和胡适三人谈话风的散文，时有睿智之见。

对周作人散文的艺术方法、文体、语言操作的探索也是周作人研究走向深入的一个标志。黄开发1997年出版的《知堂小品散文的文体研究》从艺术方法、文体、语言等方面对周作人散文做了较为深入细致的研究。黄开发把1945年以前的散文作品归纳为情志体、抄书体和笔记体三种类型，指出其中表现出的知性与感性的重要价值。作者也很重视周作人的抄书体散文，认为抄书体散文代表着周作人小品散文的最高成就。

对周作人散文理论的研究在20世纪90年代也有长足的进展。喻大翔的论文《周作人言志散文体系论》[①]，从周作人所写大量序跋及文学理论评论文章中概括归纳出比较系统、具有理论价值的散文批评体系——言志散文理论体系。作者充分肯定周作人对20世纪中国新文学及散文创作与理论批评的重大贡献。在对周作人《美文》的重读中，喻大翔梳理了周作人对广义、狭义散文的界定，及其对小品散文的具体归类。并从言志散文的思想内容、艺术手法、语言操作、风格特征对周作人提倡的"美文"特征进行了准确地定位，该文具有较高的学术价值。此外，在一些总体研究论述20世纪中国现代散文理论的论文或论著中，也都对周作人的散文理论给予应有的地位。

1996年学者陈子善编的《闲话周作人》由浙江文艺出版社出版。书中首篇收录的是周建人发表在1983年《新文学史料》21期上的文章《鲁迅与周作人》，在与鲁迅的对比中，显示出作者对周作人一生为人的不屑。这不由使人想起周海婴先生2001年写的回忆专著《鲁迅与我七十年》，该书对鲁迅研究的重要价值自不待言。然而，书中透露出的周海婴先生与周作人一家恩恩怨怨的不能释怀也令人深长思之。

《闲话周作人》还收录李大钊的女婿贾芝同在1983年《新文学史料》21期

---

① 喻大翔.周作人言志散文体系论.文学评论，1999 (2).

发表的《关于周作人的一点史料——他与李大钊的一家》。贾芝详细讲述了1927年李大钊遇害后周作人对烈士女儿、儿子的关怀照顾，作者对周作人的感激敬佩之情溢于言表。

《闲话周作人》一书中大多收编的是周作人的门生故旧新写的回忆文字。作为周作人的学生，任访秋在《忆知堂老人》中，平和地记述了周作人一生在学术和文学上的贡献，周作人对自己的学术路向的影响。回忆文章最后表达了对周作人附逆事敌的惋惜痛心，而且客观分析了周作人抗战期间出任伪职的原因：独特的家庭关系，民族失败主义，逐渐落伍的思想。

进入21世纪，一些年轻的博士生开始把关注的目光投向周作人文学研究领域。如哈迎飞的博士论文《半是儒家半释家》[1]，胡辉杰的《周作人中庸思想研究》[2]，把周作人传播接受推向一个新的境界。

2004年，孙郁、黄乔生主编的《回望周作人》由河南大学出版社出版。这套《回望周作人》丛书包括：《知堂先生》《周氏兄弟》《国难声中》《致周作人》《其文其书》《是非之间》《研究述评》和《资料索引》共八卷。该丛书在有关周作人的描述和回忆文字、周氏兄弟的关系、周作人在日军占领中国期间的表现及其研究成果、部分现代文人致周作人的信、对周作人著译的评价、对周作人论争的文字、有关周作人文学研究的文章以及周作人著译索引等方面下了不少梳理探究的功夫。现在看来，尽管尚有不少缺憾，但是它毕竟对于读者全面认识周作人及其文学提供了较为难得的资料。他们为周作人的传播接受所做出的贡献可圈可点。

对于周作人的历史污点——附逆事敌，不同的论者在文章中或是大书特书，或是点到为止，或是尽在不言中。这，既能显示出作者的年龄、学识、涵养及作者与评论对象关系的亲疏，也颇能让读者领略到作者表达思想观点的艺术技巧和那种郁结于心的、只可意会不可言传的心态。周作人一生大起大落、大开大合、充满戏剧性的阅历也是他成为焦点人物的因素之一。

---

[1] 哈迎飞.半是儒家半释家.人民文学出版社，2007.
[2] 胡辉杰.周作人中庸思想研究.湖南大学出版社，2010.

第二章
道是无情还有情
——鲁迅对周作人的传播接受

鲁迅，周氏兄弟中周作人的哥哥，作为中国现代文学的先驱者之一，他对周作人的传播接受对周作人文学在中国现代文学史上的定位至关重要。在这一章中，将从三方面探索鲁迅对周作人接受的情况。一是周作人早年与大哥关系密切；二是鲁迅与周作人在思想观念上的相互援引；三是鲁迅对周作人的总体评价。

一、相似的生活学习经历打下周氏兄弟对话的基础

鲁迅比周作人大三岁多，在周作人的青少年成长及求学过程中，由于早年受到祖父言传身教的影响，二人先后进三味书屋师从寿镜吾学习中国传统文化，少年时期的鲁迅读"正经书"，书读得很快，可是因为有反感，不曾产生什么影响。周作人在三味书屋读的第一本经书是"中庸"的上半本。所以，中庸之道对周作人一生的思想方法及世界观影响都很大。到1898年底，周作人就读完了《论语》《孟子》《易经》及《书经》的一部分。不过，他对四书五经的总体评价却是："'经'可以算读得不少了，虽

也不能算多。但我总不会写，也看不懂书，至于礼教的精义尤其茫然。干脆一句话，以前所读之书于我毫无益处，后来的能够略写文字及养成一种道德观念，乃是从别的方面来的。"① 鲁迅对四书五经的评价也完全是负面的："孔孟的书我读得最早，最熟，然而倒似乎和我不相干。"② 显然，我们不能实打实地理解周氏兄弟的这番对四书五经的总体评价，因为以儒学为核心的中国封建社会的正统文化，是任何一个中国人都不能彻底摆脱掉的。

周氏兄弟的祖父周福清是清末进士，且被光绪皇帝授予翰林庶吉士。据周作人回忆，1898年前后，祖父把一部木板钦定《唐宋诗醇》寄回家中，内中夹带一张纸条，其内容是："初学先诵白居易诗，取其明白易晓，味淡而永。再诵陆游诗，志高词壮，且多越事。再诵苏诗，笔力雄健，词足达意。再诵李白诗，思致清逸。如杜之艰深，韩之奇崛，不能学也不必学也。示樟寿诸孙。"③ 祖父还要求周氏兄弟练习书法，他曾从狱中寄来各种字帖，不是一本一本的，而是一张一张的，常常要求孙子们揣摩并临摹这些字帖，使得以后的周氏兄弟"虽然无意做一个书法家而终于是一个出色的书法家。"④ 祖父还要求孙子们抄一些不常见的书，如陆羽的《茶经》、李翱的《五木经》，以及侯宁极的《药谱》等自然科学方面的书。当时家里根据祖父的意见，还从申报馆派报售书处买来《徐霞客游记》六本，《春融堂笔记》二本，试音宋本《唐人合集》十本。后来还买有《历下志游》《淮军平捻记》等书。周氏兄弟后来喜欢阅读野史笔记，均与祖父在学业上的引导有关。祖父周福清作为一位开明进步、具有民主主义思想的封建时代的知识分子，周氏兄弟接受其影响是很自然的事情。

1898年5月鲁迅进入南京水师学堂读书。在兄长的熏染下，1901年

---

① 周作人.谈虎集·我学国文的经验·周作人散文全集（第4卷）.广西师范大学出版社，2009：768.

② 鲁迅.坟·写在《坟》后面·鲁迅全集（第2卷）.光明日报出版社，2012：483.

③ 周作人.《唐宋诗醇》与鲁迅旧诗·周作人散文全集（第14卷）.广西师范大学出版社，2009：26.

④ 段国超.鲁迅家世.教育科学出版社，1998：89.

春，周作人也提出愿意去南京水师学堂读书。鲁迅一面写信请求狱中的祖父同意此事，一面恳请在南京水师学堂做国文老师的叔祖设法促成，周作人在1901年9月通过差额生考试入江南水师学堂就读。1902年2月2日，周作人得读鲁迅买来的严复翻译的赫胥黎的《天演论》，周作人读后激动不已。对于鲁迅、周作人这一代青年来讲，《天演论》使他们接触到与中国传统的奴隶哲学完全不同的全新的人生哲学，即自立、自强、自律的积极进取的人生哲学。鲁迅1902年2月24日去日本留学，周氏兄弟在南京共同学习生活半年时间。

鲁迅到日本后，马上把去国途中的见闻编成《扶桑纪行》一册寄给周作人。鲁迅还十分注意对弟弟的课外读物加以引导，他在日本发现有宣传民族主义革命思想的书报，就购买寄给周作人，如《摩西传》《西力东侵史》《世界十女杰》《权利竞争论》《最近清国疆域分图》以及《清议报》《浙江潮》等书刊。

在鲁迅的支持帮助下，周作人经过努力，于1906年7月获得官费去日本留学的资格。周作人到达东京后，鲁迅订购的美国学者该莱（Gayley）编写的《英文学里的古典神话》引起周作人的注意。周作人从这本书中了解了希腊神话的大概。书中前言介绍了古今各派学者对希腊神话的不同理解。周作人也从中获得安特路朗人类学派的知识。周作人顺藤摸瓜，购来安特路朗的《习俗与神话》《神话仪式和宗教》。安特路朗人类学知识的获得，对于周作人一生的文化选择和文学走向无疑是一种重要因素。

1907年鲁迅与朋友们筹办杂志《新生》时，周作人是最坚定的合作者。虽然杂志因故没有成功，但鲁迅与周作人为杂志准备的论文则浸透着他们对国家命运以及当时文坛现状的思考，那就是要用文章改造国民的灵魂。

1909年2月、6月东京神田印刷所印行的《域外小说集》，虽然销售不尽如人意，却是兄弟俩首次合作翻译的结晶。1920年，上海群益书店重印《域外小说集》，鲁迅写了新序，但是署名则变成了周作人。

1908年夏，周氏兄弟在东京民报社听章太炎先生讲文字学，同学者有周作人、钱玄同、许寿裳、朱希祖等人。章太炎是国学大师，周氏兄弟不仅获得了一定的"小学"知识，而且在课余还学得不少文学知识，使他们视野大大扩展。

1911年9月，周作人回国在浙江第五中学做英语教员。现存鲁迅日记是从1912年5月5日鲁迅随民国政府教育部迁入北京开始，到1917年3月27日周作人由工作所在地绍兴启程到达北京为止，这段时间大约有4年7个月："鲁迅日记上记载的鲁迅致周作人信共445封，平均大约4天一封信。所记收到周作人来信443封。这其中大约900封的来往信件，鲁迅日记中有些关于写信内容的记载，简约的文字可以看出他对周作人的深情。"[1]周作人在此期间的工作情况、思想情况以及写作情况，鲁迅应该是非常清楚并给之以帮助的。而且在这五年之中，鲁迅还不断把在北京发行的新杂志如《新青年》《教育公报》等买来寄给周作人。鲁迅不断为周作人的译稿如《炭画》《异域文谈》的出版联系书局。并且为周作人的谋职在北京到处奔波，1916年12月，蔡元培出长北大，周作人得到在北京大学工作的机会。1917年9月4日，蔡元培聘请周作人任北大文科教授，讲授《欧洲文学史》。关于周作人首次在北大上课的情况，周作人有如下回忆："课程上规定，我所担任的欧洲文学史是三单位，希腊罗马文学史是三单位，计一星期要上6小时的课，可是事先却须预备6小时用的讲义，这大约需要稿纸至少20张，再加上看参考书的时间，实在是够忙的了。于是在白天把草稿起好，到晚上等鲁迅修改字句之后，第二天再来誊正。如是继续下去，在6天里总可以完成所需要的稿件，交到学校里油印备用。"[2]这样的工作流程，从1917年9月23日持续到1918年6月8日。1918年10月，这部《欧洲文学史》讲义由商务印书馆作为北京大学丛书之三出版。

1921年1月，周作人患肋膜炎，入住山本医院两个多月，之后又在北京西山碧云寺休养近三个月。在休养期间，鲁迅前往看视二十多次，

---

[1] 舒芜.周作人的功过是非.人民文学出版社，1998:326.
[2] 周作人五四之前·周作人散文全集（第13卷）.广西师范大学出版社，2009:551.

寄信慰问十多次，还为他买佛书三次计十三种，对周作人的关照真可谓长兄如父。

但是，天有不测风云，1923年7月19日周作人突然给鲁迅送去绝交信，次年6月11日，鲁迅回八道湾取书时，又与周作人夫妇发生激烈冲突。从此以后，鲁迅与周作人的私人关系彻底决裂，从不交口。但是，一般认为，这属于家庭内部的矛盾，鲁迅与周作人在思想上、艺术上，对许多问题的看法还是一致的。他们在"女师大"事件、"三一八"惨案中的密切配合就是很好的例证。30年代，在诸如气节问题、有关左翼文学的一些弊端，关于文艺的特点等问题上，两人还是具有大致相同的看法。总之，周作人早期的生活与学习经历为鲁迅对周作人的接受打下了坚实的基础。

二、在"女师大"和"三一八"惨案中周氏兄弟互相策应

我们再来谈谈鲁迅对周作人的具体接受。鲁迅把中国两千年的封建社会里广大下层劳动人民的处境归结为"坐稳了奴隶的时代或想做奴隶而不得的时代"①。不论是以改造批判国民劣根性为己任的鲁迅，还是在寻求"人学"建构的周作人，在批判非人的封建思想道德行为方面找到了共同点。这也使周氏兄弟在"语丝"时期的合作和"三一八"与"女师大"事件中的并肩作战成为可能。

1925年春间的五卅运动引爆了中国民众民族主义的革命热情，帝国主义对中国人的野蛮屠杀激起周作人的极大愤慨。周作人表示："关于这次上海英国人的行凶事件，我们十分愤慨，因为他们不拿中国人当人。我们希望国人力争，甚至不惜与英国断绝经济关系，直至达到平等待遇的目的之日为止。"②其中鲜明的民族主义立场跃然纸上。但周作

---

① 鲁迅.坟·灯下漫笔·鲁迅全集（第2卷）.光明日报出版社，2012：431.
② 周作人.对于上海事件之感言·周作人散文全集（第4卷）.广西师范大学出版社，2009：207.

人的头脑始终是清醒的,并没有被盲目的排外情绪所支配,所以他一再提醒国人:"此次反对英国是反对那些不把中国人当人的凶横的英国官僚,并不是明白的英国人民,目的是在自卫,并不是报复。所以,我们对于个人切不应有所迫害,对于英国的文化、学问和艺术仍有相当的尊敬。"也就是说不可"成为泛反对主义,由打倒英日帝国主义一转而为打倒英日,再转而打倒英日人,三转而为打倒凡外国人了"。①周作人同时指出切不可因为一致对外而"对于军阀官僚没有反抗的表示",尤其要防备有人乘机搞封建复辟,以守国粹夸国光为爱国。这里,周作人顾及到了如何把反帝与反封建统一起来的问题。而且他认为"反抗自己更重要得多",中国人"丧失了做人的资格","这才真是国耻","自己不改悔也就决不能抵抗得过别人。"②周作人同时主张增强实力,"他们用机关枪打进来,我们用机关枪打出去。"③在五卅运动中,鲁迅的立场观点与周作人非常相似,而且还有所引申发挥。鲁迅认为"一国当衰敝之际,总有两种意见不同的人。一是民气论者,侧重国民的气概;一是民力论者,专重国民的实力。前者多则国家终亦渐弱,后者多则强。"④鲁迅也同样提醒人们"须警惕那些借口一致对外而乘机剥夺人民的扒手。"他还告诫那些"点火的青年":"对于群众,在引起他们的公愤之余,还须设法注入深沉的勇气;当鼓舞他们的感情的时候,还须竭力启发明白的理性。"周氏兄弟针对当时一些年轻人盲目激烈地排外而忽略封建思想对国人的危害所表现出来的清醒的现实主义态度是惊人的一致的。

周作人在1925年的女师大事件之初曾试图保持中立,写于4月17日《与友人论性道德书》一文很能反映他的态度:"我实在可叹,是一个很缺少'热狂'的人,我的言论多少都有点游戏态度,也喜欢弄一点过激的思想,拨草寻蛇地去向道学家寻事,但是如法国人拉勃来那样只是到'要被

---

① 周作人.讲演传习所·周作人散文全集(第4卷).广西师范大学出版社,2009:216.
② 周作人.代快邮·周作人散文全集(第4卷).广西师范大学出版社,2009:256.
③ 周作人.文明与野蛮·周作人散文全集(第4卷).广西师范大学出版社,2009:215.
④ 鲁迅.华盖集·忽然想到·鲁迅全集(第3卷).光明日报出版社,2012:81.

火烤了为止',未必有殉道的决心。"①他甚至认为学校当局固然可憎,学生们的义愤也不可久持,不如决然舍去,大可不必做了群众运动的牺牲。但周作人最后仍然卷了进去。他参加了女师大学生自治会召集的会议,与鲁迅一起被推为校务维持会会员,而且又列名于由鲁迅起草的《对于北京女子师范大学风潮宣言》。1925年8月1日杨荫榆与当局配合,武力驱逐学生,周作人忍无可忍,公开谴责杨荫榆和当时的教育总长章士钊的卑劣行径。他还在报纸上发文批评胡适等人对当局的"忠厚":"以忠厚待人可,以忠厚待害人之物则不可,应付老虎只有极简单的两条路,不剪除它则为虎作伥。"甚至还认为"宽容,宽容,几多罪恶假汝之名以行!提倡宽容之流弊亦大矣,可不戒欤?"②在此后与陈源的论战中,周氏兄弟更是配合默契,有力地维护女师大学生的基本权益。可以说,女师大事件中,鲁迅与周作人是并肩作战、一致对外的。

1925年底,北京女师大师生与校方争斗正酣之际,有人在《国魂》旬刊上发表文章,认为章士钊固然不好,然而反对章士钊的"学匪"也应该打倒。周作人读过此文立即发表《国魂学匪观》一文,指出该文作者假装超然,实际上还是在暗地偏袒一方的。周作人的观点引起了鲁迅的共鸣,他写下《学界的三魂》一文,发挥周作人的观点,认为动辄说别人是"学匪","那灵魂就是在做官"——行官势,摆官腔、打官话。顶着一个皇帝做傀儡,得罪了官就是得罪了皇帝,于是那些人就得了雅号曰"匪徒"。③深刻揭露了这类人的本来面目。

1927年4月26日,共产党人李大钊被奉系军阀张作霖杀害。亲日的《奉天时报》幸灾乐祸,说李大钊"如果肯自甘淡泊,不做非分之想,以此文章和思想来教导一般后进,至少可以终身得到一部分人的信仰和崇

---

① 周作人.与友人论性道德书·周作人散文全集(第4卷).广西师范大学出版社,2009:165.

② 周作人.忠厚的胡博士·周作人散文全集(第4卷).广西师范大学出版社,2009:264.

③ 鲁迅.华盖集续编·学界的三魂·鲁迅全集(第3卷).光明日报出版社,2012:174.

拜，如今却做了主义的牺牲，有何值得""在此国家多事的时候，我们还是苟全性命的好，不要再轻举妄动吧"。周作人对此言论很不以为然，发表文章为李大钊辩护。认为李大钊以身殉主义，没有什么悔恨可言，中国向来就有"志士不忘在沟壑，勇士不忘丧其元"的古训，李大钊作为共产党员，身后萧条正是他自甘淡泊的表现，其高风亮节人们敬仰之不及，岂容逐利之徒说三道四。①周作人还与朋友们一起保护李大钊子女。先是让李大钊长子李葆华住在自己家中，后来又把他送往日本留学。这些言行得到鲁迅的肯定，"有一回说及你曾送李大钊之子赴日本之事，他谓此时别人并不肯管，而你却要掩护他，可见是有同情的。"②

1927年10月，周作人在《语丝》141期刊登《吴公如何》一文，指责吴稚晖提议"清党"，借清党残杀异己，自此以后，《语丝》在上海等地都被扣留。鲁迅的《扣丝杂感》不仅用自己的亲身经历证实周作人的指责，而且对查扣杂志的检查人员的心理也作了极为深刻的分析："《语丝》是每有不肯凑趣的坏脾气的，则其不免于有时失踪也。"③并且在给章廷谦的信中赞扬"《语丝》中所讲的话，有好些是别的刊物所不肯说，不敢说，不能说的。倘其停刊，亦殊可惜，我已寄稿数次。"④鲁迅的这些言行，对于正在极其艰难的环境中主持《语丝》编务工作的周作人来讲，不论是在稿源上，还是心理上都是一种巨大的支持和帮助。

30年代，周作人不断感叹人生"痛苦"的现实，这从他一些颇具苦味、药味的书名可知一斑。如《苦茶随笔》《苦竹杂记》《苦口甘口》《药味集》《药堂语录》《药堂杂文》等等。他把自己的书房命名为"苦雨斋""苦茶庵""苦住斋"，并不时提及人生的无常与荒诞。虽然如此，周作人并未绝望，从不言放弃。在《伟大的捕风》一文里，他一面承认"多有智慧就

---

① 周作人.闲话拾遗·三，愚见.语丝，1927（123）.
② 鲁迅研究资料（第12期）.天津人民出版社，1983：82.
③ 鲁迅.而已集·扣丝杂感·鲁迅全集（第3卷）.光明日报出版社，2012：417.
④ 鲁迅.1927年8月17日致章廷谦信·鲁迅全集（第10卷）.光明日报出版社，2012：184.

多有愁烦,加赠知识就加赠忧伤",同时又强调"查明同类之狂妄和愚昧,与思索个人的老死病苦,一样是伟大的事业,积极的人可以当一种重大的工作,在消极的也不失为一种有趣的消遣。虚空尽由他虚空,知道他是虚空,而又偏去追迹,去查明,那么,这是很有意义的,这实在可以当得起说是伟大的捕风。"[1]

周作人这种懂得世故而不世故的现实主义精神与鲁迅一生奉行的迎难而上的革命气概是一致的。

周作人在所谓"气节"问题上主张采取实用主义的标准。他认为文天祥等人的唯一好处是有气节,国亡了肯死。这虽是一件很可佩的事,我们对他们应当表示钦敬,但这个我们不必去学它,也不能算是我们的模范。第一,要学他,必须国先亡了否则怎能死得像呢?我们要有气节,须得平时使用才好,若是必以亡国时为期,那未免牺牲太大了。第二,这种死于国家社会别无用处。我们的目的在于富国强民,不做这个工作而等候国亡了去死,就是死再多的文天祥也于事无补。周作人不希望中国多出文天祥,并不是说多出张弘范或吴三桂好,而是希望中国多出一些积极的、成功的人才,而少出一些消极的、失败的、一死了之的英雄。因此,他对那些空喊气节,高唱气节的八股腔不以为然:"至今亦何尝有真气节,今所大唱而特唱者只是气节的八股罢了,自己躲在安全地带,唱高调,叫人家牺牲,此与浸在温泉里一面吆喝'冲上前去'亦何以异哉。"[2]

勇于解剖自己。周作人对吃人的封建思想道德,对种种非人道的陋俗禁忌给予毫不妥协的批判,同时他对自己不同时期的思想、心理状态也有客观清醒的认识。周作人在《雨天的书·自序(二)》中说道:"自己平素最讨厌的是道学家,岂知这正因为自己是一个道德家的缘故;我想破坏他们的伪道德不道德的道德,其实却同时非意识地想建立起自己所信的新的道德来。我看自己一篇篇的文章,里面都含着道德的色彩与光芒,虽然外面是说着流氓似的土匪似的话。我很反对为道德的文学,但自己总做不出为

---

[1] 周作人.伟大的捕风·周作人散文全集(第5卷).广西师范大学出版社,2009:568.
[2] 周作人.颜氏学记·周作人散文全集(第6卷).广西师范大学出版社,2009:94.

文章的文章,结果只编集了几卷说教集,这是何等滑稽的矛盾。"他还说"我从小知道病从口入,祸从口出的古训,后来又想混迹于绅士淑女之林,无如旧性难移,燕尾之服终不能掩牛脚,检阅旧作,满口柴胡,殊少敦厚温和之气;呜呼,我其终为师爷派矣乎?"①

鲁迅私下对三弟周建人说,周作人的许多意见"有许多地方,革命青年也大可采用,有些人把他一笔抹杀,也是不应该的"②。

1934年4月,周作人在《人间世》创刊号发表《五秩自寿诗》,引发了一场左翼青年与20世纪30年代中国自由主义知识分子有关革命与落伍的思想论争,双方各说各话,显示出各自所持观念立场的巨大反差。鲁迅在这次论争期间,发表了如下看法:"周作人自寿诗,诚有讽世之意,然此种微词已为今之青年所不撩,群公相和,则多近于肉麻,于是火上添油,遂成众矢之的。而不作此等攻击文字,此外近日已无可言。此已古已有之,文人美女必负亡国之责。近似已有人觉国之将亡,已在卸责于清流或舆论矣。"③这段话虽出之鲁迅写给友人的通信,却表现出鲁迅对周作人的深刻理解与客观评价。据周建人回忆,1936年10月,鲁迅病危热度很高时还在看周作人的著作。④

从形式方面来看,翻译文学对中国现代文学最为深刻的影响则是对语言形式的铸造,从而改变中国新文学的内涵。

翻译文学对"五四"新文学的影响一方面是增加汉语的词汇,这些词汇不仅仅是作为工具性语言的物质指称,尤为重要的是思想意义上新的范畴、新的术语、新的价值观念的输入与整合。它使新文学语言发生了质的变化,从而使新文学作家的思维方式和作品的思想内容焕然一新。

任何文学都具有语言具有文字形式与思想内容两个层面,相应地,翻

---

① 周作人.雨天的书·自序(二)·周作人散文全集(第4卷).广西师大出版社,2009:346.

② 周建人.致周作人书·鲁迅研究资料(第12期).天津人民出版社,1983:82.

③ 鲁迅.致曹聚仁书·鲁迅全集(第11卷).光明日报出版社,2012:69.

④ 周建人.鲁迅先生对于科学·鲁迅研究.生活出版社,1937.

译文学也有技术技巧和文化意蕴两层含义。

周氏兄弟在翻译上当时反对灵活讨巧的"意译",更反对"中学为体,西学为用"的论者对欧美文化进行的中国式比附。主张"直译""硬译"。所谓"直译""硬译",本质上就是对西方文化全面直接的引进。这种策略对"五四"时期中国新文学的语言文字以及思维方式的影响不容忽视。正如熊月之先生所说:"语言的变化,连带着观念形态的变化、思维习惯的变化、文化环境的变化。汉语复音词的增多,表达方式的演进,白话文的兴起,无一不与日译新词的引进有着密切的关系。"①

新文学的先驱者看到中国古代文言某些方面的僵化,出于学习借鉴的目的转而向西方学习。鲁迅认为,翻译大有可为,而且将大有作为②:我们可以从中得到"正确的师范"。他主张"一面尽量地输入,一面尽量地消化、吸收。"因为翻译"不但在输入新的内容,也在输入新的表现法。"③

周氏兄弟在翻译方面的贡献可贵之处在于输入欧美新思想、新理念和新技巧,为中国新文学在语言文字和艺术技巧方面做出可贵的探索。

三、鲁迅认可周作人在中国现代文学史上的地位

最后我们再来看鲁迅对周作人的总体评价。1936年10月19日,鲁迅在上海逝世。不久周建人在给周作人写的一封信中说:"总起来说,他(指鲁迅)离开北平以后,他对于你并没有什么坏的批评。"④这说明鲁迅对与周作人"断交"以来的工作表现基本上是正面的。1933年春天,鲁迅在回答外国媒体采访时,以一位"五四"先驱者的身份定位周作人,他给周作人在20世纪30年代散文领域的答卷判了最高分。根据钟叔河对斯诺夫人海伦提供的原始采访记录的研究,斯诺在1933年2月11日以书面

---

① 熊月之.西学东渐与晚清社会.上海人民出版社,1994:678.
② 鲁迅.《思想·山水·人物》题记·鲁迅全集(第13卷).光明日报出版社,2012:433.
③ 鲁迅.关于翻译的通信·鲁迅全集(第4卷).光明日报出版社,2012:287.
④ 鲁迅研究资料(第12期).天津人民出版社,1983:82.

形式向鲁迅提出了36个问题，鲁迅都一一做了回答。其中针对"你认为'五四'以来中国最优秀的散文作家有哪些？"鲁迅提供的答案是："周作人、林语堂、周树人（鲁迅）、陈独秀、梁启超。"① 从鲁迅为"五四"以来中国散文大家的排名来看，此时（1933年）鲁迅虽然已经与周作人断绝私人直接交往将近十年，但他对周作人到北京后15年在散文创作的表现还是给予充分肯定的。

鲁迅是一位非常认真严谨的作家兼学者。他1926年11月曾经说过："我的确时时解剖别人，然而更多的是更无情地解剖我自己。"② 鲁迅在具体的小说或杂文创作的时候或许会运用一些文学修饰手法，但在总结文学历史，梳理艺术成就时，绝对会秉持唯物辩证法的精神，实事求是地给予判断。

周作人"五四"以来在散文创作上的突出表现有哪些呢？鲁迅没有公开说明分析。现在我们就来做一番分析梳理。

最能说明问题的是在日本留学期间，周氏兄弟的知识结构也在悄然发生着变化。鲁迅着力于国民劣根性的研究、改造和批判。而周作人则在批判和破坏封建思想及其伦理道德的同时也在积极构建健全的人生所需要的知识。如人类学、性心理学、民俗学、社会学。这些知识结构及其所形成的思想潜在地支配着兄弟二人以后的人生走向。踏上社会人生后，兄弟之间的影响是对等的、相互的。1923年7月，兄弟交恶，从此二人断绝直接来往。据郁达夫讲是由于周作人偏信了妻子的一面之词，对大哥产生误解。实际上，另一个重要的因素也不可漏掉。那就是周作人此时的思想走向和人生设计已经与其兄发生一定的距离和偏差，他已不愿亦步亦趋地事事听命于长兄，周作人想尝试打下属于自己的一片天地。

在文化方面，鲁迅本来也是要有所建设的，从他在30年代的个人购书目录来看，他的知识涉猎范围是相当广泛的。

---

① 钟叔河.周作人散文全集序·周作人散文全集（第1卷）.广西师范大学出版社，2009：5.

② 鲁迅.写在《坟》后面·鲁迅全集（第3卷）.光明日报出版社，2012：125.

由于特殊的原因鲁迅在破立中选择了先破，而周作人则在破中又有立字蕴蓄其中。鲁迅是现代思想启蒙运动的先驱之一。他的追求"立人"思想在《文化偏执论》（1907年）中已经有所表现，这种理想的核心命题是："诚若为今立计，所当稽求既往，相度方来，剖物质而张灵明，任个人而排众数。人既发扬踔厉矣，则邦国亦以兴起。"①方法是："是故将生存两间，角逐列国事务，其首在立人，人立而后凡事举；若其道术，乃必尊个性而张精神。"我们仔细分析，鲁迅此时的思想逻辑，跟梁启超、陈独秀等人的理论预设并没有本质的区别。是要通过"立人"而"立国"，立国才是目的。不同的是鲁迅谈到要"任个人而排众数"。"排众数"的思路是与民主政治预设的民族国家建构相冲突的，更是与现代性主体性建构不相符合。鲁迅的立人手段与立国目的之间是存在矛盾的，这个矛盾的来源是鲁迅思想中的尼采。也就是在这篇文章中，鲁迅第一次高调推出尼采的极端个人主义："若夫尼采，斯个人主义之至雄桀者也，希望所寄，唯在大士天才；而以愚民为本位，则恶之不殊蛇蝎'意盖谓治任多数，则社会元气，一旦可腐，不若用众人为牺牲，以冀一二天才之出世，递天才出而社会之活动亦以萌，即所谓超人之说，尝震惊欧洲之思想界者也。"②

尼采的思想体系几乎和作家主体性的建构无关。相反，却是对主体性的解构。尼采宣布"上帝死了"。意欲彻底消解西方自古以来建立的形而上学。而现代人的主体性的确立，却是建筑于如此的形上结构的。西方现代哲学架构的崩溃，当然就再也谈不上个人主体性的存在。后现代主义代表人物福柯认为，抽掉了形而上学的支架，上帝之死与人之消失没有区别。尼采倡导的超人，恰恰要排众数之人，因此他所谓的"超人"不是现代社会具有主体性的人。这样的超人，与现代社会的法制社会理念背道而驰。鲁迅也想如法炮制，立人立国，其结果必然是缘木求鱼。

尼采是西方现代性第三个阶段的开启者，这实际上又成为后现代的开

---

① 鲁迅.坟·文化偏执论·鲁迅全集（第2卷）.光明日报出版社，2012:305.
② 鲁迅.坟·文化偏执论·鲁迅全集（第2卷）.光明日报出版社，2012:311.

端。尼采认为西方现代文明的症结就在于形而上学所带来的虚无主义，力图解构形而上学。但是，他的努力反而更进一步推进了虚无主义。由于尼采否定了目的论，否定了形而上学，从而也就根本否定了人的主体价值和意义。从此，现代性开始走向自己的反面。鲁迅对尼采的接受，一方面深刻地洞察了现代性的诸多问题，另一方面也在他自己的思想中埋下了虚无的种子。

鲁迅希望引入拜伦等"恶魔派"浪漫主义诗人的"诗力"，为中国文化注入活力。这具有审美现代性的特征：用（诗的）感性的力量对抗理性的桎梏。但这里存在一个矛盾：从宏观上看，西方的审美现代性是在现代性框架内对理性启蒙偏执的一种反抗，它在矫正理性过度膨胀的同时也包含着解构现代性的危险。而鲁迅要用这样的武器摧毁中国传统德性伦理体系从而实现现代性建构。问题是审美现代性的利刃在瓦解传统礼教的同时必然会伤及现代理性和形而上学自身，导致现代主体性难以确立。

在这种矛盾中，主体性遭到了一次解构，个体权利被取消，"末人"应该为"超人"而牺牲。极度崇拜感性意志力量（强力意志），同时摧毁理性精神，形而上学被彻底瓦解。

从以上的分析中，我们可以看到，中国文学现代性的源头处于一种复调状态，不同的现代性思潮在同一个时间轴和空间轴上共存竞争。但是其中的现代主体性的建构却呈现出一种羸弱的状态，秉承启蒙理性的主体性建构，其力量有限，即使是王国维，他的思想当中，由于他对叔本华和尼采的大量接受，还有着相当强烈的非理性因素，他为启蒙主体性的引入开了个头，后续的大约就只有周作人。

第一次世界大战前，西方世界已经开始对启蒙理性展开了深刻反思，一些中国知识分子也随之对欧洲现代性的第一个阶段开始由推崇转向怀疑。这一时期对尼采的大量介绍正是说明了这一点。然而，这一时期中国对整个西方文明还是推崇的，诚如鲁迅在《摩罗诗力说》中认为的那样，包括尼采在内的浪漫主义诗人们，正是西方文明自我修复的机制，是一种刺激，可以激活西方已经僵化的肌体。鲁迅之所以要大力推介尼采，其目的就是想以此来刺激和唤醒中国僵死的文化，而中国传统并不存在这样的强心针,因而只能"别求新声于异邦"。问题在于,西方的所谓"僵死",是其现代性内部的问题,而中国的僵死却是封建思想的僵化。尼采的药方是要破解启蒙现代性的硬壳,激活其内在的活力。这本来就是一剂猛药,其结果是在瓦解启蒙现代性的生命。对于尚处在现代性的前期,现代启蒙尚未完成的中国,试图用尼采的反现代性完成中国的现代性启蒙,这就等于是引狼入室。"鲁迅们"只看到尼采对于个人主义的强烈推崇似乎和新文化运动的自由独立精神相类似,却没有意识到,尼采的极端个人主义已经不是真正的主体性建构了,他恰恰是要铲除主体性的基础,形而上学和理性。学者周宪指出:"审美现代性绝不可能替代启蒙现代性的正面功能,它只是相对于社会现代化过程中负面影响而有所作为。那就是说,审美现代性作为启蒙现代性的一种'他者'存在,旨在克服或改善启蒙现代性所带来的消极的负面的作用。"[1]但在社会达尔文主义的刺激下,在民族国家建构的焦虑中,尼采的"超人"哲学对于改造国民性在理论上似乎提供了一种可能。

第一次世界大战呈现的列强欺侮中华的局势强化了中国民族国家建构的焦虑感,这使得推崇卢梭的梁启超和陈独秀的思想获得存在的土壤。个体主体性在当时中国普遍生产力水平低下经济欠富裕的国民中则缺乏回应的氛围,它充其量不过为学院派知识分子提供了一个驰骋诗意人生的思维平台。新文化运动初期从宗法家庭中解放出来的青年男女立刻投入到民族国家的建设运动中。人的主体性本身,正如梁启超、陈独秀的观念所展示的,成为国家和民族的"群"的手段。个人之所以要有权利观念,不是为了"人的权利"自身的目的,而是要建立有权利的国家。这也是学者秦晖所讲的:"以追求个性解放始,到极端地压抑个性终。"[2]中国文学思想于是从"文学革命",从"启蒙"追求,逐渐激进,开始转向"革命文学"。人的主体性建构已经不是中国文学现代性的首要目标了。

---

[1] 周宪.审美现代性批判.商务印书馆,2005:10-11.
[2] 秦晖.在继续启蒙中反思启蒙.南方周末,2006-6-15.

在 20 世纪上半叶的中国，出现这样的情况，一方面当然是情势所致，另一方面也有中国文化自身的问题。其中之一，或许就是形而上学思维结构的缺失。欧美文化体系中人的主体地位是在近代社会成型并确立下来的，它是欧美社会文明世俗化的一种表征。但是这种理念为什么没有被巨大的"利维坦"吞噬掉呢？主要的因素就在植根于欧美文化传统中的坚定不移的信念——形而上学。欧美现代个人的主体身份就是借助于这样的信念得以确立并维持下去的，个人权利的不容置疑是欧美形而上学信念世俗化的果实。

实际上，我们从 1918 年 5 月鲁迅在《新青年》上发表的成名作《狂人日记》和 1918 年 12 月周作人发表的《人的文学》的对比中就可看出二者的不同。前者是鲁迅对中国封建社会"吃人"的礼教的强烈控诉，后者则是周作人对"人学"建构的初步尝试。日本学者木山英雄把兄弟两者的人生选择比作"一个人果敢的前腿和稳重的后腿那样，共同走出了一条开创性的道路。"①

周作人在《人的文学》提出的人的文学也只是一个基本框架，至于怎样才是理想的人生和理想的"人的文学"，周作人自己一开始并不是十分了然，这其中有一个不断探索、曲折前行的过程。

1919 年 7 月，周作人利用去日本接回家眷的机会访问了日本著名作家、思想家武者小路实笃在日本九州日向建立的空想社会主义的实验基地"新村"。在参访过程中，他受到很大的鼓舞。回国后周作人到处热情地做演讲宣传、发文章。例如《访日本新村记》②《新村运动的解说——对胡适先生的演说》③《新村的理想与实际》④等等。在这些演讲或文章里，周

---

① 〔日〕木山英雄著，赵京华编译.文学复古与文学革命——木山英雄中国现代文学思想论集.北京大学出版社，2004:243.

② 周作人.新村的精神——1919 年 11 月 8 日在天津学术演讲会上讲演.觉悟，1919-11-23、24.

③ 周作人.新村运动的解说——对胡适先生的演说.晨报，1920-1-20.

④ 周作人.1920 年 6 月 19 日在社会实进会的讲演.晨报副刊，1920-6-23、24.

作人认为："新村的理想，简单地说一句话，就是人的生活。"人的生活就是一种"和谐""互助""独立"与"自由"的调和。"人类"的人与"个体"的人是统一的，这既"尽了对于人类的义务，却又完全发展了自己的个性"①。周作人宣传的新村的理想是当时周作人心目中的真正的人的生活的理想，与他这一时期建构的"人学"理想是一致的。而且周作人认为"新村与别的社会改造不同的地方，是想和平地得到革命的结果"，希望社会中的每一个成员，都能自觉改正不劳而食的恶习，而反对"翻天覆地，惟铁与血"的暴力革命。这也反映了周作人这种自由主义理念的特点。

周作人热情提倡的新村运动的拥护者是中国第一批马克思主义的信仰者，如李大钊、毛泽东、蔡和森、恽代英等。周作人1920年6月28日的日记中有"守常函介李君来，属为绍介往新村"的记载。

鲁迅对周作人倡导"新村"的态度则较为冷静。他在给钱玄同的信中认为周作人宣传新村运动的文章"不是什么大文章，不必各处登载"。②在小说《头发的故事》中鲁迅借主人公的话发出自己的质疑："我要借了阿尔志跋绥夫的话问你们：你们将黄金时代的出现预约给这些人们的子孙了，但有什么给这些人们自己呢？"③可以看出，鲁迅对周作人倡导新村运动的言行是不支持的。他是一直主张立足于现实的更加切实的战斗的。时过境迁，虽然周作人本人的思想状况在1926年末已经今非昔比"一个人在某一时期大抵要成为理想家，对于文艺与人生抱着一种什么主义。我以前是梦想过乌托邦的，对于新村有极大的憧憬，在文学上也就有些相当的主张。我至今还是尊敬日本新村的朋友，但觉得这种生活在满足自己的趣味之外恐怕没有多大的觉世的效力，人道主义的文学也正是如此，虽然满足自己的趣味，这便已尽有意思，足为经营这些生活或艺术的理由。以前我所爱好的艺术与生活之某种相，现在我大抵仍是爱好，不过目的稍有转

---

① 见周作人《新村的理想与实际》《日本的新村》。
② 鲁迅.致钱玄同书·鲁迅全集（第10卷）.光明日报出版社，2012：32.
③ 鲁迅.呐喊·头发的故事·鲁迅全集（第1卷）.光明日报出版社，2012：53.

移，以前我似乎多喜欢那边所隐现的主义，现在所爱的乃是在那生活和艺术本身罢了。"① 但是处在热情高涨的"五四"时期，周作人对大哥的态度恐怕是有自己的看法的。

现代学者陈寅恪说过，陶渊明的"平淡"与"自然"并非落伍，而是一种独立的思想性格。它既不同于尚老庄是自然者之"避世"，也不同于尚周孔是名教者之"进取"，更不同于名利兼收的"自然名教两是之徒"，而是另创一种足可安身立命的"新自然说"："唯其仍是自然，故消极不与新朝合作。虽篇篇有酒，而无沉湎任诞之行及服食求长生之志。" 陈寅恪强调，陶氏的新自然说与魏晋之际持自然说最著之嵇康、阮籍血脉相连，同样涉及家世姻亲及宗教信仰，而且隐含着反抗与激情。而其"唯求融合精神于运化之中"，"实外儒而内道"，"与千年后之道教采取禅宗学说以改进其教义者，颇有近似之处"。若此说属实，则陶氏不愧为"吾国中古时代之大思想家"② 我们认为，陈寅恪将陶渊明的生活方式作为一种思想史现象来观照，这种眼光是别具一格的。陈寅恪的这种观察不免让我们联想到30年代周作人书斋中的文化批评。周作人认为名篇佳作："要在文词可观之外再加思想宽大，见识明达，趣味渊雅，懂得人情物理，对于人生与自然能巨细都谈，虫鱼之微小，谣俗之琐屑，与生死大事同样的看待，却又当作家常话地说给大家听，庶乎其可矣。"③ 这样看来，周作人30年代的思想就未必很是落伍了。

周作人感到当时有些事情是自己不愿批评的，或者是不易批评得好的，于是只好在言说之前挑选一下："现在便姑且择定了草木虫鱼，为什么呢？第一，这是我所喜欢，第二，他们也是生物，与我们很有关系，但又到底是异类，由得我们说话。万一讲草木虫鱼还有不行的时候，那么这也

---

① 周作人.艺术与生活·序·周作人散文全集（第4卷）.广西师范大学出版社，2009：733.

② 陈寅恪.陶渊明之思想与清谈之关系·陈寅恪集·金明馆丛稿初编.生活·读书·新知三联书店，2001：221-229.

③ 周作人.谈笔记·周作人散文全集（第7卷）.广西师范大学出版社，2009：587.

不是没有办法，我们可以讲讲天气罢。"①

在周作人泰然的笔调下，处处隐藏机锋，显现他对中国历史和社会现实的批判和反讽。周作人即便书写生活琐事，也挖掘生活哲理，扩大了对人类丰富经验的描写领域。周作人细致而诗化地书写日常生活，善于发现生活中的趣味。周作人认为，日常生活实际上只有细节、常识和心得，很少情节。周作人善于从细小得不为人们注意的事情中思考问题。荷兰印象派画家凡·高慨叹："劳动者的体形，田里的几道犁沟，一粒沙子等等，同样是大题材，它是这样地难于处理，而同时又是这样充满诗意，真值得花上毕生精力来表现啊"②。周作人的文学观，总想改变现存的正统价值观念，想把人们觉得无关紧要的东西写得至关重大，把人们认为要紧的东西写成鸡毛蒜皮。距离感赋予那些本来是鸡毛蒜皮的日常生活题材以崇高感。如果我们以生活政治的标准评判周作人的创作，那将是另一番景象。

假如能重新思考"先进与保守"和"解放与落伍"的关系，我们会发现有些观点遮蔽了读者对周作人文学创作态度的认识。英国学者安东尼·吉登斯构建了两个概念，一是解放政治，从剥削、不平等或压迫中解放出来的政治追求。二是"生活政治"，关注个体和集体水平上人类的自我实现，是生活方式的政治，以反叛生活方式作为反抗压迫的手段和改变国家权力的行为。③周作人反叛传统文学批评标准，挑战作家只能创作宏大题材的观念，书写生活政治题材，但这不等于不书写国家民族和历史大问题。按照安东尼·吉登斯的观点，生活政治的内涵与外延要大于解放政治，生活政治中包容解放政治。生活政治不同于主流的宏大话语叙述，黑白分明，权威判断俨然。而解放政治较突出严肃、系统的世界，面向逻辑所能判断的世界，为正统主流文学所青睐。男性传统叙述母题多为英雄故事、父子冲突、弑父娶母、阉割焦虑，是非分明。其实，日常生活中本来就充

---

① 周作人.草木虫鱼·小引.周作人散文全集（第5卷）.广西师范大学出版社，2009：698.

③ 伍蠡甫.伍蠡甫艺术美学文集.复旦大学出版社，1986：35-37.

③〔英〕安东尼·吉登斯.现代性与自我认同.生活·读书·新知三联书店，1998：248-252.

满风险性交易，生活是不可解的一团麻。因此，周作人注重再现生活政治视野下的模棱两可、矛盾和悖论，善于从生活政治题材中挖掘真相、显示诗性、展现慧思。

在中国，个人的终极价值自古以来一直缺席，而没有这样一个稳定的终极价值之域，现代主体性就没有立足之本。以周作人、鲁迅为代表的现代自由主义作家，以人的启蒙为目的，大力张扬人的个性，追求个人的全面健康发展，为整个中华民族文化宝库留下珍贵的思想文化资源。

表面上，周氏兄弟在30年代一个致力于"破"，一个则两面开弓，破立结合。两者似乎所选路向不同，实则不然。鲁迅在与梁实秋的论争中自觉运用马克思阶级斗争理论进行论战，但是鲁迅并未完全抛弃"五四"价值观念，更未放弃独立思考，也没有抛弃对真善美的向往，没有停止对个性的追求。这就是鲁迅与左翼文人时有冲突，与周作人则多有交集的原因。尽管周氏兄弟观察思考社会和历史的角度不尽一样，但是他们那种对文学创作个性的共同坚守，对个人主体性的一致向往确是有目共睹的。

周氏兄弟对中国传统文化的态度也是颇令人玩味的。中国是一个后起的实现现代化的国家，后起国家实现现代化的过程一般包括：

A、现代化的初期状态。破除旧思想，引进西方现代思想文化。

B、现代西方思想的内化。

王一川把第一阶段称为现代Ⅰ，把第二阶段成为现代Ⅱ。他认为第一阶段在中国大致时间是从清末到20世纪80年代，中国走过了它的现代性的第一期。如今初期现代Ⅰ已经结束，我们正处于新的现代Ⅱ阶段。①

王一川认为现代Ⅰ有以下特征：

第一、从起始看，中国文化现代Ⅰ经历了漫长的积累与发端过程，它可能萌芽于宋明时代，以鸦片战争爆发（1840）为明显的起点，到清末的1874年达到一个高潮。例如，就中国现代诗学现代Ⅰ来说，它兴起于1874年~1899年的25年间，首要地产生于中国现代文化变革的需要。

第二、从动力看，文化现代Ⅰ受制于知识精英对大众的现代科学启

---

① 王一川.中国现代学导论——现代文学的文化维度.北京大学出版社，2009:42.

蒙、新的全球化体验的表现、机械印刷媒介的普及等力量。

第三、从主要话题看，它把语言的拼音化或拉丁化当作现代文化发展的目标，把"走向世界"视为中国现代文化的神圣使命，把西方文化话语作为自身模仿的目标。

第四、从特征上看，文化现代Ⅰ体现了脱古入今、援西入中等特征，其中心内涵是以西方话语为规范而把中国文化纳入全球化的世界进程。

第五、从地位看，文学由于要承担社会动员任务，因而一度被推上人文学科的王冠或制高点。由此看，中国文化现代Ⅰ的中心使命，是按西方价值标准而寻求中国文化的世界化。这是一个无法回避的历史性进程，是中国文化从古典性走向现代性的必由之路。寻求世界化或西化，是当时急于承担文化启蒙重任的中国文化现代Ⅰ的唯一选择。这种选择虽然代价巨大，但却成就斐然，帮助中国文学找到一条挣脱古典枷锁而进入现代化之路。

新的现代Ⅱ拥有自己的独特语境、问题和兴奋点，需要调动全部文化资源和创造力。现代Ⅱ只不过是基于新问题及其应对的需要而对现代Ⅰ进行反思和修正。告别现代Ⅰ曾经流连忘返的海市蜃楼，现代Ⅱ开始自己新的征程。

实际上，中国现代化的后果是相当复杂的，特殊性和普遍性只是这一发展趋势的一个侧面。它的另一个侧面则是在这种趋势中同时激发了强有力的本土化冲动。鲍曼把这一过程形象地描述为"既联合又分化"。他认为导致联合和分化的原因是相似的。[1] 这里，我们不妨把联合看作是全球整合为一体的过程，而把分化看作是使各个地方更加注重保持自身的独特差异性。不少全球化的研究者都注意到这种复杂趋向，弗里德曼注意到全球化和地方化是同时出现的两个互为作用的趋向，罗伯森强调普遍主义和特殊主义是全球化不可分割的两个相关运动。[2] 学者周宪认为，全球性和

---

[1] 〔英〕齐格蒙·鲍曼，郭国良、徐建华译.全球化——人类的后果.商务印书馆，2001：2.

[2] 〔美〕弗里德曼，郭建如译.文化认同与全球过程.商务印书馆，2003；〔美〕罗兰·罗伯森，梁光严译.全球化：社会伦理和全球文化.上海人民出版社，2000.

本土性，两种看似对立的倾向何以会相生相伴同时出现，乃是因为两者相互关联围绕着双重轴心：一是空间轴，它体现为本土与外部世界之间的相关性。一是时间轴，它体现为本土的当下（现代）与过去（传统）的相关性。如果说，差异是认同的核心，那么差异必然在两个轴心的交错运转中呈现出来。整合导致了分化，全球化催生了本土化，普遍主义激发了特殊主义。在空间轴上，我们与外部世界之间的差异导致了我们对自我的体认。在时间轴上，当下的变化催生了我们对自己过去的体认和怀旧，对传统流失的忧患和反思。显然，现代化和全球化是一对孪生现象，工业化、都市化、商业化、理性化、科技化、劳动力的社会分工、个人主义的增长、民族国家形成等发展进程，导致了全球化的扩张，同时也引发了对这一进程的种种警觉甚至抵制的强烈反应，它们尤其体现在对本土地方性文化的重新肯定，对过去安全的、本真的"家园"的向往。①

对中国现代性进行分期，它可以让我们看到现代性在不同时期的不同难题和特点，以及这些问题和特点背后的复杂矛盾及其渊源，避免一概而论、笼统阐释、片面理解等。中国文化现代性的发展具有长时段性。②"五四"时期只是它的最初的现代Ⅰ时段，"五四"后至20世纪30年代已经进入现代Ⅱ时段。也就是说，中国文化现代性并不是一个完整的有机整体，而是按照一定的时间段落演进的过程，在不同时间有不同的重心问题。"五四"高潮过后，它已在不知不觉中告别最初的"西化"或"世界化"阶段而驶入新的现代性第二期。中国文化现代性是与中国文化古典性不同的新的文化形态，它立足于新的现代化语境中探索中国文化的现代性问题。

经过对诸多思想文化资源的思考后，周作人希望未来的思想文化能够呈现出某种"个体间性"。个体间性，这里是指一种思想文化不会坚守拘泥于某一种思想体系，它天然地拒绝话语权力的淫威，自觉疏离商业利益

---

① 周宪主编.中国文学与文化的认同·全球化与文化认同.北京大学出版社，2008：45.
② 〔法〕布罗代尔著，顾良、张慧君译.长时段：历史和社会科学·资本主义论丛.中央编译出版社，1997：173-174.

的渗透，不会作茧自缚。在惟理、惟情和纯粹知性当中不偏执于任何一个极端。个体间性思想文化尽可能合理地化用丰富的知识资源，在开阔的视野和胸怀中吸收多种文化资源的优点，它从常青的生命和生活中汲取生机，因为饱含对于生命存在的关爱而显出葱茏的绿意。超越文论写作传统四要素的界限，融合不同维度上的多种言说，在重新建立的思想文化空间中实现个体间的关怀与交流。这种个体间性坚持在世个体的完整性、在理性——知性——感性的层次构成之间加上智性因子，通过整合、提升个体经验，冀望于它对个体全面发展的促进。

著名学者徐复观在谈到人类文化的发展变化规律时认为人类文化的发展是一种渐进的过程，不应大起大落、人为地进行割裂断代："变一定是有所变于古，所以对于古而言，一定是革。但谈到革的时候，大家便容易忘记文化乃是一种积累，积累的本身即是一种传承。无传承即无积累，无积累即无文化。所以，古对今而言，乃是人类自己所积累的一大财富。对于生命力已经僵化了的人或民族而言，他的身上容不上任何财富，所以古便成为包袱。对于有生命力的人或民族而言，他将古今上下去探索人类智慧的积累，则对于古，在革之中也必会有所因。"①

比如周作人对晚明和孔子的看法就很有特色："那么晚明的这些作品也正是很重要的文献，不过都是旁门而非正统的，但我的偏见以为思想与文艺上的旁门往往要比正统更有意思，因为更有勇气与生命。孔子的思想有些我也是喜欢的，却不幸被奉为正统，大被歪曲了，愈被尊愈不成样子，我真觉得孔子的朋友殆将绝迹，恐怕非由我们一起来纠正不可，或者知道他的《论语衍义》之作也是必要的吧。"②

周作人对中国封建制度沿革及其特点的梳理也很有心得。从理论上来讲，中国的封建帝制在1912年即已消亡，但是这里所讲的"封建"是指中国社会里曾经存在的专制独裁体制："中国的思想本有为民为君两路，前者是老百姓的本心，为道家儒家所支持，发达得很早，但至秦汉之后君权

---

① 徐复观.中国文学精神.上海书店出版社，2006：204.
② 周作人.梅花草堂笔谈·周作人散文全集（第7卷）.广西师范大学出版社，2009：186.

偏重，后者渐占势力，儒家的不肖子孙热心仕进，竭力为之鼓吹，推波助澜，不但君为臣纲为天经地义，父和夫的权威也同样抬高，本来相对的关系变为绝对，论理大见歪曲，于是在国与家发生过许多不幸的事。一面又因为考试取士，千余年来文人养成了一套油腔滑调，能够胡说乱道，似是而非，却也说的圆到，仿佛很有道理，这便是八股策论的做法，拿来给强权帮忙，吠影吠声的闹上几百年，不但社会人生实受其害，就是书本上也充满了这种乌烟瘴气，至今人心还为所熏染，犹有余毒，未能清除。近代始有李卓吾、黄梨洲、俞理初等人出来，加以纠正，至民国初年《新青年》之后有新文化运动兴起，对于旧礼教稍有所检讨，而反动之力更为盛大，旋即为所压倒。民国成立已三十余年，民主的思想，特别是中国固有的民为贵，为人民子媳妻女说话的思想，绝未见发达，至可惋惜。"[1] 周作人之所以能够做出这样独到而深刻的分析判断，是与他多年以来对封建社会现实的研读以及对欧美传来的文化社会学、人类学、心理学的吸收高度相关的。

  周作人认为："中国思想大约可以分为儒、道、释三家，释道氏之说有时觉得透彻可喜，但自己仔细思量，似乎我们的思想仍以儒家为大宗，我想这也无可讳言，不过尚不至于与后世的儒教徒合流，差堪自慰耳。"[2] 他自己应该是奉行"仁爱"和"恕道"的儒者。

  对于"五四"过后兴起的"整理国故"，周作人也是认同的，不过强调要采用新学说新方法才能奏效："我们要整理国故，也必须凭借现代的新学说新方法，才能有点成就，譬如研究文学，我们不可不依外国文学批评的新说，倘若照中国的旧说讲来，那么载道之文当然为文学之正宗，小说戏剧都是玩物丧志，至少也是文学的未入流罢了。"[3]

  周作人对中国传统文化儒、道、释的态度更能显示他的文化观。他认

---

[1] 周作人.过去的工作·周作人散文全集（第9卷）.广西师范大学出版社，2009：624-625.

[2] 周作人.苦茶随笔·小引·周作人散文全集（第5卷）.广西师范大学出版社，2009：797.

[3] 周作人.思想界的倾向·周作人散文全集（第2卷）.广西师范大学出版社，2009：634.

为，中国封建社会正统知识分子把佛老并称曰"二氏"，打入另类，这是很不科学的。道、儒、法三家虽是不同学派，有不同理想。不过，它却是一个人是在不同的人生时段可能采用的三种姿态，其中具有消极与积极的区别，但绝对不是不能兼容的理念。儒家对于另外两家不能视而不见："我们且不拉扯书本上的证据，说什么孔子问礼于老聃，或是荀卿出于孔门等等，现在只用我们自己来做譬喻，就可以明白。假如我们不负治国的责任，对于国事也非全不关心，那么这时的态度容易是儒家的，发些合理的半高调，虽然大抵不违背物理人情，却是难以实行，至多也是律己有余而治人不足，我看一部《论语》便是如此，他是哲人的语录，可以做我们个人持己待人的指针，但绝不是什么政治哲学。略微消极一点，觉得国事无可为，人生多忧患，便退一步愿以不才得终天年，入于道家，如《论语》所记的隐逸是也。又或积极起来，挺身出来办事，那么那一套房里的高尚的中庸理论也须得放下，要求有实效一定非严格的法治不可，那就入于法家了。"①

周作人感到儒、法、道三家本是一体的，给它们划分等级实在多此一举，正统儒生那样做，目的是要统制思想，愚弄百姓，到了现代社会，我们应该有所醒悟，不再受骗。

对于儒家经典《论语》，周作人也有自己具体新鲜的感悟。他把《论语》白话重新读了一遍，所得的印象只是平淡无奇四字。平淡无奇好像是钱币，有它的两面，一面显示的是切实，一面映现的是理想。周作人认为在《论语》里孔子本质上就是哲学家，不能算是全知全能的教主，虽然历代的儒生尊他为祖师爷，实际上他的地位不是耶稣而相当于苏格拉底："《论语》二十篇所说多是做人处世的道理，不谈鬼神，不谈灵魂，不言性与天道，所以是切实，但是这里有好思想也是属于持身接物的，可以供后人的取法，却不能定做天经地义的教条，更没有政治哲学的精义，可以治国平天下，假如从这边去看，那么正是空虚了。平淡无奇，我凭这个觉得

---

① 周作人.谈儒家·周作人散文全集（第7卷）.广西师范大学出版社，2009:394.

《论语》仍可一读，足供常识完备的青年之参考，至于以为圣书则可不必，太阳底下本无圣书，非我之单看不起《论语》也。"①

周作人认为中国人名分上崇信孔子，只是拉大旗作虎皮，用来作为统治人民的工具，对于孔子思想的真义，实际上知音寥寥。而这恰恰是有心者需要讲清楚弄明白的问题："孔子的话确有不少可以做我们东洋各国的当头棒喝者，只可惜虽然有千百人去对他跪拜，却没有人肯听他。真实了解孔子的人大约也不大有了，我辈自认是他的朋友，的确并不是荒唐。大家的主人虽是婢仆众多，若是垂手直立，连声称是，但足以供犬马之劳而已。孔子云：'益者三友，损者三友。友直，友谅，友多闻，益矣。友便辟，友善柔，友便佞，损矣。'我们岂敢对圣人自居于多闻。曰直曰谅，其或庶几，当勉为孔子之益友而已。"②

总之，鲁迅这种在现代文坛具有广泛读者和巨大影响的作家，他对周作人的接受和评价，他在总体上对周作人的认可，对20世纪30年代周作人的传播接受乃至周作人在文学史上的地位和影响是非同寻常的。

---

① 周作人.《论语》小记·周作人散文全集（第6卷）.广西师范大学出版社，2009：517.
② 周作人.《逸语》与《论语》·周作人散文全集（第7卷）.广西师范大学出版社，2009：90.

第三章

亦师亦友

——废名对周作人的传播接受

在周作人的传播接受者当中，废名要算与周作人的私人关系最为密切的一个。废名是周作人"三大弟子"之一（另两位是俞平伯和冰心），他新中国成立前的文学创作离不开周作人的影响。所以，仅仅阅读废名是根本不可能读懂废名的。周作人与废名的关系成为我们解读废名的一个最佳切入点。在诗化小说、散文化小说的发展过程中，废名是一个开风气的作家，研究废名对周作人的传播接受能够使我们更加全面客观地理解周作人。

废名原名冯文炳，1926年7月26日在《语丝》发表《无题之三》时第一次开始使用"废名"这个笔名，直至1957年4月24日他为《废名小说选》作序文，最后一次使用"废名"。新中国成立后的作品都是用本名冯文炳。废名最早与周作人的交往是1921年11月，他将自己业余写作的白话诗文寄给周作人，并附信作自我介绍。1923年9月7日，他第一次赴八道湾寓所拜访周作人。1924年11月，《语丝》创刊，由周作人任编辑。废名开始在《语丝》周刊发表小说，后成为《语丝》的重要撰稿人。

胡适与周作人都是废名的老师。胡适与陈源主办的《现代评论》在1924年1月创刊，周作人编辑的《语丝》周刊则于同年11月17日出版第一期。废名在《现代评论》上只发表过两部短篇小说，但却经常而大量地在《语丝》周刊登载小说、散文、杂感和诗歌等作品,表明他与周作人的关系日渐密切。

1925年6月开始的"女师大"事件中,废名显然是站在周作人一边的。他在1925年12月28日发表于《京报副刊》上的《"偏见"》颇能显示废名对老师的偏爱:"凡为周作人先生所恭维的一切都是行,反之,凡为他所斥驳的一切都是不行,大有'夫人不言,言必有中'之概"①。并且说明"其实我的'偏'正是不偏"。废名对周作人的偏爱旗帜鲜明、立场坚定。1926年2月,在给陈源的一封信中,废名认为,他虽与周作人、陈源都有交往,但在大是大非面前,他还是站在周作人一边:"不过我以后还是永远的间歇的去会他,——不然我真寂寞得要死了。我未来京以前,就同启明先生通过信,他的无论那一篇文章我都读过,他所喜欢的几位名家的小说都介绍过我,借我以书籍。我此刻不做'启明颂',用不着直抒他是怎样。而且我知道的西洋名字很少,用来比衬,怕难得与我眼中的周启明相合。大家近来说左拉等等如生在这样的中国一定怎样怎样,我立刻反问我自己,那么,周启明不正是怎样怎样吗?"②废名也认可陈源在西洋文学方面的博闻多识,但他从来没有登过陈源的家门,主要是由于彼此在思想情感上尚缺乏默契。

1927年张作霖主政北京,下半年解散北大,改为京师大学堂,未续聘周作人,废名因此愤而退学。随后,张作霖封闭北新书局,查禁《语丝》周刊。周作人与刘半农同避菜厂胡同友人家中一周。其间,废名为之接送物件,传递消息。

1928年11月,京师大学堂改名北平大学,聘请周作人为北平大学国文系主任、日本文学系主任,周作人乃招废名复学。在废名失学的一年多里,他的经济状况一度非常拮据。有一天,他向周作人写信说,近日几乎没得吃了。恰好周作人的好友章矛尘夫妇已经避难南下,两间小屋正空

---

① 废名."偏见"·废名集(第3卷).北京大学出版社,2009:1177.
② 废名.给陈通伯先生的一封信·废名集(第3卷).北京大学出版社,2009:1183-1184.

着，周作人便召废名来住，解了废名的燃眉之急。周作人在《怀废名》中说："废名曾寄住余家，次女若子亡十年矣，今日循俗例小作法事，废名如在北平，亦必来赴，感念今昔，弥增怅触。"[①] 1929年夏，废名北大英文系毕业，周作人推荐废名在北京大学文学系任讲师，为废名以后的人生道路打下坚实的基础。可以说，五四后的二三十年代，废名与周作人的关系是非常密切的。这为以后废名对周作人的传播接受夯实基础。

一、废名对周作人的道德文章欣羡已久

下面首先谈谈在总体态度上废名对周作人的评价。在《知堂先生》一文中，废名说周作人是"唯物论者"，是"躬行君子"。废名觉得："'渐近自然'四个字大约能以形容知堂先生。"周作人给人总的印象是真诚亲切，平易和蔼。这就如同用一套自然教科书当作标尺为人处世。中国封建社会的所谓"圣贤"人物，均标榜以治国平天下为己任，都是指点江山、激扬文字的鸿儒硕学，是一些可望而不可即的角色，没有一点人间烟火味儿。而废名却能够"常常从知堂先生的一声不响之中，不知不觉地想起了这许多事，简直有点惶恐，我们很容易陷入流俗而不自知，我们与野蛮的距离有时很难说，而知堂先生之修身齐家，直是以自然为怀，虽欲赞叹之而不可得也。"废名还具体举例说"我们常不免是抒情的，知堂先生总是合礼，这个态度在以前我尚不懂得。十年以来，他写给我辈的信札，从未有一句教训的调子，未有一句情热的话，后来将今日偶然所保存者再拿起来一看，字里行间，温良恭俭，我是一旦豁然贯通之，其乐等于所学也。在事过境迁之后，私人信札有如此耐观者，此非先生之大德乎。""知堂先生待人接物，同他平常作文的习惯，一样的令我感兴趣，他作文向来不打稿子，一遍写起来了，看一看有错字没有，便不再看，算是完卷。因为据他说起稿便不免于重抄，重抄便觉得多无是处，想修改也修改不好，不如一遍写起倒也算了。他对于自己是这样的宽容，对于自己外的一切都是这样

[①] 周作人.怀废名·苦雨斋文丛（废名卷）.辽宁人民出版社，2009:231.

的宽容，但这其间的威仪呢，恐怕一点也让人感觉不到，反而感觉到他的谦虚。然而文章毕竟是天下之事，中国现代的散文，待开始以迄现在，据好些人的闲谈，知堂先生是最能耐读的了。"[1] 在这里，废名对老师周作人的敬仰之情溢于言表。

1946年秋北京大学从昆明迁回北平，在俞平伯等人的斡旋下，废名得以返回北京大学任中文系副教授。由于行程关系，废名绕道南京。这时周作人被关押在南京老虎桥监狱。废名托时任民国党政府外交部次长的叶公超设法，得以到狱中看望周作人。到北平后，废名得知周作人当时家中失去经济来源生活非常困难，废名就常常为周家买粮买煤。后来周作人的长子周丰一找到在北图的工作，废名还为其添置了新棉衣上班。[2]

1949年1月26日，周作人出狱，同年10月18日他回到北京家中。此时在北京大学任教的废名就经常去周家，并在经济上给予资助。由于废名频繁出入周家，与周作人联系密切。因此，有同事认为废名敌我不分、立场错误，在北大中文系多次遭受批评，并且让他写检查承认并反思错误。此后，为自保，废名逐渐减少了与周作人的联系。

值得提及的是，1941年周作人"附逆"后，沈从文仍在文学方面表现出对周作人的认可，直到1945年周作人被国民政府逮捕，在公开场合才不再直接提及周作人。废名在这方面则做得比沈从文更进了一步。

1947年12月19日，周作人以"通谋敌国，图谋反抗本国"罪被民国政府最高法院终审判处有期徒刑10年，褫夺公民权10年。在此情形之下，废名仍然借小说流露所受周作人的熏染，并且为周作人辩护。发表于1948年的小说《莫须有先生坐飞机以后》第五章中，废名借莫须有先生的口吻说道，自己在少年时也是因循苟且，同时爱说大话，不求于事有益，是中国人最大的毛病。后来在北平遇见一位老人，自己从他那里得到了很多益处，这位老人最大的好处便是做事不苟且，总有一个有益于事的心。

---

[1] 废名.知堂先生·苦雨斋文丛·废名卷.辽宁人民出版社，2009：7-8.
[2] 冯止慈、冯思纯.废名生平年表补·废名集（第6卷）.北京大学出版社，2009：3499.

在同他相处的过程中,看他每逢接着人家寄给他的信件,总是拿剪子把信封剪开一缝口,然后抽出信页来,而一般人则是拿起信件直接撕破信封,抽出内容查看。莫须有先生认为,这绝不是小事,这样表现你不能把事情做好,表现你迫不及待,要赶快看信里有什么奇迹似的。而且撕破信封对于寄信人也是没有礼貌的。自己的这把剪子便是为了剪信买的,学那老人的举动,练习把事做好,不匆忙。因循苟且,当学生的还不知道爱惜学校的校具,几乎愈是少年愈是因循苟且,不讲公德,这样的人能爱国吗?所以,少年人要有美趣,要求进步,要从很小很小的事情上练习日常工作的习惯。① 而在小说第十一章,莫须有先生更是对周作人进行公开的辩护:

  同时又想到今人,想到今人便想起两个人来,一个是知堂老,一是熊十力翁。并不因为此二老同莫须有先生之家庭最有密切关系,故而莫须有先生同莫须有先生太太一样,说起往日在外面的情形便说起这两位老人来。实在这两位老人是今世的大人物,莫须有先生对之如对古人一样,乐于批评一番。在本书第二章所说的'一位老哲学家'便是熊十力翁,第五章说的'在北平遇见一位老人'便是知堂老,现在本书越来越是传记,是历史,不是小说,无隐名之必要,应该把名字都拿出来了。知堂老最近没有信来,以前还常通信,道路传闻说他在北平做了汉奸,莫须有先生非常之寂寞,岂有知堂老而做汉奸的事情?说具体些,道理最要表现于爱祖国的感情。他知道,知堂老简直是第一个爱国的人,他有火一般的愤恨,他愤恨别人不爱国,不过外面饰之以理智的冷静罢了。他愤恨中国的历史便是亡国的历史。是的,亡国确乎是中国的历史,现在北平又给日本亡了,要怎样复兴呢?他不相信别人(这或者是知堂先生的错误!),他相信他自己,他相信他自己是民族主义者,他生平喜欢孙中山先生替我们把辫子去掉了,喜欢'中华民国'四个字而感激孙中山先生。他说中国只有汉字还是中国的,而现在的激进者主张废汉字,知堂老于是伤心了。岂有一个人而不忠于生活的?忠于生活什么叫作'死'?'死'有什么可怕的?'死'

---

① 废名.莫须有先生坐飞机以后·废名集(第2卷).北京大学出版社,2009:857-858.

有什么意义？倒是生可怕！无求生以害仁最为难。不欺自己才是求生者的功课。求有益于国家民族才是求生者的功课。他只注重于事功（这或者是他的错误！），故他不喜欢说天下后事，倒是求有益于国家民族。知堂先生真想不到中国真个这样亡了，因为他住在华北，华北沦陷了，他的痛切之感当然是中国亡了，他常批评中国历史上的人物，现在轮到他自身了，人岂有不忠于道理的，忠于道理便是忠于生活，于是大家说他做汉奸容或有之，因为本着他的理智他是不喜欢宋儒的，换一句话他是反抗中国的历史的。这一层莫须有先生知之最深。莫须有先生，甚至于熊十力翁，有时不免随俗，即是学世人的样儿说话做事，知堂老一生最不屑为的是一个"俗"字，他不跟着我们一起逃了，他真有高士洗耳的精神，他要躲入他理智的深山，即是危城，他的家在这里。而我们则是逃之。本来我们的家也不在这里。孔子："丘也幸，苟有过，人必知之。"人不敢说自己没有过，知堂先生如有过，大家知道了，有什么关系呢？只求有益于国家民族。莫须有先生本着批评精神，一切话也决是为国家民族，要是自己的话说得不错，何暇作私人辩护呢？知堂先生生平太严了，他对己严，而对人则宽，而人只觉其严不觉其宽，因之人不与之亲近，所以知之者甚少。……孔子称管仲为仁，"微管仲吾其披发左衽矣！"孔子欲居九夷，或曰："陋，如之何？"孔子曰："君子居之，何陋之有？"宋儒又何足以见孔子的立功之意哉？知堂先生现在居在北平，莫须有先生但愿赠老人这一句话："君子居之，何陋之有？"那么将来抗战胜利了，知堂先生将以国民的资格听国家法律的裁判而入狱，莫须有先生亦将赠老人这一句话："君子居之，何陋之有？"[①]

在废名眼里，周作人是一个可尊可敬的前辈，是一个智者，简直就是一个文圣人。

在看待韩愈的态度上明显可以看到废名对周作人的认同。周作人30

[①] 废名.莫须有先生坐飞机以后·废名集（第2卷）.北京大学出版社，2009：972-974.

年代在文学上提倡"言志"的文学,他对历来为中国不少文人雅士津津乐道的唐宋八大家,特别是对韩愈给予毫不客气的批判,指出韩愈在作品的思想内容和艺术手法上均一无是处:"他可以算是古今读书人的模型,而中国的事情有许多却就坏在这班读书人手里。他们只会做文章,谈道统,虚骄顽固,而又鄙陋势利,虽然不能成大奸雄闹大乱子,而营营扰扰最是害事。讲到韩文我压根儿不能懂得他的好处。朱子说陶渊明诗平淡出于自然,我想其文正亦如此,韩文则归纳赞美者的话也只是吴云伟岸奇纵,金云曲折荡漾,我却但见其装腔作势,搔首弄姿而已,正是策士之文也。"①

"如有人想学滥调古文,韩文自是上选,《东莱博议》更可普及,剃头诗亦不失为可读之课外读物,但是我们假如不赞成统制思想,不赞成青年写新八股,则韩退之暂时不能不挨骂,盖窃以为韩公实系该项运动的祖师,其势力至今尚弥漫于全国上下也。"②探索八股文的源头,他在韩愈这里找到了病根。周作人从文学思想方面立论,可谓视角独特,掷地有声。

废名在小说《莫须有先生坐飞机以后》里借莫须有先生的话说:"莫须有先生还想补充几句话,他是中国人,他最大的长处,同时也是最大的短处,是他做不了八股,他作文总要有意思才做得下去,而他也总有意思,故他也总有文章,而八股则是没有意思而有文章。"③

大约新文学家都不能深入民间,都摆架子。然而莫须有先生不能投朋友之所好,他是新文学家,因为他观察得余校长喜欢韩昌黎,新文学家则别无定义,如因反抗古文而便为新文学家,则莫须有先生自认新文学家不讳。只要使得朋友知道韩昌黎不行便行了,不拒人于千里之外,自己不鼓吹自己是新文学家亦可。

---

① 周作人.谈韩退之与桐城派·周作人散文全集(第6卷).广西师范大学出版社,2009:535-536.
② 周作人.谈韩文·周作人散文全集(第7卷).广西师范大学出版社,2009:392.
③ 废名.莫须有先生坐飞机以后·废名集(第2卷).北京大学出版社,2009:873.

人家听了他的话,虽然多不可解,但很为他的说话之诚所感动了,天下事大约是应该抱着谦虚态度,新奇之论或是切实之言了。于是他乘虚而入,一针见血攻击韩昌黎:"你想想韩文里有什么呢?只是腔调而已。外国文学里有这样的文章吗?人家的文章里都有材料。""我知道你喜欢韩愈的《送董邵南序》,这真是古今的笑话,这怎能算是一篇文章呢?里面没有感情,没有意思,只同唱旧戏一样装模作样。我更举一个例子你听,王安石的《读孟尝君传》,没有感情,没有意思,不能给读者一点好处,只叫人糊涂,叫人荒唐,叫人成为白痴。"可见,废名在批评唐宋八大家奉行文以载道、内容空洞无物方面与周作人一脉相承。

对待中国封建知识分子的态度,废名也有和周作人比较相似的看法。在谈到中国封建时代知识分子的特点时,周作人认为:"李越缦称其成见未融,似犹存厚道,中国文人本无是非,翻覆褒贬随其所欲,反正不患无词,朱不过其一耳。在一切都讲正宗道统的时候,汩没性灵当然是最可崇尚的事,如袁君所说,殆是气运使然。"①

周作人认为:"历史上的士大夫本来都是皇帝的帮闲,或是帮凶,加上宋以来的道学,明以来的八股,做他技术与思想上的训练,这样就合成了他的性格,是中国特有的。至今虽然改名为知识阶级,实质上原是不曾有多少变化,在新文化运动的新潮里能打一个滚,出来还是一个穿西服的士大夫,为有钱有势地做帮闲。他们很捧过易卜生,不知在他的戏剧中阿尔文夫人高叫'群鬼'却正是自己的徽号。"②

废名对封建知识分子的这种缺乏人格、成事不足败事有余的特点也深有体会:"说来说去中国的事情是决弄不好的,因为中国的读书人无识,而且无耻,势非亡国不可;而中国的大多数民众对于此事是不负责任的,因为他们向来不负国家的责任,他们只负做百姓的责任。你们做官,你们是士大夫,你们便应负国家的责任!这是中国的历史,新的理论都没有用

---

① 周作人.郁冈斋《笔麈》·周作人散文全集(第7卷).广西师范大学出版社,2009:76.

② 周作人.北平的事情·周作人散文全集(第9卷).广西师范大学出版社,2009:764.

的。可怜的中国民众,可敬的中国民众,你们求生存,你们适于生存,少数的野心者总是逼得你们不能生存,他们不爱国,还要你们忠于他们的不爱国,替你们起一个名字叫作'忠',叫作'烈',于是中国的民族主义完全变形了,生为少数野心者的奴隶,死亦是为奴而死,而野心家本来是站不住脚的,于是中国亡了。这是中国的历史,新的理论都没有用的。"[1]

"老百姓始终是忠于生活,内乱与老百姓不相干,外患与老百姓不相干,对于内忧外患老百姓不负责任。责任是少数野心家负的,是读书人负的。读书人在君权之下求荣,在夷狄之下求荣,他们始终是求荣,始终是奴隶,毫无益于国家民族。他们就是'死'亦无益于国家民族。问题完全不在'死'的上面,在'生'的上面。气节亦不在'死'的上面,在'生'的上面。这个关系真是太大,因为是历史,是民族的命运,应向国人垂泣而道之。不是论过去的是非,是为将来的存亡,因为将来的祸患还是无穷的。中国的老百姓的求生的精神是中国民族所以长久之故,中国的二帝三王是中国民族精神的代表,他们是最好的农人,不是后来的读书人,如大禹的手足胼胝便是,这是莫须有先生所要说的话。莫须有先生在牵猪牵牛的跑反者的路上一时都想起来了。"[2] 中国的老百姓在跑日本佬的反时确是很有希望的,这一层确不是在大后方的人所能体会得到,因为他们离百姓太远了,离政府太近了。

废名作为周作人的学生,对周氏兄弟都很尊重。后来他对周氏兄弟进行比较,褒贬抑扬,容或有之,但也并非人云亦云地浮泛而论,因此虽不一定博得我们的赞同,但颇能给我们以启发。废名在为《周作人散文钞》写的序言中说道:"鲁迅先生与启明先生重要的不同之点,我认为也正在一个历史的态度。鲁迅先生有他的明智,但还是感情的成分多,有时还流于意气,好比他曾极端地痛恨'东方文明',甚至于叫人不要读中国书,即此一点就不免是中国人的脾气。他未曾整个的去观察文明,他对于西方的

---

[1] 废名.莫须有先生坐飞机以后·废名集(第2卷).北京大学出版社,2009:918-919.

[2] 废名.莫须有先生坐飞机以后·废名集(第2卷).北京大学出版社,2009:982.

希腊似鲜有所得,同时对于古代的思想家也缺少理解,其与提倡东方文化者固同为理想派。启明先生讲西方文明必溯到希腊去,对于希伯来、日本、印度、中国的儒家与老庄,都能以艺术的态度去理解它,其融会贯通之处见于文章,明智的读者谅必会多所会心。鲁迅先生因为感情的成分多,所以在攻击礼教方面写了《狂人日记》,近于诗人的抒情,启明先生的提倡净观,结果自然的归入社会人类学的探讨而沉默。鲁迅的小说差不多都是目及辛亥革命因而对于民族深有所感,干脆地说他是不相信群众的,结果却好像与群众为一伙。我有一个朋友曾经说道:'鲁迅他本来是一个 cynic,结果何以归入多数党呢?'这句戏言却很耐人寻思。这个原因我以为就是感情最能障蔽真理,而诚实又唯有知识。"①

1926 年 6 月,周作人为刘半农的诗集《扬鞭集》作序。他认为中国当时的新诗已经走出初创期的稚嫩,开始由模仿走向独创。接下来周作人正面发表对白话诗歌的洞见:"新诗的手法,我不很佩服白描,也不喜欢唠叨的叙事,更不必说唠叨的说理,我只认抒情是诗的本分,而写法则觉得'兴'最有意思,用新名词来讲或可以说是象征。让我说一句陈腐话,象征是诗的最新的写法,但也是最旧,在中国也'古已有之'。我们上观国风,下察民谣,便可以知道中国的诗多用兴体,较赋予比要更普遍而成就亦更好。譬如《桃之夭夭》一诗,既未必是将桃子去比新娘子,也不是指定桃花开时或是种桃子的家里有女儿出嫁,实在只因桃花的浓艳的气氛与婚姻有点共同的地方,所以用来起兴,但起兴云者并不是陪衬,乃是也在发表正意,不过用别一说法罢了。"② 1921 年 2 月,周作人在与沈雁冰探讨当时文坛上翻译欧美文学作品的重点问题时认为,在翻译人才不足的情况下,应该重点翻译 18 世纪以后的西方浪漫主义、现代主义的作品,而不应把翻译重点放在 17 世纪西方古典主义作品上。

---

① 废名.《周作人散文钞》废名序·废名集(第 3 卷).北京大学出版社,2009:1279-1280.

② 周作人.《扬鞭集》序·周作人散文全集(第 4 卷).广西师范大学出版社,2009:637.

因为国人有好古、容易盲从、不能客观的特点。[①]从自己的翻译实践和新诗创作实践中，周作人认为，中国的新文学革命是古典主义的，因此所写作品太过通俗明白了，读者读过之后缺乏可供咀嚼的余味。所以他坚信浪漫主义是不可或缺的："恐怕还是浪漫主义，——凡诗差不多无不是浪漫主义，而象征实在是其精义。这是外国的新潮流，同时也是中国的旧手法。新诗如往这一路去，融合便可成功，真正的中国新诗也就可以产生出来了。"

作为周作人作品的忠实读者，废名对周作人在新诗创作及其理论的精义心领神会。也因此对周作人在"五四"时期新诗创作的成就给予较高的评价："较早些作新诗的人，如果不是受了《尝试集》的影响就是受了周作人的启发。而且我想，白话新诗运动，如果不是随着有周作人先生的新诗作一个先锋，这回的诗革命恐怕同《人境庐诗草》的作者黄遵宪在三十年前所喊出的'我手写我口，古岂能拘牵？即今流俗语，我若登简编，五千年后人，惊为古斓斑'一样，革不了旧诗的命了。黄遵宪所喊的口号就是一首旧诗。"[②]废名同意，新诗光是追求使用浅显明白的语言是远远不够的，还要在艺术手法上有所创新、有所建树。他看到"五四"后胡适提倡的新诗虽然是用白话作诗而不作旧诗了，然而骨子里还是旧诗，做出来的是白话长短调，是白话韵文。如果新诗按照这种趋势发展下去，其结果不但革不了旧诗的命，新诗本身的命运恐怕也不堪设想。废名认为"周作人的《小河》，其作为新诗第一首杰作事小，其能令人耳目一新，诗原来可以写这么些东西，却是关系白话新诗的成长甚大。"虽然废名尚未直接点明这种手法就是象征的手法。废名的《谈新诗》是抗战前在北大中文系的讲义，他如此大张旗鼓地推崇周作人以《小河》为代表的象征派的白话新诗，其意义与影响无疑是巨大的。

这种观点明显受到周作人的影响。不过周作人在《中国新文学的源

---

① 周作人.翻译文学书的讨论·周作人散文全集（第2卷）.广西师范大学出版社，2009：309-310.

② 废名.小河及其他·废名集（第4卷）.北京大学出版社，2009：1688.

流》中是把新文学的源头和晚明文学挂钩,循环论的色彩较浓。而废名则更进一步把新诗和晚唐的温庭筠、李商隐相连接,颇显出神秘的玄学色彩,这一点又是周作人所没有的。

二、废名与周作人的文学创作殊途同归

废名对周作人及其文学的接受有照着说、接着说和自己说三种情况。下面谈接着说,如关于南北朝文章《三竿两竿》,关于对新诗的理解,《谈新诗》。至于自己说则表现在废名的小说创作。

废名的小说创作大致经历了两个阶段,即"冯文炳"时期和"废名"时期。周作人从文本形式出发,特别强调就"文体的变迁上着眼看去,更觉得有意义"。即由"平淡朴讷"向"简洁或奇僻生辣。"[①]转化。废名的这种变化实际是周作人文化观、文学观在创作上的反映,将平淡朴讷的散文风格拓展到小说领域。正如周作人所说:"废名君是诗人,虽然是做着小说;我的头脑是散文的。"[②]

废名早年受到"五四"新文化运动的感召,从内地只身来到北京,接触了各种社会文化思潮。废名回忆这段往事时说:"在'五四'以后中国社会运动发轫的时候,我正是一个青年,时常有许多近乎激烈的思想,仿佛新时代就在我们的眼前。"[③]在"五四"新思想影响下,废名早期小说或多或少地描写了社会人生,如《长日》《讲究的信封》《少年阮仁的失踪》等。值得一提的是他的乡土小说描写农村风物,流露出情感与理性冲突的痕迹。冯文炳时期"柔和的忧愁"的现实主义作品折射出作家潜在的精神气质,为"废名"时期小说风格的形成作了充分的心理和艺术上的准备。

---

① 周作人.《枣》和《桥》的序·周作人散文全集(第5卷).广西师范大学出版社,2009:765.

② 周作人.《桃园》跋·周作人散文全集(第5卷).广西师范大学出版社,2009:506.

③ 废名.《周作人散文钞》序·废名集(第3卷).北京大学出版社,2009:1275.

提及自己的早期作品，废名非常感慨："《竹林的故事》《河上柳》《去乡》，是我过去的生命的结晶，现在我还时常回顾他一下，简直是一个梦，我不知这梦是如何做起，我感到不可思议！这是我的杰作啊，我再不能写这样的杰作。"[①]客观地说，废名文风的变化是时代变迁和社会动荡引发作者思想情感内在心理的反映。他自觉不自觉地冲淡、蜕去社会的底色，试图在一己心性中精心构筑审美的"白日梦"。字与字，句与句之间，互相生长，有如梦之不可捉摸。废名刻画的人物"与其说是本然的，毋宁说是当然的人物，这不是著者所见闻的实人世的，而是梦想的幻景的写象。"[②]废名在《桃园》《菱荡》《枣》等小说中，从日常生活的细微处得到启示，在自然风景、民俗风景中领略幽深玄远的情趣和宁静纯净的喜悦。这似乎与禅宗一拍即合。禅宗的影响又使得废名更加注重主体的"内省"与"直觉体察"，寻求精神的超拔。作者开拓了新的审美领域和审美层次，对"五四"落潮后哀怨伤感的文坛无疑带来了一股新鲜的空气，给读者送来一种全新的感受。

作为一种人生哲学和处世态度，禅宗在废名身上留下明显的痕迹。综观废名的作品，既缺乏由于阶级压迫带来的社会破败的表现，也没有资本侵入产生的震荡异化的暗示。揭露兵燹匪祸、乱兵扰民的题材成为当时"反战小说"最鲜明的题材取向，废名涉及这类题材时则进行了另一番审美观照和艺术操作，他彻底颠覆现实生活中"可怖的事实"，小说中人物都在一种圆满恬静的世界中安然度日。现实生活中的对立矛盾冲突被融洽和睦的人际关系所取代。这样的禅化处理，缓解并协调作家与现实生活的紧张关系，暂时获得一种心理上的平衡。

1930年，废名的《桥》在《语丝》上发表。这里的"桥"是废名通往精神家园的"桥"，体现了他对传统文化意境的向往。废名把大部分的精力用于表现农村的风俗人情，而对情节本身的进展则没有尽心经营。作家抛开小说叙事的内在逻辑性和连贯性将前期小说那种"隐逸""平淡"的

---

① 废名.说梦·废名集（第3卷）.北京大学出版社，2009:1152.
② 周作人.《桃园》跋·周作人散文全集（第5卷）.广西师范大学出版社，2009:507.

风格推到极致。他以自我心灵的感悟面对故乡风物,在有限的景物中直达无限的人生体验。在不背离世俗生活的情况下,废名以禅的超然处世的态度感知处理民俗事象,体现禅宗排斥对抗,崇尚和谐的东方哲学智慧。文本在呈现幽然淡远的意境的同时,也使创作主体获得了自由清净的心境。

从自叙传奇色彩浓厚的《莫须有先生传》和《莫须有先生坐飞机以后》中也可看出鲜明的禅宗风格。作于1930年—1931年的《莫须有先生传》,表现莫须有先生隐居北京西山的一段生活经历,其中不乏作家对宇宙人生的参悟。正像"废名"这笔名一样,"莫须有"似乎也同样具有禅意。六祖告诉人们不要把持那些自己想象出来的"莫须有"的东西。我们大致可以这样认为,这篇作品是废名这个时期情感心境变化的"自传性"表达。小说除了语言"奇僻生辣"的趣味外,引起周作人兴趣的大概就是令人颇为费解的禅趣机缘。周作人曾说过,废名的文章是第一名的难懂。尽管废名小说是中国现代小说史上最为难懂的篇什,但是如果从禅与诗的关系角度解读他的文本,或许会比较容易一些。

1947年到1948年间完成的小说《莫须有先生坐飞机以后》,表现废名抗战时期避居乡下的生活状况。它虽然承续《莫须有先生传》的禅宗特色,但参禅悟道,玄谈佛经的成分减少,现实主义成分逐渐浓厚。废名的小说语言也发生了不少变化,整部作品散发出空灵通透的韵味。

从文化心理来说,禅宗代表了一种承接中国文化精神的世界观和观察世界、表现世界的思维模式。废名禅宗意识的自觉也可以看作是"五四"个性解放思想在三四十年代的余绪和回想。

禅宗是废名在特殊历史时期作为现代知识分子独到的精神表现,并且在艺术世界里传达出对于生活的理解。禅宗潜移默化的影响,使得废名能够自如地用朴讷的文字显现把握世界,表达自己的艺术心灵和民俗感知。李泽厚认为:"禅宗在客观上仍包含有对感性世界的肯定和自然生命的欢欣,而这正是审美感受不同于宗教经验之所在。"[1]

---

[1] 李泽厚.中国古代思想史论.安徽文艺出版社,1994:212.

地域宗教文化生态对作家文化个性的铸造具有举足轻重的影响。自古以来，黄梅以其佛国胜境吸引众多高僧名士凭吊游览。据《黄梅县志》记载，东晋的陶渊明、高僧慧远，唐代的李白、裴度，宋代的苏东坡等都曾慕名前来。尤其是鲍照终老黄梅，至今仍保留着鲍公祠、鲍母祠、鲍参军墓和俊逸亭等文化遗迹。黄梅在中国禅宗史上久负盛名。五祖弘忍乃黄梅人氏，受衣钵于四祖道信，传于六祖慧能。黄梅五祖寺据信是五祖弘忍开创道场、弘扬禅法的地方，从此兴盛不衰。五祖寺周围群山环绕，古木参天，自然风景无不洋溢着禅意。总之，由于黄梅丰富的宗教、文化、历史底蕴，生于斯长于斯的废名耳濡目染，与禅宗结不解之缘是很正常的。

如果说地域宗教文化和作家心理造成废名与禅宗亲近的话，那么周作人强调个性化的审美趣味则加速了废名的"禅化"倾向。

从冯文炳和废名两个时期的创作来看，周作人对废名的影响是深刻而持久的。早期表现为温和的现实主义，后期是朴讷中和的隐逸趣味。如果我们把两人稍做比较，不难发现周作人似乎更喜欢"话禅"，亦即张中行所说的"禅外谈禅"。周作人把谈论禅宗作为自己生活中的点缀，把禅宗作为生活哲学看待。在他骨子里，话禅只是生活压力和人生困惑的缓冲与超越，话禅依然表现了"非禅化"的姿态。而废名就不一样了，他隐居西山，喜静深思，参禅打坐，寻求涅槃境界。尽管周作人与废名对禅宗意义的取舍有别，不过恰恰是禅宗成就了他们之间深厚的师生情谊。

我们不妨这么推测，周作人的"未能如废名之悟道"，委婉表达了自己对废名超越现实的生活方式有所保留，或者不认同，因为"照我个人的意见说来，废名谈中国文章与思想确有其好处，若舍而谈道，殊为可惜。"[1]

周作人欣赏废名"独立走他的路"的"独立的精神"和充满"隐逸气"的艺术才情，称赞废名文思诗思均佳。废名一生创作的小说作品，周作人许诺包作序跋，而且极力推崇。同时，周作人鼓励废名为他撰写序

---

[1] 周作人.怀废名·周作人散文全集（第8卷）.广西师范大学出版社，2009:746.

言。可以说，周作人为废名超越自我、超越老师提供了施展才能的用武之地。所以废名带着感激的心情说："我在这里祝福周作人先生，我自己的园地，是由周先生的走来。"①就废名接受周作人的影响来看，这番话说得非常中肯到位。

如果说周作人主要是在生活方式和处世哲学上借鉴吸纳禅宗文化的某些方面，在表达自己的闲适趣味的同时流露出现代价值观念和情绪焦虑的话，那么废名则主要是吸收禅宗的思维方式，并在自己的艺术实践和思维活动中注重审美意境的开拓。京派作家、文学评论家刘西渭（李健吾）认为："废名先生仿佛一个修士，一切是向内的；他追求一种超脱的意境，意境的本身，一种交织在文字上的思维者的美化境界，而不是美丽本身。"②这样的评价可以说是搔到了痒处的。

意境是中国传统艺术审美追求的最高境界，而意境的获得必须由具备相同的文化心理，具有一定审美能力的艺术家与欣赏者共通创造，是在各种因素全面综合的基础上"顿悟"的结果。其核心问题是一个"悟"字。其实，西方的学者也看到关于分析思维在艺术审美中的片面性和局限性："艺术的魅力并非诉诸意识知觉，而是诉诸直觉顿悟"，"仅靠解释或界定的方法，也就是说，仅靠对艺术作品进行有目的的分析，是不可能从作品中获得快感享受的。"③

凡是读过废名的《莫须有先生传》和《莫须有先生坐飞机以后》两部作品的人，大概会注意到废名小说语言发生的变化，即由简练朴讷转而通达空明。语言的嬗变体现了作者对禅宗的把握，是作家艺术思维"妙悟"的独到体验。禅宗把"不立文字，教外别传，直指人心，见性成佛"作为宗旨，并非不要文字和逻辑思维，而是不要执着于佛教经论，认为文字会在某种程度上制约主体直觉观照中的思维。当然"不立文字"并不意味着不使用文字，而是尽可能地精简文字，创造出更为阔大的艺术空间。废名在

---

① 废名.竹林的故事·序·废名集（第1卷）.北京大学出版社，2009：12.
② 刘西渭.评《边城》.李健吾批评文集.珠海出版社，1998：54.
③ 〔英〕里德，王柯平译.艺术的真谛.辽宁教育出版社，1987：43.

创作中"不肯浪费语言"。①给接受者留下足够的想象空间去品味小说中的韵味和情趣。

  多灾多难的民族和时代呼唤作家创作出为民族立言的宏大叙事。如果用当时主流的文学观念来衡量废名的小说创作，废名因其浓重的禅味和非理性因素而受到诘难是不可避免的。如评论家阿英在《现代十六家小品·序》中指责某些京派作家漠视现实生存环境的残酷，蜷曲于心灵的"艺术世界"。但我们也应该看到，在反动当局的文化高压下，废名淡化现实的小说创作恰恰体现了较为自由安全的写作策略。从文学流派史的角度来看，它却无疑具有特殊的价值和意义。诚如朱光潜所说："在军阀横行的那些黑暗的日子里"，废名与同仁们一道，"把文艺的一条不绝如缕的生命线维持下去也不是一件易事。"②从审美本体的角度来看，艺术讲究创新，而创作的雷同会扼杀艺术的生命力。因此，周作人发现了废名小说特殊的审美价值后就给予坚定的理论支持。首先，"文艺的生命是自由而不是平等，是分离而不是合并。"③而统一、服从多数，只能抹杀艺术个性，阻碍文艺的繁荣发展。其次，周作人反对艺术上的功利主义，有意于社会并非著者的义务，只因为他是这样想，要这样说，这才是一切文艺存在的根据。最后，提出"个性文学"这一主张："艺术是独立的，又原来是人性的；是人生的，但不是为人生的；是个人的，亦即为人类的"。废名的小说创作，真正地实现了文学创作由客体叙事向主体叙事的转变，从注重群体意识向注重主体意识的转型，客观上指认了作家在文学创作领域独立存在的价值。另一方面，这一转型也使得废名的个性意识和主体意识在较高层次上得以提升，因此他对自己的小说表现出相当浓厚的自我欣赏趣味："最高兴我的文章的是我自己，最不高兴我的文章的是我自己。"④

---

 ①废名.废名小说选.人民文学出版社，1957：2.
 ②朱光潜.从沈从文先生的人格看他的文艺风格.花城，1980（5）.
 ③周作人.文艺上的宽容·周作人散文全集（第2卷）.广西师范大学出版社，2009：513.
 ④废名.说梦·废名集（第3卷）.北京大学出版社，2009：1153.

禅宗首先是废名文学创作中直觉体悟的有效媒介。即从客体出发走向审美主体的思维形态。"这种直觉体悟的思维走向，实质上是一种'反向内省'的思维形态，也就是思维主体对个体感受和直接体验的感悟，因而它具有很大的随意性。中国小说运用这种思维表述方式明显地拓宽了审美自由度。"①随着废名"禅化"的加深，小说创作"信腕信口"，显示出禅宗通脱自如的灵性。废名的后期小说创作与前期相比，在艺术观念和创作实践上发生很大的变化："我以前写小说，现在则不喜欢写小说，因为小说一方面也要真实——真实乃亲切，一方面又要结构，结构便近于一个骗局，在这些方面费了心思，文章乃更难得亲切了。"②这也是废名在文学创作上逐渐走向成熟的标志。

废名在艺术构思中也接受了禅宗的思维方式，常常打破时空、空间的界限，打破视觉、听觉、味觉、触觉的界限。③这导致了他的小说呈现出散文化、诗化的文体特色。

废名小说的忧患意识和乐感意识同样也体现出他的禅化的人生态度。在儒家修济治平的入世传统和现代启蒙思想的影响下，面对政局动荡和社会无序，作家产生了焦虑情绪，冯文炳时期小说的现实主义精神体现了这一点。同时，忧患也是生存苦难的一种体验。究其根源，"禅宗思维的形成，在很大程度上是根因于春秋战乱所造成人们对社会空间的恐惧和困惑"。而作家个人坎坷的生活经历，困顿的生活处境和严酷的社会现实，强化了作家对世事沧桑、命运多舛和人生无常的忧患感。"人们对社会空间的恐惧和困惑，便使他们对生活现实的认识由社会外相返回到自我的心灵空间，由此诱发和建构了自我完善其道德人格的思维图式。"④与忧患意识相对应的是乐感意识，一种与忧患意识截然不同的审美

---

① 吴士余.中国文化与小说思维.上海三联书店，2000：7.
② 钱理群.中国现代唐·吉诃德的"归来"·文学研究（第1辑）.南京大学出版社，1992：8.
③ 葛兆光.禅宗与中国文化.上海人民出版社，1986：169.
④ 吴士余.中国文化与小说思维.上海三联书店，2000：71.

情怀。面对现实和人生苦难，废名忧患但不消沉，而是借用禅宗去排遣因现实纷扰造成的精神苦闷，获得主体的心理平衡。具体说来，就是作家以禅的适性自然、寂静恬淡的阴柔之道，消解对现实的忧患和恐惧。超越元对立，强化主体的心性修养，化解现世中的精神困惑。废名对禅宗个中精义的深刻感悟和对民俗生活的审美感知，无疑为作家忧患意识寻找到了精神寄托。《桥》中所描写的清明、中秋、重阳等岁时节日，观灯、踏青、赏月、登高等游乐活动，以及敬神、祭祖、驱鬼等风俗习惯，无不流露和洋溢着明快、清丽的乐感意识。在浓郁盎然的民俗氛围中获得无尽的快乐。

废名小说中的民俗描写表现出作家内心的补偿和寄托。补偿是由于现实的缺憾和不足而引发的。人们在混乱无序的现实面前，往往需要一种精神的寄托来疏导心理的痛苦和焦虑。通过民俗书写，使心理失衡得以纠偏从而获得新的和谐。心理寄托是由于作者对现实的痛苦和无奈逼迫的。在废名看来，心理寄托是把现实世界中无法得到满足的世俗欲望转移到人性化的艺术世界中。这种逻辑思维的结果，是废名将现实世界里严重失衡的心灵世界移情于优美的自然景色，淳朴的翁媪儿女以及原始的乡风民俗，营造一个乌托邦式的"理想家园"，实现作家主体的"精神还乡"。

以上我们讨论了禅宗直觉观照、瞬间体悟的思维方式对废名创作的影响。废名所谓的"悟"实际上是禅宗思维方式的衍化，即调动其直觉感受而达到高度综合，类似现代心理学上的"高峰体验"。客观上，禅宗"以心观物"的非理性直觉体验，有利于充分发挥主体生命的自觉性和自主性，对艺术创作有着积极作用。

废名对周作人文学的接受，既有具体的、直接的影响，也有高层次的发挥、独异的表现。

废名长篇小说的代表作是《桥》。《桥》从篇幅上来看算是长篇，略做文本分析便知《桥》是当事人物时断时续的系列散文，引人关注的是几个淳朴无邪的农村孩子。在《桥》问世数年后的1939年，周作人写了一篇以《桥》为名的短评，道出《桥》中的童年心态，以及自己对童年心态的向往：

"《桥》的文章仿佛是一首一首温李的诗,又像是一幅一幅淡彩的白描画,诗不大懂,画是喜看的,只是恨册页太少一点,虽然这贪多难免孩子气,必将为真会诗画的人所笑。可是我所最爱的也就是《桥》里面的儿童,上下篇同样的有些仙境的,非人间的空气,而上篇觉得尤为可爱。中国写幼年的文章真是太缺乏了,《桥》不是少年文学,实在恐怕还是给中年人看的,但是里面有许多这些描写,总是很可喜的事。"[1]确实,童年心态是无忧无虑、是自由无阻的。1957年废名为《废名小说选》一书写序,自我批评自己当年有意回避现实,所写的东西主要是个人的主观,确乎微不足道。之后,概括自己过去作品的艺术特色:"就表现的手法说,我分明地受了中国诗词的影响,我写小说同唐人写绝句一样,绝句二十个字,或二十八个字,成功一首诗。我的一篇小说,篇幅当然长得多,实是用写绝句的方式写的,不肯浪费语言。这有没有可取的地方呢?我认为有。运用语言不是轻易地劳动,我当时付的劳动实在是顽强。"[2]废名的文章正是以他那种晦涩而又耐读的形式,极新却又极旧地存在于新文学的园地上。

周作人很明白废名作品的短长。谈到废名文章的艰涩,他一般并不从其思想内容入手,而总是谈他行文的独特。他解释说:"我读过废名君这些小说所未忘记的是这里边的文章,如有人批评我说是买椟还珠,我也可以承认,聊以息事宁人,但是容我诚实地说,我觉得废名君的著作在现代中国小说界有他独特的价值者,其第一的原因是其文章之美。"[3]周作人进一步阐释道:"能做好文章的人他也爱惜所有的意思,文字,声音,故典,他不肯草率地使用他们,他随时随处加以爱抚,好像是水遇见可漂荡的水草要使他漂荡几下,凡遇见能叫号的窍穴要使他叫号几声,可是他仍然若无其事地溜过去吹过去,继续他向着海以及空气稀薄处去的行程。这样所以是文生情,也因为这样所以这文生情异于做古文者之做古文,而是从新的散文中间变化出来的

---

[1] 周作人.桥·周作人散文全集(第8卷).广西师范大学出版社,2009:94-95.
[2] 废名.废名小说选·序·废名集(第6卷).北京大学出版社,2009:3268-3269.
[3] 周作人.《枣》和《桥》的序·周作人散文全集(第5卷).广西师范大学出版社,2009:765.

一种新格式。"① 这段话与废名回顾当年的创作情况时所说:"就表现的手法说,我分明地受了中国诗词的影响,我写小说同唐人写绝句一样,绝句二十个字,或二十八个字,成功一首诗。我的一篇小说,篇幅当然长得多,实是用写绝句的方法写的,不肯浪费语言。这有没有可取的地方呢?我认为有。运用语言不是轻易地劳动,我当时付出的劳动实在是顽强"。② 周作人与废名师徒之间的这两段话完全是可以相互印证的。

我们知道,废名与周作人的文学体裁是不尽相同的,不过却显示出"不同之同",它们在本质上是相同的:周作人和废名都在为表现自我而创作。废名与周作人在文学艺术的终极追求是一致的。

废名要求的自由,不仅仅限于体裁上,还涉及诗人的创作过程。譬如他推崇温庭筠的词,是因为温词有超乎一般旧词的表现,即是表现的自由。正是这种"自由",所以不需要情生文文生情,它是整个的想象:"大凡自由的表现,正是表现着一个完全的东西。"③ 如此写出的作品,完全脱离了模仿的阶段,是个性化的,它就是白话新诗的立身之本,作者不在乎借用典故与否,没必要死死纠缠韵律问题。而是具有自由的创作心态:"真有诗的感觉如温李一派,温词并没有典故,李诗典故就是感觉的联串,他们都是自由表现其诗的感觉与理想,在六朝文章里已有这一派的根苗,这一派的根苗又将在白话新诗里自由生长,这件事情固然很有意义却也是最平常不过的事,也正是'文艺复兴',我们用不着大惊小怪了。"

周作人热情洋溢地宣传废名小说晦涩的艺术风格。他与废名之间不同寻常的私人感情是其因素之一,更重要的一方面,这也是一种策略——就是要借助废名的小说打破当时文坛千人一面、万人一腔的陈陈相因的沉闷气氛,以改变单调乏味的文坛生态。废名的小说风格,带来一批又一批对此情有独钟的学步者,影响至今不衰。沈从文早在 20 年代末就承认自己

---

① 周作人.《莫须有先生传》序·周作人散文全集(第 6 卷).广西师范大学出版社,2009:23.

② 废名.《废名小说选》序·废名集(第 6 卷).北京大学出版社,2009:3269.

③ 冯文炳.谈新诗·废名集(第 4 卷).北京大学出版社,2009:1635.

的小说创作受到废名的影响,他在小说《夫妇》的附记中提及:自己从事创作时常常感到行文中有两副笔墨,其一是农村题材,其二是城市题材,在这方面与废名有相同的地方:"由自己说来,是受了废名先生的影响,但风格稍稍不同,因为用抒情诗的笔调写创作,是只有废名先生才能那样经济的。这一篇即又有这种痕迹,读我的文章略多而又喜欢废名先生文章的人,他必能找出其相似中稍稍不同处的。"[①]既有相似之处,又有不同之处;因注重抒情而追求语言的简洁非废名莫为,这其中三昧若没有反复观察、揣摩、实践是不可能领悟其中奥妙的。剧作家、评论家李健吾在《画梦录——何其芳先生作》中大谈废名小说现代文坛的魅力:"在现存的中国作家里面,没有一位更像废名先生引我好奇,更深刻地把我引来观察他的转变的。有的是比他通俗的,伟大的,生动的,新颖而且时髦的,然而很少一位像他更是他自己的。凡他写出来的,多是他自己的。无论古今中外,遇见一个善感多能的心灵,都逃不出他强有力的吸收和再生。唯其善感多能,他所再生出来的遂乃具有强烈的个性,不和时代为伍,自有他永生的角落,成为少数人流连忘返的桃源。……可是废名先生,不似我们想象的那样孤绝。他的文笔另外有一个特征,却得到显著的效果和欣赏。无论如何,一般人视为晦涩的,有时正相反,却是少数人的星光。"[②]从废名在中国现代文学史上的地位来看,他对周作人的接受是决不能等闲视之的。总之,废名对周作人文学的传播接受是丰富复杂的,既有浅层次的接受,也有更高层次意义上的接受。可以说,废名对周作人的传播接受,其实践意义和理论意义都是非常重要的。

[①] 沈从文.夫妇.小说月报(第 20 卷 11 号),1929.
[②] 李健吾.画梦录——何其芳先生作·咀华集·咀华集.复旦大学出版社,2005:84、85.

第四章
周作人传播接受的重镇
——沈从文对周作人的传播接受

沈从文从"五四"到新中国建立这一段时间里,坚持自由主义立场,在小说创作、散文创作、文学批评以及报刊编辑方面都有不俗的表现。在三四十年代的京派文人中,是极为重要的小说家。他对周作人及其文学的传播接受在周作人传播接受史上的意义是值得我们研究的。

沈从文对周作人的传播接受可以分为三个层次:一是表层的接受,就是沈从文公开表示对周作人的赞赏。二是在文学创作上对周作人的接受。三是更高层次的接受,它是一种更高级别的精神实质上的接受。

一、沈从文在表层对周作人的师承

先看表层上的接受。沈从文在文章中首次提到周作人是在1926年2月发表在中华基督教创办的《文社月刊》上的述评《北京之文艺刊物及作者》一文:"要是谁要我说出我所喜欢的散文作者时,我将说一个周作人,再说一个张定璜,再说一个鲁迅,再说一个徐志摩。周先生的文章,像谈话似的，从朴质中得到一种春风春雨的可亲处来，如《自己的园地》中论点什么或记述点日常生活的小品文字，我看从过去的一些文字中，(新文学)搜不出比这再美丽一点的了。尤其是介绍一个诗人或别的书籍，可以看出他那种对人对物的亲切处来。从他的文字上，可以看出他是一个极懂人生艺术的人。"①

沈从文在1940年9月16日《国文月刊》第1卷第2期刊出的《从周作人鲁迅作品学习抒情》一文，对周作人的文学理论和文学创作做了特别强调：

> 徐志摩作品给我们感觉就是"动"，文字的动，情感的动，活泼而轻盈，如一盘圆莹珠子在阳光下转个不停，色彩交错，变换炫目。他的散文集《巴黎的鳞爪》代表他作品最高的成就。写景，写人，写事，写心，无一不见出作者对于现世光色的敏感，与对于文字性能的敏感。若从反一方面看，同样，是这个人生，反映在另一作者观感上表现出来却完全不相同。我们可以将周氏兄弟的作品，提出来说说。
>
> 周作人作品和鲁迅作品，从所表现思想观念的方式说似乎不宜相提并论：一个近于静静的独白；一个近于恨恨的诅咒。一个充满人情温暖的爱，理性明莹虚廓，如秋天，于事不隔；一个充满对于人事的厌憎，情感有所蔽塞，多愤激，易恼怒，语言转见出异常天真。然而有一点却相同，即作品的出发点，同是一个中年人对于人生的观照，表现感慨。这一点和徐志摩实截然不同。从作品上看徐志摩，人可年轻多了。②

接着，沈从文在文章中大段引用摘录周作人相关文章里的段落：

---

① 沈从文.北京之文艺刊物及作者·沈从文全集（第17卷）.北岳文艺出版社，2002:27.

② 沈从文.从周作人鲁迅作品学习抒情·沈从文全集（第16卷）.北岳文艺出版社，2002:259.

抒情文应不限于写景，写事，对自然光色与人生动静加以描绘，也可以写心，从内面写，如一派澄清的涧水，静静地从心中流出。周作人在这方面的长处，可说是近二十年来新文学作家中应首屈一指。他的特点在写对一问题的看法，近人情而合道理。如论"人"，就很有意思，那文章题名《伟大的捕风》：

我最喜欢读《旧约》里的《传道书》。传道者劈头就说"虚空的虚空"，接着又说道："已有的事后必再有，已行的事后必再行。日光之下并无新事。"这都是使我很喜欢读的地方。

已有的事后必再有，已见的事后必再行，此人生之所以为虚空的虚空也欤？传道者之厌世盖无足怪，他说："我又专心察明智慧、狂妄和愚昧，乃知这也是捕风，因为多有智慧就多有愁烦，加增知识就加增忧伤。"话虽如此，对于虚空的唯一的办法，其实还只有虚空之追踪。而对于狂妄与愚昧之察明，乃是这虚空的世间第一有趣味的事，在这里我不得不和传道者意见分歧了。勃阑特思批评福罗贝尔，说他的性格是用两种分子合成："对于愚蠢的火烈的憎恨，和对于艺术无限的爱。这个憎恶，与凡有的憎恶一例，对于所憎恶者感到一种不可抗的牵引。各种形式的愚蠢，如愚行，迷信，自大，不宽容，都磁力似的吸引他，感发他。他不得不一件件地把它们描写出来。"

察明同类之狂妄和愚昧，与思索个人的老死病苦，一样是伟大的事业，积极的人可以当一种重大的工作，在消极的也不失为一种有趣的消遣。虚空尽由他虚空，知道他是虚空，而又偏去追迹，去察明，那么这是很有意义的，这实在可以当得起说是伟大的捕风。法儒巴斯卡耳在他的《随想录》上曾经说过：

"人只是一根芦苇，世上最脆弱的东西，但他是一根会思想的芦苇。这不必要世间武装起来，才能毁坏他；只需一阵风，一滴水，便足以弄死他了。但即使宇宙害了他，人总比他的加害者还要高贵。因为他知道他将要死了，知道宇宙的优胜。宇宙却一点不知道这些。"（《周作人散文钞》）

本文说明深入人生，体会人生，意即可以建设一种人生的意见。消遣即明知的享乐，即为向虚无有所追求，亦无妨碍。

又说人之所以为人，在明知和感觉所以形成重要。而且能表现着明知和感觉。①

又如谈文艺的宽容，正可代表"五四"以来自由主义者对于"文学上的自由"一种看法：

文艺以自己表现为主体，以感染他人为作用，是个人的而亦为人类的。所以文艺的条件是自己表现，其余思想与技术上的派别都在其次。〔他的意思是适用于已有成绩，不适宜于预约方向。〕是研究的人便宜上的分类，不是文艺本质上判分优劣的标准。各人的个性既然是各个不同（虽然在终极仍有相同之一点，即是人性），那么表现出来的文艺，当然是不相同。现在倘若是拿了批评上的大道理要去强迫统一，即使这不可能的事情居然实现了，这样的文艺作品已经失了他唯一的条件，其实不能成为文艺了。因为文艺的生命是自由不是平等，是分离不是合并，所以宽容是文艺发达的必要的条件。〔这里表示对当时的一为观念否认，对文言抗议。〕然而宽容绝不是忍受。不滥用权威去阻遏他人的自由发展是宽容，任凭权威来阻遏自己的自由发展而不反抗是忍受。正当的规则是：当自己求自由发展时，对于压迫的势力，不应取忍受的态度；当自己成了已成势力之后，对于他人的自由发展，不可不取宽容的态度。聪明的批评家自己不妨属于已成势力的一分子，但同时应有对于新兴潮流的理解与承认。他的批评是印象的鉴赏，不是法理的判决，是诗人的而非学者的批评。文学固然可以成为科学的研究，但只是以往事实的综合与分析，不能作为未来的无限发展的轨范。文艺上的激变不是破坏〔文艺的〕法律，乃是增加条文。譬如无韵诗的提倡，似乎是破坏了"诗必须有韵"的法令，其实他只是改定了旧时狭隘的范围，将他放大，以为"诗可以无韵"罢了。表示生命之颤动的文学，当然没有不变的常态；历代的文艺在他自己的时代都是一代的成就，在全体上只是一个过程。要问文艺到什么时候是大成了，那犹如问文化怎样是极顶一样，都是不能

---

① 沈从文.从周作人鲁迅作品学习抒情·沈从文全集（第16卷）.北岳文艺出版社，2002：260-261.

回答的事，因为进化是没有止境的。许多人错把全体的一过程认作永久的完成，所以才有那些无聊的争执，其实只是自扰。何不将这白费的力气去做正当的事，走自己的道路呢。

近来有一些守旧的新学者，常拿了新文学家的"发挥个性，注重创造"的话做挡牌，〔指学衡派言〕以为他们不应该"对于文言者仇视之"；这意思似乎和我所说的宽容有点相像，但其实是全不相干的。宽容者对于过去的文艺固然予以相当的承认与尊重，但是无所用其宽容，因为这种文艺已经过去了，不是现在的势力所能干涉，便再没有宽容的问题了。所谓宽容乃是说已成势力对于新兴流派的态度，正如壮年人的听任青年的活动。其重要的根据，在于活动变化是生命的本质，无论流派怎么不同，但其发展个性，注重创造，同是人生的文学的方向，现象上或是反抗，在全体上实是继续，所以应该宽容，听其自由发育。若是"为文言"或拟古（无论拟古典或拟传奇派）的人们，既然不是新兴的更进一步的流派，当然不在宽容之列。——这句话或者有点语病，当然不是说可以"仇视之"，不过说用不着人家的宽容罢了。他们遵守过去的权威的人，背后得有大多数人的拥护，还怕谁去迫害他们呢。老实说，在中国现在文艺界上宽容旧派还不成为问题，倒是新派究竟已否成为势力，应否忍受旧派的压迫，却是未可疏忽的一个问题。（《自己的园地》）

在《自己的园地》一文中，对于人与艺术，作品与社会，尤有极好的见地。第一节谈到文学创作，不以卑微而自弃，与当时思想界所提出的劳工神圣、人类平等等原则相同，并以社会的宽广无所不容为论。次一节则谈为人生与为艺术两种文艺观的差别何在，且认为人生派非功利而功利自见，引"种花"为例：

我们自己的园地是文艺，这是要在先声明的。我并非厌薄别种活动而不屑为，——我平常承认各种活动与生活都是必要；实在是小半由于没有这样的才能，大半由于缺少这样的趣味，所以不得不在这中间定一个去就。但我对于这个选择并不后悔，并不惭愧地面的小与出产的薄弱而且似乎无用。依了自己的心的倾向，去种蔷薇、地丁，这是尊重个性的正当办法。即使如别人所说个人果真应报社会的恩，我也相信已经报答了，因为社会不但需要果蔬药材,却也一样需要蔷薇与地丁。——如果蔑视这些的社会,那便是白痴的只有形体而没有精神生活的社会,我们没有去顾视他的必要。

  有人说道:据你所说,那么你所主张的文艺,一定是人生派的艺术了。泛称人生派的艺术,我当然没有什么反对,但是普通所谓人生派是主张"为人生的艺术"的,对于这个我却有一点意见。"为艺术而艺术"将艺术与人生分离,并且将人生附属于艺术。至于王尔德的提倡人生之艺术化,固然不很妥当,"为人生的艺术"以艺术附属于人生,将艺术当成改造生活的工具而非终极,也何尝不把艺术与人生分离呢?我以为艺术当然是人生的,因为他本是我们感情生活的表现,叫他怎能与人生分离?"为人生"——于人生有实利,当然也是艺术本有的一种作用,但并非唯一的职务。总之艺术是独立的,却又原来是人性的,所以既不必使他隔离人生,又不必使他服侍人生,只任他成为浑然的人生艺术便好了。"为艺术"派以个人为艺术的工匠,"为人生"派以艺术为人生的仆役。现在却以个人为主人,表现情思而成艺术,即为其生活之一部,初不为福利他人而作;而他人接触这艺术,得到一种共鸣与感兴,使其精神生活充实而丰富,又即以为实生活的基本。这是人生的艺术的要点,有独立的艺术美与无形的功利。我所说的蔷薇、地丁的种作便是如此。有些人种花聊以消遣,有些人种花志在卖钱,真种花者以种花为其生活,——而花亦未尝不美,未尝于人无益。[①]

  真是不可想象,这样大段大段摘录周作人的文章,沈从文到底是江郎才尽,还是对周作人的文学理论、人生看法不谋而合,青眼相加?在笔者看来,沈从文对周作人的文学理论有奉若神明的味道。

  沈从文不但对周作人的文学理论、文学思想、语言文字非常推崇,而且对误解、批评周作人的言行也非常不满。例如,1934年春,巴金在

[①] 沈从文.从周作人鲁迅作品学习抒情·沈从文全集(第16卷).北岳文艺出版社,2002:261-265.

《文学》季刊上发表短篇小说《沉落》,这篇小说讽刺批评像周作人这样一类退居书斋,只知道死读书、读死书而又不参加革命的"落伍者"。小说中的主人公"他"信奉托尔斯泰的"勿抗恶",整日关在书斋里搞学问,对外面的时局不闻不问。而且还不厌其烦地教导"我"也走同样的道路。"他"有一位年轻漂亮、比他小的太太,经常打扮得花枝招展,最后与他的一个学生结婚了。从这些情节还看不出是写周作人的。但是,从小说中说"他"推崇明末小品,欣赏公安派、竟陵派;在某大学演讲明朝文人的生活态度,"接着又见他大捧袁什么的文章"则明显有讥刺周作人的味道了。[①]"他"在小说结尾也死掉了,意在暗示他这条道路是行不通的。据巴金在20世纪80年代写文章回忆,沈从文读了小说《沉落》后非常生气,直接写信给人在日本的巴金:"写文章难道是为着泄气?"[②]巴金认为,这原因当然主要涉及对周作人的态度及看法。而且由于周作人是当时《大公报》文艺副刊的主要撰稿人,沈从文每次谈及他都是用一种尊敬的口气。"从文认为我不理解周",沈从文在给巴金的公开信中分析了巴金的思想和心理状态:"我以为你太为两件事扰乱到心灵:一件是太偏爱读法国革命史,一件是你太容易受身边一点儿现象耗费感情了。前者增加你的迷信,后者增加你的痛苦。两件事混在一块增加你活在这个世界上感觉方面的孤独。"这样一来,"会自然而然有些爱憎苦恼你,尤其是当你单独一人在某一处时,尤其是你单独写文章或写信时。"[③]按照沈从文的理解,巴金大量阅读法国革命史,久而久之就会产生一种思维定式,认为当下只有去从事破坏现存社会制度的努力才算是进步、有意义,而从事文化方面的建设和批评则是雕虫小技,因而是微不足道的,并且是反动落后的。沈从文感到这样一来"说不定你还会感觉到世界上只有你孤单、痛苦,爱人类而又憎人类,可是这值得讨论。也许你熟读法国史,但对于中国近百年史未必发生兴味。你也许感到理想孤独,仿佛成天在同人类的劣

[①] 巴金.沉落·中国现代作家选集(巴金卷).人民文学出版社,1988:99、101.
[②] 巴金.怀念沈从文·长河不尽流——怀念沈从文先生.湖南文艺出版社,1989:8.
[③] 沈从文.给某作家·沈从文全集(第17卷).北岳文艺出版社,2009:221.

性与愚性作战，独当一面，爱憎皆超越一切。但事实上这个世界比你更感觉理想孤独、更痛苦，更执着爱憎皆有其人，至少同你相似的还有人。"沈从文确实是感觉到巴金误解了周作人，如果他对周作人了解得多一些，他的火气就会少一点。沈从文并非要巴金与周作人这样的"绅士"无条件妥协，他认为一个伟大的人，不仅仅要对旧的不合理的东西进行批判，而且在正面也要有所建树，即有破有立，而要想建设某种理想，就必然要争取一种和谐的外部环境，这也就意味着要与某种社会现实有所妥协。"假如他是有力量的，结果必更知道他的力量应当用到什么地方去。他明白如何才不糟蹋自己的力量。"①沈从文认为巴金与周作人的隔膜还在于把别人看得太平庸，实际上每个人都应该把自己看得平庸一点。看来，在当时巴金还不容易做到这一点。沈从文认为，人活到世上，他并不是同人类离开，实在是同人类贴近："你，书本上的人真影响了你，地面上身边的人影响你可太少了。……我看你那么容易理会小处，什么米米大的小事如×××之类闲言小语也使你动火，把这些小东西也当成敌人，我觉得你感情的浪费真极可惜。我说得'调和'，意思也就希望你莫把感情火气过分糟蹋到这上面。"

确实，在这一点上，沈从文与周作人有着大致相似的心理状态。从1926年算起，一直到1946年为止，在将近20年时间里，沈从文由于所持自由主义写作立场而多次被左翼人士谩骂甚至扬言要"打倒"，而且对方皆以团体性的力量出现，自己自然显得势单力薄，这不免让沈从文的一些好友为之担心。然而，沈从文不为所动，继续按自己的观察和感觉从事写作。沈从文想起来不免感慨系之："因为在我自己，对工作态度二十年变得似乎极少，但批判的笔却换了四五代了。而且所以受批判，倒又简单，我很恼怒了一些人。我的不入帮态度有时近于拆台，我的意见又近于不喝彩，而我的写作恰恰又'都要不得'。这个批语且可能是从不看我作品的人说的。这也正见出中国文坛的一鳞一爪。什么文坛？不过是现代政治下

---

① 沈从文.给某作家·沈从文全集（第17卷）.北岳文艺出版社，2009：223.

一个缩影罢了。只见有集团的独霸企图而已。然而和政治稍稍不同处,即有野心文坛独霸局面却始终不易实现。"①到1940年,沈从文这类自由主义知识分子对大众进行启蒙,却得不到一般民众的理解。这主要是:"因为看得深远,你的工作方式,工作态度,都可能成为一般人的笑话。且工作成就也未必能与普通社会价值相合。"②1942年,他在另一篇文章中,也谈过相似的看法:"由于对人生哀乐,民族发展看得远、想得深,作品更容易被普通社会抵制或压迫,一时间得不到读者认可。"③所以,沈从文对周作人这种自由主义作家的处境感同身受,因而对于自己的朋友巴金如此误解周作人表示痛心,惋惜。

沈从文虽然屡屡被左翼作家批判攻击,但他对自己所从事的工作,也就是文学创作,是无怨无悔,而且始终充满信心。他甚至这样看待历史上的宗教创始人释迦、孔子、耶稣:"看出生命的意义同价值,原来如此如此,却想在生前死后使生命发生一点特殊意义同价值,心性绝顶聪明,为人却好像傻头傻脑,历史上的释迦,孔子,耶稣,就是这种人。这种人或出世,或入世,或革命,或复古,活下来都显得很愚蠢,死过后却显得很伟大。屈原算得这种人另外一格,历史上这种人并不多,可是间或有一个两个,就很像样子了。这种人自然也只能活个几十年,可是他的观念,他的意见,他的风度,他的文章,却可以活在人类记忆中几千年。一切人生命都有个时间限制,这种人的生命又似乎不大受这种限制。"④从以上叙述分析看来,沈从文对周作人的辩护就是很正常的了。

1921年1月10日周作人在《小说月报》刊文《圣书与中国文学》。在文章中周作人谈到:"人类所有最高的感情便是宗教的感情,所以艺术必须是宗教的,才是最高的艺术。基督教思想的精义在于各人的神子的资格,与神人的合一。因此基督教艺术的内容便是使人与神合一及人们互相合一

---

① 沈从文.政治与文学·沈从文全集(第14卷).北岳文艺出版社,2009:254.
② 沈从文.给一个军人·沈从文全集(第17卷).北岳文艺出版社,2009:228.
③ 沈从文.职业与事业·沈从文全集(第17卷).北岳文艺出版社,2009:335.
④ 沈从文.时间·沈从文全集(第14卷).北岳文艺出版社,2009:100.

的感情。""同样的意思在近代文学家里面也可以寻到不少。俄国作家安特莱夫（Leonid –Andrejev）说：'我们的不幸，便是在大家对别人的心灵、生命、苦痛、习惯、意向、愿望，都很少理解，而且几乎全无。我是治文学的，我之所以觉得文学的可尊，便因其最高尚的事业，是在拭去一切的界限和距离'。"[①] 到了1936年，沈从文也体会到文学要有一种宗教性信仰的重要性，他在《给志在写作者》一文中这样说道："对文学有信仰，需要的是一种宗教情绪。同时就是对文学有所希望（你说是荒谬想象也成）。这希望，我们不妨借助旧俄作家说的话：'我们的不幸，便是大家对于别人的心灵，生命，苦痛，习惯，意向，愿望，都很少理解，而且几乎全无。我所以觉得文学可尊者，便因其最高的功业是在拭去一切的界限与距离。'"[②] 这里，不但意思相似，文字表述也差不多。

20年代，周作人感到了思想启蒙的艰辛，教训的无用。他在1923年10月写下《不讨好的思想革命》一文，谈到思想启蒙者的尴尬处境："我是赞成文学革命的事业的，而尤其赞成思想革命。但我要预先说明，思想革命是最不讨好的事业，只落得大家的打骂而不会受到感谢的。做政治运动的人，成功了固然大有好处，即失败了，至少同派总还是回护感谢。唯独思想革命的鼓吹者是个孤独的行人，至多有三个五个的旅伴；在荒野上叫喊，不是白叫，便是惊动了熟睡的人们，吃一阵臭打。民党的人可以得孙中山的信用，津派的人可以蒙曹仲三的赏识，虽然在敌派是反对他们；至于思想改革家则两面都不讨好，曹仲三要打他，孙中山未必不要骂他，甚至旧思想的牺牲的老百姓也要说他是离经叛道而要求重办。因为中国现在政治不统一，而思想道德却是统一的，你想去动他一动，便要预备被那老老小小、男男女女、南南北北的人齐起作对，变成名教罪人。"[③] 虽然前

[①] 周作人.圣书与中国文学·周作人散文全集（第2卷）.广西师范大学出版社，2009：300.

[②] 沈从文.给志在写作者·沈从文全集（第17卷）.北岳文艺出版社，2009：412.

[③] 周作人.不讨好的思想革命·周作人散文全集（第3卷）.广西师范大学出版社，2009：230.

进的道路充满曲折和艰辛，但周作人不愿退缩，不言放弃。他在 1929 年 5 月 30 日写下《伟大的捕风》以明志。有一段话是这样讲的："察明同类之狂妄与愚昧，与思索个人之老死病苦，一样是伟大的事业，积极的人可以当一种重大的工作，在消极的也不失为一种有趣的消遣。虚空尽由他虚空，知道他是虚空，而又偏去追迹，去察明，那么这是很有意义的，这实在可以当得起说是伟大的捕风。"①

40 年代，沈从文多次遭遇左翼文人的围攻，深深感受到周作人那种"不讨好的思想革命"的窘境。在 1940 年 4 月 1 日的《战国策》第 1 期，沈从文的《烛虚》（一、二）前面的导语，沈从文引用的便是周作人在《伟大的捕风》中的一段话："察明人类之狂妄和愚昧，与思索个人的老死病苦，一样是伟大的事业，积极的可以当成一种重大的工作，在消极的也不失为一种有趣的消遣。"② 而且在同年 9 月 16 日发表在《国文月刊》上的《从周作人鲁迅作品学习抒情》中又把周作人《伟大的捕风》中的那段话摘到文中。沈从文感到自己当时"似乎正在同上帝争斗。我明白许多事不可为，努力终究等于白费，口上沉默，我心并不沉默。"沈从文这时的心理感受与周作人在 20 年代的体验如出一辙。

在文学理论方面，作为坚持自由主义、个人主义理念的京派文人，沈从文一贯坚守文学的独立性，认为文学创作要有自己的个性，这个观念终其一生没有改变。

1924 年 6 月，周作人在《〈济南道中〉之三》就明确提出要反对专制的"狂信"③，认为这是东方式的攻击异端。到了 30 年代，周作人更是确信左翼文学是建立在"狂信"的基础上的，他把它叫作"新礼教"："狂信是不可靠的，刚脱了旧的专断，便会走进新的专断"。④ 周作人由反"狂信"

---

① 周作人.伟大的捕风·周作人散文全集（第 5 卷）.广西师范大学出版社，2009：568.
② 沈从文.烛虚·沈从文全集（第 12 卷）.北岳文艺出版社，2009：3.
③ 周作人.《济南道中》之三·周作人散文全集（第 3 卷）.广西师范大学出版社，2009：432.
④ 周作人.论救救孩子·周作人散文全集（第 6 卷）.广西师范大学出版社，2009：423.

发展到反"载道"、反"遵命"。周作人在《〈蛙〉的教训》中得出这样一个深刻的观察:"有些本来能够写写小说戏曲的,当初不要名利所以可以自由说话,后来把握住了一种主义,文艺的理论与政策弄得头头是道了,创作便永远再也写不出来,这是常见的事实,也是一个很可怕的教训。"他接着幽默地指出:"把灵魂卖给魔鬼的,据说成了没有影子的人,把灵魂献给上帝的,反正也相差无几。"① 这些表现了周作人对文学独立性的认识以及对载道文学的不无深刻的批判嘲讽。

30年代,一些周作人的学生试图拉周作人加入左翼阵线,周作人却始终不为所动。1936年他在回复南京姓阳朋友的一封信中说道:"手书诵悉。不佞非不忙,乃仍喜弄文学,读者则大怒或怨不佞不从俗呐喊口号,转喉触讳,本所预期,但我总不知何以有非给人家去戴红黑帽喝道不可之义务也。不佞文章思想拙且浅,不足当大雅一笑,这是自明的事实,唯凡奉行文艺政策以文学做政治的手段,无论新派旧派,都是一类,则与我为隔教,其所说无论是扬是抑,不佞皆不介意焉。不佞不幸为少信的人,对于信教者只是敬而远之,况吃教者耶。国家衰亡,自当负一分责任,若云现在呐喊几声准我免罪,自愧不曾学会画符念咒,不敢奉命也。"② 表现出的态度仍然是不入伙、不站队、与各种政治势力保持一定距离的自由主义精神。

在这一点上,沈从文与周作人有着惊人的相似之处。1950年初期,沈从文回顾自己新文学运动以来在文学创作中所持的立场时分析道:"这是个大流血时代,加上从小看到的流血现象,相互掺和,和我的农民本质不合,和习得性的小资知识理性也不和。所以朋友多革命,我不参加。但有关工作业务的态度,还是自由而偏左。直到十九年,由武汉返上海,也频邀入左联,我答应的还是愿帮忙,可不入伙。原因简单,如大家争工作对

---

① 周作人.《蛙》的教训·周作人散文全集(第6卷).广西师范大学出版社,2009:483.

② 周作人.苦竹杂记·后记·周作人散文全集(第6卷).广西师范大学出版社,2009:847.

国家长远贡献，为一个理想而向前，我乐意执鞭；作尾巴做什么都不在意。如争的还是小团体近功小利，我做头目也不加入。因既无能力也少需要。"并且沈从文认为政治活动为了某一目的，是会不择手段的，因而政治斗争局面有时也是变动不居的。因此"如热闹即出面，困难即缩头，在配合商业需要来适应现状，政治变化无定形，作家恐就得变来变去才好。一个政治家如此离合无所谓，一个作家怕不好办。所以不加入，非退避，还是作小说，则可以得到较多自由。"① 就文学创作的实践来讲，应该说沈从文所言是有一定道理的。

周作人与沈从文对左翼文学都有一些批评的言论，他们认为这表现了左翼作家缺乏独立自主，是几千年的封建社会遗留下的奴隶性的表现。1930年5月周作人在《骆驼草》发表批评八股文的文章中认为："我们再来一谈中国的奴隶性罢。几千年来的专制养成很顽固的服从与奴隶根性，结果是弄得自己没有思想，没有话说，非等候上头的昐咐不能有所行动，这是一般的现象，而八股文就是这个现象的代表。"他接着说"吴稚晖说过，中国有土八股，有洋八股，有党八股，我们在这里觉得未可以人废言。"② 这些都指出了左翼文学的一些特点，为以后周作人与左翼文人的正面冲突埋下了伏笔。

周作人写于1931年12月的《志摩纪念》一文中也借题发挥地说了这样一段话："适之又说志摩是诚实的理想主义者，这个我也同意。而且觉得志摩因此更是可尊了。这个年头儿，别的什么都有，只是诚实却早已找不到，便是爪哇国里恐怕也不会有了吧，志摩却还保守着他天真烂漫的诚实。我们平常看书看杂志报章，第一感到不舒服的便是那伟大的说诳，上至国家大事，下至社会琐闻，不是恬然地颠倒黑白，便是无诚意地弄笔头。其实，大家也各自知道是怎么一回事。自己未必相信，也未必望别人相信，只觉得非这样地说不可。知识阶级的人挑着一副担子，

---

① 沈从文.总结（思想部分）·我的人生观形成背景和工作关系·沈从文全集（第27卷）.北岳文艺出版社，2009：107.

② 周作人.论八股文·周作人散文全集（第5卷）.广西师范大学出版社，2009：660.

前面是一筐子马克思,后面是一袋子尼采,也是数见不鲜的事。这时候有一两个人能够诚实不欺地在言行上表现出来,无论这是那一种主张,总是很值得我们尊敬的了。"① 这样的看法让一些投机者读了之后是绝对感到不舒服的。

无独有偶,1936年10月25日,沈从文在《大公报·文艺》上发表文章《作家间需要一种新运动》,提到30年代以来的大多数新文学作品给人一种"差不多"的印象。文章内容差不多,所表现的观念也差不多。有时看完一册厚厚的刊物,好像毫无所得;有时看过五本书,竟似乎只看过一本书。沈从文认为,对于非有独创性不能存在的文学作品来说,这种现象不可理解:"这个现象说得蕴藉一点,是作者大都关心'时代',已走上了一条共通必由的大道。说得诚实一点,却是一般作者都不大长进,因为缺少独立见识,只知追逐时髦,所以在作品上把自己完全失去了。一个作品失去了自己的见解,自己的匠心,还成个什么东西?"② 文章发表后,引起一些左翼作家的反击。沈从文认为这是自己预料之中的事,不必大惊小怪:"因为文章(指《作家间需要一种新运动》)正搔着一些人的痒处,所以这问题忽然就热闹起来了。热闹即所谓反响,劝作家用脑子得来的反响,这反响是我料得到的。不拘左或右,习惯已使人把'思索'看成'罪恶',我却要一些人思索,当然有反响。"③

接下来沈从文还具体分析30年代中国文坛的形势及其对策:"除了投机家与冒险家以及热衷护短的在外,凡真有远见,注意国家情形熟悉文坛状况的人,都不能不默认作品在差不多倾向下,实在难以为继。且明白在受主义统治和流行趣味所支配时,好作品不易产生。要中国新文学有更好的成绩,在民主式的自由发展下,少受凝固的观念和变动无时风气所控制,成就也许会大一些。并且当朝野都有人只想利用作家来争夺政权巩固

---

① 周作人.志摩纪念·周作人散文全集(第5卷).广西师范大学出版社,2009:815.
② 沈从文.作家间需要一种新运动·沈从文全集(第17卷).北岳文艺出版社,2009:101.
③ 沈从文.再谈差不多·沈从文全集(第17卷).北岳文艺出版社,2009:148.

政权的情势中，作家若欲免去帮忙帮闲之讥，想选一条路，必选条限制最少自由最多的路。换言之，作家要救社会还得先设法自救。自救之道第一别学人空口喊叫，作应声虫。第二别把强权当作真理，作磕头虫。若说信仰是必需的，也得有点真信仰，别随风气和压力自己老是忽左忽右，把近十年来新文学在读者间建设的一点点信用完全毁去。"不做应声虫，不当磕头虫，这才有望成为一个称职的文学家，这就是沈从文对文学创作的认识与理解。

一般文学史均把周作人看作是京派文学的精神领袖。实际上，应该说周作人不仅是京派文学的精神领袖，更是京派文人的偶像，沈从文当然也不例外。所谓偶像，就是说他在某一方面达到你心中理想的境界，而你自己尚遥不可及，他可能在一些方面与你不太相同，但你对他的崇敬会使一切不同变得不那么重要。沈从文与周作人的关系就是这种状态。

或许，沈从文欣赏的不只是周作人的小品文的内容和形式，还有周作人的精神境界。周作人浓缩传统儒道文化，超凡脱俗，远离现实功利，旁观人生，与世无争，达到平静、自然、空灵、和谐的境地。从那些看似琐碎的日常生活中，透出幽深的情思、古雅的风趣、博大的胸怀。他为人宽容谦和，他写给学生的信，十几年没有一句严厉的教训，也没有火热的亲近，而是平和大度、温良恭俭、平淡适度。在平淡中至情尽礼，一派躬行君子风度。

20世纪30年代，周作人对沈从文编辑的《大公报·文艺副刊》是非常支持的。身在上海主编《现代》杂志的施蛰存屡次向周作人约稿，周作人有时未能如约供稿。1935年12月周作人回信解释说："前嘱为《现代》写稿，极想努力，惟近来多俗务，一月中未能写出二三篇，又因有朋友在天津《大公报》办一副刊，每周两次，偶作小文，多被拉去。"[①] 沈从文主持的聚餐会，他是常到的一个。沈从文崇拜陶渊明，而周作人简直就是活着的陶渊明。周作人以其淡泊、从容、智慧使陶渊明在现实生活中复活了。

但是由于年龄、学养的关系，他们毕竟还有不同之处。他们只是艺术

---

① 周作人.与施蛰存书九通·周作人散文（第4卷）.中国广播电视出版社，1992:50.

情趣上的相通,对社会的一些看法以及人生观上还是具有一些差异的。沈从文虽然崇尚淡泊朴素,但在民族和社会的重要关节点上,还是有血性、有正义感的,周作人对于这些似乎都已经淡漠了。

如果没有以上沈从文对周作人的认知与理解,我们就硬说沈从文的文学创作在某某处接受了周作人的影响,恐怕缺乏令人信服的说服力。

二、周作人在文学创作上对沈从文的影响

我们再看看沈从文在文学创作上对周作人的接受。

周作人在20世纪20年代翻译的日本狂言,对沈从文的早期剧作产生很大影响。狂言是古代日本的一种小喜剧。唐代中国的散乐传到日本,流行民间,后渐用于社庙祭礼,被称为"袁乐",扮演杂艺及滑稽动作。其中的文词叫谣曲,其中的表演技术叫"能"。13世纪以后,逐渐演化,成为一种古剧。到日本江户幕府时代经将军的提倡,盛行于日本。袁乐中滑稽的一部分后来分化为狂言,在两个剧目之间穿插,使演员可以乘机更衣化装。狂言一般有两三个角色,主要由对话组成,间或也插入一些歌曲,狂言庄谐杂出,具有讽刺性和幽默感。

1921年12月底,周作人在《晨报副刊》发表自己翻译的日本狂言两篇《骨皮》《伯母酒》。1925年—1926年间,周作人又翻译了几篇,1926年9月结集为《狂言十番》由北新书局出版。周作人翻译的日本狂言在《语丝》登载,由于当时《语丝》具有主导北方文坛风气的作用,正在起步学习文学创作的沈从文,发现狂言这种艺术形式和自己家乡的傩戏颇为相似。于是,就模仿创作了一些具有狂言色彩的小喜剧。比如,沈从文1926年由北新书局出版的第一部文集《鸭子》,第一部分就是九部狂言式的小喜剧:《盲人》《野店》《赌徒》《卖糖复卖蔗》《宵神》《羊羔》《鸭子》《蟋蟀》《三兽窣堵波》。作者在《鸭子》一篇的标题下特意注明"拟狂言"。在为《三兽窣堵波》所做的附记《关于〈三兽窣堵波〉》中沈从文说道:"我之所以把这类故事改成小剧,这又正如我近来把故乡中大小皆知的笑话改成像《鸭子》一类的那种'狂言式'的小剧样:若无《狂言》中各

样趣剧做我的启示，纵要写，是无从写，也是很明白的吧。"①

沈从文借用了狂言喜剧这种短小精悍的艺术形式。但在内容上，则完全是民族化的。表现在沈从文喜剧中的情节是借鉴了湘西的傩戏。大量运用诙谐俏皮语言，剧中几个角色斗智逞强。如《赌徒》一剧，展示头家与甲、乙、丙四赌客用赌桌行话互相挑战、迎战以致反击的滑稽局面，令观众忍俊不禁。

沈从文在小喜剧中表现出来的幽默诙谐有时也运用在他的小说创作中，他曾在1928年出版的小说戏剧合集《入伍后》一书的扉页上，用毛笔写下题识："内多带点诙谐味，或许受二周译文影响较多。这是从1922年到北京，由标点符号学起，到1925年开始'写作'第一个集子。到现在看来似乎还是值得纪念的一个小册子。"②这里的二周应是周氏兄弟，即周树人和周作人。一个作家所受的影响最终将表现在他的具体的文学创作中去。作者在小说创作中，在描写灵山秀水或刻画知识分子的心理时，很少出现粗俗字眼。但在描写到湘西一些粗犷而又缺乏文化素养的下层人民时，则适当选用一些粗俗语言。例如《湘行散记》第一篇写到那个戴水獭皮帽子的朋友品评自然风光时讲的话："这野杂种的景致，简直是画"，"沈石田这狗肏的，强盗一样大胆的手笔。"③从人物粗野的话语里活现出此人既放荡豪爽、又颇有点艺术鉴赏力的"粗中有细"的个性特征。不仅是人物语言，叙述文字也常常出现粗俗文字。如形容那些勇敢强壮而又有点野性的水手："下水时如一尾鱼，上岸接近妇人时，像一只小公猪"④再例如《厨子》中有个年轻妓女叫二园，作品写她接客时的具体情景时，是这样形容的："这女人全身壮实如母马，精力弥漫如公猪。平常时节不知道忧愁，放荡时节就不知道羞耻。"⑤这些粗俗语言的

---

① 沈从文.关于《三兽窣堵波》·沈从文全集（第1卷）.北岳文艺出版社，2009：64.
② 沈从文.题《入伍后》扉页·沈从文全集（第14卷）.北岳文艺出版社，2009：453.
③ 沈从文.湘行散记·一个戴水獭皮帽子的人·沈从文全集（第11卷）.北岳文艺出版社，2009：226.
④ 沈从文.湘西·常德的船·沈从文全集（第11卷）.北岳文艺出版社，2009：341.
⑤ 沈从文.都市一妇人·厨子·沈从文全集（第7卷）.北岳文艺出版社，2009：206.

运用，反映出作者对湘西下层人民的生活比较熟悉。当然这些粗话在创作中需要有取有舍，不能一味自然主义地照搬照用。作者在选择使用时一般能做到恰到好处。

此外，"五四"新文学先驱者周作人等人早年倡导的歌谣运动对沈从文的文学创作也有深刻的印迹。周作人是中国现代文学史上较早注重吸收民间文艺资源作为新文学养料的倡导者和发起者。从1913年他就开始在《绍兴教育月刊》上从事绍兴歌谣的收集整理工作，采得歌谣百多首。1918年，与刘半农、钱玄同等人发起歌谣征集活动。1920年冬，北大歌谣研究会成立，周作人与沈兼士任主任。1922年他又积极参与编辑《歌谣周刊》。在此后的几年里，他发表有关歌谣的文章多篇。在当时的北方文化界掀起一股"民俗歌谣热"。沈从文1922年来北京后，也受到这股民俗歌谣热的熏染。他在1925年，用镇筸话（沈从文家乡凤凰县城的土话）创作不少民歌，如《乡间的夏》《初恋》《春》《黄昏》等。而且，沈从文还发动家乡的表弟帮忙整理收集镇筸一带的谣曲41首，自己写了"前言"于1926年12月底在《晨报副刊》上发表。沈从文后来虽然不再收集整理研究民间歌谣，但在他后来湘西题材的小说作品中多次引用民间歌谣，以增加作品的地方色彩。比如《雨后》七妹子吟唱的"天上起云云重云，地上埋坟坟重坟；妹妹洗碗碗重碗，妹妹床上人重人。""天上起云云起花，包谷林里种豆荚；豆荚缠坏包谷树，妹妹缠坏后生家。"《萧萧》中花狗唱的谣曲："娇家门前一重坡，别人走少郎走多；铁打草鞋穿烂了，不是为你为哪个？"另外，在沈从文的小说《边城》《神巫之爱》《媚金、豹子与那羊》等小说中引用镇筸歌谣处也不少。这些带有所谓"猥亵"色彩歌谣的巧妙穿插，都为沈从文的小说增添了不少情趣。周作人在1923年底在北京大学《歌谣周刊》纪念增刊发表《猥亵的歌谣》，对猥亵的歌谣进行了一番梳理。范围包括：私情、性交、肢体、排泄。有些话在生活中是日常谈话而绅士们却认为不很雅驯，有些可供茶余酒后的谈资，而不能形诸笔墨，其标准没有定规。周作人对猥亵的四种情况梳理以后认为："我的目的只想略略说明猥亵的分子在文艺上极是常见，未必值得大惊小怪，只有描写性交措辞拙劣者平常在摈斥之列，不过这也只是被摈于公刊，在研究者还是一样的珍重的，所以我们对于猥亵的歌谣也是很想搜求，而且因为难得似乎又特别欢迎。"① 而且猥亵的意义也不是绝对的，它会随着时代和场合的不同而被赋予不同的意义。周作人的歌谣猥亵观对沈从文的小说创作有明显的影响。

周作人对沈从文的文学观念和创作最大的影响应该是"人性"。1918年12月，周作人在《新青年》12卷6号上发表《人的文学》，开始建构自己的"人学"理想。其宗旨是个人主义的人间本位主义。他回顾欧洲现代文明中关于"人"的历史演化。第一次是从15世纪开始，于是出现了"宗教改革"与"文艺复兴"。第二次人权革命的结果导致法国大革命。第三次便是一战后的工业化、信息化时代的到来。古今中外，女人不过是男人的奴隶。欧洲中古时期，教会里还在探讨女子到底有无灵魂、够不够人的资格问题。儿童也只是其父母的私有物，不承认他是一个成长中的人。这样一来，人间社会不知上演多少教育的和人生的悲剧。民国以后，在中国谈到人权，仍是一片荒芜，必需从头做起。实际上，人权问题在中国从来没有被从正面提出进而得到彻底解决。更不要说妇女儿童的权利了。说起来，中华民族有四千年的历史，如今谈人权，还需重新强调人的存在、价值和意义，重新发现"人"，这是让人们感到非常沮丧的事情。现在谈论此事，有总是聊胜于无。周作人寄希望于从现在做起，从自己做起，大力倡导人道主义。

在周作人看来，人首先是一种生物，所以他的生活现象与别的动物，并无不同。因此他相信人的一切生活本能，都是美的善的应得完全满足。凡有违反人性不自然的习惯制度，都应该排斥改正。但是，人又是从动物进化的生物。人的精神生活比别的动物要复杂高深，而且逐渐向上，有能够改造生活的力量。所以人类以动物的生活为生存的基础，而其精神生活，却渐与动物相远，最后达到高尚和平的境地。在古代，人们认为人性有灵肉元，是并存而且是互相冲突对立的。肉的一面，是兽性的遗传；

---

① 周作人.猥亵的歌谣·周作人散文全集（第3卷）.广西师范大学出版社，2009：263、268.

灵的一面是神性的发端。人生的目标便是发展这神性,方法是消灭体质以拯救灵魂。所以古来宗教大都厉行禁欲主义,种种苦行,抑制人的本能。另一方面,也有不顾灵魂的颓废派,只愿"死便埋我"。周作人判断,"这只是两个极端,不能说是人的正当生活。到了近世,才有人看出这灵肉本是一物的两面,并非对立的二元。神性与兽性,合起来便是人性。"①

沈从文终其文学创作的一生,始终在探寻自己的人生信条:"这世界上或有想在沙基或水面上建造崇楼杰阁的人,那可不是我。我只想造希腊小庙。选山地做基础,用坚硬石头堆砌它。精致,结实,匀称,形体虽小而不纤巧,是我理想的建筑。这神庙供奉的是'人性'。"②这其中男女之间的"性"是最大的人性。性心理知识是周作人最为倚重的所在,英国的性心理学家霭理斯是周作人最佩服的一个思想家。③

周作人自己的藏书中,有霭理斯著作26本。从20世纪20年代开始,他就致力于介绍宣传霭理斯的性心理学:"他毫无那些专门'批评家'的成见与气焰,不专在琐屑的地方吹求,——却纯从大处着眼,用了广大的心与致密的脑估量一切,其结果便能说出一番公平话来,与'批评家'之群所说迥不相同,这不仅因为它能同时理解科学与艺术,实在是由于精神宽博的缘故。"④可以说性心理学是周作人男女平等个性解放的基础。霭理斯认为文艺"正是情绪的体操",可以用来调解分配人们体内多余的精力。1923年周作人在《文艺与道德》中曾经译介霭理斯这一论点。受到周作人的影响,沈从文1934年11月10日在《水星》杂志上发表文章《情绪的体操》,认为:"自己的文章并无何等哲学,不过是一堆习作,一种'情绪的体操'罢了。是的,这是一种体操,属于精神和情感那方面的。一种使情感'凝聚成为渊潭,平铺成为湖泊'的体

---

① 周作人.人的文学·周作人散文全集(第2卷).广西师大出版社,2009:87.
② 沈从文.习作选集代序·沈从文全集(第9卷).北岳文艺出版社,2009:2.
③ 周作人.霭理斯的话·周作人散文全集(第3卷).广西师范大学出版社,2009:35.
④ 周作人.文艺与道德·周作人散文全集(第3卷).广西师范大学出版社,2009:60.

操。"① 沈从文与周作人对人性的认识理解是基本一致的,他们都兼顾人性的物质层面与精神层面这两个方面,都强调两个方面的和谐发展,这之中有一定的渊源关系。可以说,周作人的自然人性观促成并坚定了沈从文的自然人性观。这样的自然人性观在沈从文的文学创作中充分表现出来。沈从文的文学创作中,湘西青年男女的性爱是一种自然和谐的两性关系,他们不受儒家传统的道德观念以及其他清规戒律的约束,他们尽情表现那种健康自然的情欲,男女青年的热情、勇敢和剽悍。例如,柏子与楼上的女人相会,一个月的积蓄与精力,便统统交给了官能的上帝,他们忘记了世界也忘记了自己的过去和未来,却不曾忘记灰暗生命中这最辉煌的绚烂(《柏子》)。四狗没有什么世俗理念,一旦感觉到自身的力量,便把天上的彩虹化为忘我的陶醉(《雨后》)。正当青春年华的老板娘黑猫,她的丈夫已经死了四年,谁又能阻止她、指责她的春心骚动。和一位熟客悄悄作一阵"顶撒野的兴味",是一件再平常不过的事情(《旅店》)。1945年底,沈从文把性观念对中国人的影响做过一番分析梳理:"然而人类的可悲处,或竟在此而不在彼,即由于社会中那个性的道德成见,最初本随同鬼神迷信而来,却比迷信更顽固十分,在人类生活中支配一切。教徒都能娶妻生子的今日,两千年前僧侣对于两性关系所抱有的原人恐怖感,以及由恐怖感而变质产生的诃欲不净观,却与社会上某种不健康习惯相结合,形成一种顽固而残忍的势力,滞塞人性作正常发展。近代政治史上阴谋权术的广泛应用,阿谀卑鄙所形成的风气的浸透,即无不可见出有性的错综问题在其间作祟。若"五四"以来这方面观念健康一些,得到正当的发展,所谓由思想问题而引起的纠纠纷纷,以及因此而产生的种种牺牲悲剧,便可能会减少了许多,民族品德亦必能重新见出原有的素朴与光明。只因为性道德在新陈代谢过程中,过去两性关系属于抽象的庄严责任既已失去,当前两性关系属于具体的家庭幸福又得不到,唯一存在于社会,即那个'道德'名词,这名词且因混合于政治习惯中而加强其限制。即以艺术而言,都先得在'是道德的'筛孔中滤过,于所有艺术作品,表面上都必须净化

---

① 沈从文.情绪的体操·沈从文全集(第17卷).北岳文艺出版社,2009:217.

清洁，其实说来，而不可免成为虚伪和呆板的混合物。"[①] 可以说，沈从文对当时中国社会里人们的性观念给社会生活造成的影响所做的观察分析还是深刻中肯的。在这里，沈从文完全抹去了传统的性不洁观念，赋予人们的自然欲望以美和善的本来属性。这是最普通最自然的人性之一。

周作人在《人的文学》中借用英国18世纪诗人布莱克（Blake）在《天国与地狱的结婚》的话认为："（一）人并无与灵魂分离的身体。因为这所谓身体者，原只是五官所能见的一部分灵魂。（二）力是唯一的生命，是从身体发生的。理就是力的外面的界。（三）力是永久的悦乐。"[②] 强调灵与肉的一致性。"性"与"力"，是生命力的展现。沈从文对现代文明社会的最大体会可以概括为一种"阉宦人格"，这种人格就是生命力的萎缩。现代文明对物质的过度追求，对名利的拜服，人的生命空间被诸多外在的物化因素挤占，而真正的生命意义被淡忘，如同阉宦。沈从文就是抱着这样一种对现代文明的失望，把视线转到乡村的。

沈从文非常重视人的生命活力。他把这种强大的乡间的生命力状态称为"生殖力"。在批判"阉宦人格"时，他认为阉宦人格就是"懒惰，拘谨，小气，又全都是营养不足，睡眠不足，生殖力不足"[③] 什么是生殖力呢？比较贴切的理解应该是人的自然生命欲望。现代文明的过度物化使人的精神世界萎缩，人的生命空间被挤压得非常狭小，造就畸形的生命状态。1928年到1929年，沈从文乡村题材小说中写得最多的是"性"，例如《雨后》《柏子》《旅店》《夫妇》《七个野人与最后一个迎春节》等。在这些作品中大都有一个非常明显的共同情节"野合"。作者反复写到"野合"这种情节，不仅是因为这最能挑战现代文明的神经，而且这种两性关系中的社会内容极其淡薄。"野合"代表最原始的性关系、最自然的生命需求和最自由的情感选择，在这种关系中生命本身的需求高于一切。沈从文在

---

① 沈从文.《看虹摘星录》后记·沈从文全集（第16卷）.北岳文艺出版社，2009:345.

② 周作人.人的文学·周作人散文全集（第2卷）.广西师范大学出版社，2009:87.

③ 沈从文.八骏图·题记·沈从文全集（第8卷）.北岳文艺出版社，2002:195.

《篱下集·题记》中说道:"我崇拜朝气,喜欢自由,赞美胆量大的,精力强的,这种人也许野一点,粗一点,但一切伟大事业,伟大作品就只这类人有份。"①性的题材只是一个载体,作者要表达的是一种自然的生命方式,它虽然粗野,但它具有的朝气、自由活力恰恰是现代文明中的"阉宦人格"所缺乏的。而周作人则运用性心理学、社会人类学等理论说明人的世俗性及其权利义务。

很显然,沈从文试图将蕴藏于湘西文化土壤中的这种自然人性视做治疗现代文明病态的处方,从生命本体出发反抗并治疗现代文明带来的创伤。他热烈呼唤对生命和自我的尊重,把生命的自由和天然,看作是健康社会文化的起点。

沈从文表面上写"性",他真正关注的是性所体现出来的生命状态,没有约束、自由自在的人生境界。这与周作人追求的健全的人性有其相似之处。

诗歌方面对周作人的接受。沈从文从开始写作,就已经在尝试创作现代自由体新诗,但在沈从文的整个文学创作里面,诗歌并不是主打品种。与他所写的小说散文体裁相比,诗歌创作所占比例也不是很多,在《沈从文全集》26卷中,诗歌只有1卷(第15卷),然而从中却可以看到他对周作人早期诗作和文学理念接受的印迹。

1929年11月,周作人的诗集《过去的生命》由上海北新书局出版。周作人在序言中说:"这里所收集的三十多篇东西,是我所写的诗的一切。我称它为诗,因为觉得这些的写法与我普通的散文有点不同。我不知道中国的新诗应该怎么样才是,我却知道我无论如何总不是个诗人,'诗'这个字不过是假借了来,当作我的一种市语罢了。"②周作人预料到自己这些散文化的白话新诗不会受到一般读者的赏识,因此他说:"这些'诗'的文句都是散文的,内中的意思也很平凡,所以拿去当真正的诗看

---

① 沈从文.篱下集·题记·沈从文全集(第16卷).北岳文艺出版社,2002:342.
② 周作人.过去的生命·序·周作人散文全集(第5卷).广西师范大学出版社,2009:574.

当然要很失望。"

收录在《过去的生命》中的《小河》写于 1919 年 2 月（发表于 1919 年 2 月 25 日《新青年》6 卷 2 号），朱自清曾说："周启明氏简直不大用韵，他另走上'欧化'一路。"①周作人"五四"时期创作的新诗《京奉车中》《画家》《两个扫雪的人》《背枪的人》等等体现了自己"平民文学"的主张，从现实生活里的普通人中寻找白话新诗的题材，把现实社会普通生活里的所见所感写进诗中，这样的观念和做法对中国新诗是富有启发意义的。废名曾经谈到："较为早些日子做新诗的人如果不是受了《尝试集》的影响，就是受了周作人先生的启发。"②这种评价应该是较为客观的。

下面是周作人的新诗《小河》的一部分：

我是一株稻，是一株可怜的小草，
我喜欢水来润泽我，却怕他在我身上流过。
我愿他能够放出了石堰，
依然稳稳地流着，
向我们微笑，
曲曲折折的尽量向前流着，
经过的两面地方，都变成一片锦绣。
他本是我的好朋友，只怕他如今不认识我了，
他在地底了呻吟，
听去虽然细微，却又如何可怕！
我只怕他这会出来的时候，
不认识从前的朋友了。

这首《小河》表现"我"对水既爱又怕的矛盾心情。1944 年 10 月周作人曾解释道："鄙人是东南水乡的人民，对于水很有情分，可是也十分知道

---

① 朱自清.中国新文学大系·诗集·导言.良友图书印刷公司，1936：3.
② 废名.谈新诗·小河及其他·废名集（第 4 卷）.北京大学出版社，2009：1688.

水的厉害,《小河》的题材即由此而出。古人云,民犹水也,水能载舟,亦能覆舟。"①周作人一方面把人的自觉、文学的自觉当作一种追求和理想,为之摇旗呐喊;一方面却为其可能产生的非理性后果而忧虑。

30年代初期,沈从文对《小河》也有着自己的理解:"然而这诗,与在同一时代的同一题材下周作人所写的《小河》,意义却完全不同的。周诗是一首朴素的诗。一条小河的存在,象征一个生活的斗争,由忧郁转到光明,使光明由力的抗议中产生。使诗包含一个反抗的意识,《小河》所以在当时很为人所称道。"②沈从文对周作人的《小河》同样是持肯定态度,只不过主要是肯定它的正面价值,尚未提及其中包含的那种忧生悯乱的"古老的忧虑"。

沈从文在自己所写的一篇诗评中认为,在"五四"第一期诗人中,周作人是使诗成为纯散文最认真的人,译日本俳句同希腊古诗,也全用散文去处置。"使诗朴素单一仅存一种诗的精神,抽去一切略涉夸张的辞藻,排除一切烦冗的字句,使读者以纤细的心,去接近玩味,这成就处实则也是失败处。因这个结果,文字虽由手中而大众化,形式平凡而且自然。但那种单纯,却使读者的情感奢侈,一个读者,若缺少人生的体验,无想象,无生活,对于这朴素的诗,反而失去认识的方便了。"正因为如此,"年轻人对于周作人的译作诗歌的喜悦,较之对于郭沫若译作诗歌的喜悦为少,这道理,便是因为那朴素是使诗歌转入奢侈,却并不'大众'的。"③这说明沈从文是能够欣赏并看好周作人的这种散文化的新诗的。

沈从文是周作人散文化白话新诗的忠实读者,他在1925年到1941年间,还创作了50首白话新诗,这些新诗也是散文化的。如《春月》:

---

① 周作人.苦茶庵打油诗·后记·周作人散文全集(第9卷).广西师范大学出版社,2009:281.

② 沈从文.论朱湘的诗·沈从文全集(第16卷).北岳文艺出版社,2009:133.

③ 沈从文.论刘半农《扬鞭集》·沈从文全集(第16卷).北岳文艺出版社,2009:123.

虽不如秋来皎洁，
但朦胧憧憬：
又另有一种
凄凉意味。
有软软东风，
飘裙拂鬓；
春寒似犹堪怯！
何处嘹亮笛声，
若诉烦冤，
跑来庭院？
嗅着淡淡荼蘼，
人如在
暗淡烟雾里。①

这首写于 1925 年春天的诗是一首白话自由新诗，作者面对朦胧的春月，微微东风，淡淡花香，自己的作品虽然已经被一些刊物采用，但仍然立足未稳，抒发的是某种难以名状的情绪。

1931 年 11 月 19 日，沈从文的好友现代诗人徐志摩意外去世，沈从文写了一首怀念死者的诗歌《他》：

他是一个无私敌而有朋友的人。
他是一个能从各样人中取得友谊，
培养到自己生命的人。
他能发现人的一切长处，
有时这长处在那本人还没有知道以前，
却由于他认识这长处才发展的。

---

① 沈从文.春月·沈从文全集（第 15 卷）.北岳文艺出版社，2009：63-64.

他不知道什么是嫉妒。

他从不使人难堪,从不使人讨厌。

他永远总是过分的年青、热心、富于感情。

他永远十分信任凡是他认为朋友的人。①

20年代徐志摩在《晨报》编辑《晨报》副刊"诗镌",在沈从文人生最危难的时候,发表沈从文的作品,并多次给沈从文鼓励。20年代末,沈从文办报失败,又是徐志摩强烈建议胡适聘用沈从文到中国公学任教。沈从文对这位老朋友很是感激,对徐志摩的善良、亲切、知人善任深深敬佩,而且诗句朴实、自然。

自1925年5月开始在报刊上发表新诗到1949年10月共写作诗歌52首。而他的70余首古体诗,多产生于1962年后的十余年间。

沈从文的自由体新诗,或用写实,或取象征,表现自己对现实的见闻感触,表现自己对人生的感悟理解。读者不管从理论或是从创作上都可看出周作人的新诗对沈从文的影响,以及沈从文对周作人新诗在形式上自觉的接受。

三、沈从文在学习周作人的基础上也开辟了自己的一块园地

如果沈从文总是紧跟周作人的步伐,亦步亦趋地前行,那就不是沈从文了,他同样有自己的园地,而且一直在辛勤地耕耘,并结出丰盛的果实。可以说,这是沈从文对周作人的更深层次的接受。

沈从文屡次重申自己的"乡下人"身份。沈从文的内心深处,积淀了太多土地的分量和沉重,以及太多下层人民生老病死的清晰记忆。因而沈从文与那种文学的贵族气格格不入,他一再强调自己是"乡下人",一定程度上也是对自己这种独特人生经历和思想情感的坚守。

任何流派和团体对他来说,都是一种模式和束缚。他希望艺术思维有

---

① 沈从文.他·沈从文全集(第15卷).北岳文艺出版社,2009:202.

一个绝对自由的空间。对于当时文坛上的趋时现象,他是坚决反对的:"近年来中国新文学作品,似乎由于风气的控制,常在一个公式中进行,容易差不多。文章差不多不是一个好现象。"①

思维是人类对生存以及对宇宙自然的体验、感知、理解与把握。就文学来说,思维方式"即是作家对客体的一种审美认知能力,也是构筑艺术形象,显露主体审美理想的一种创造力"。②思维与每个文学家的精神气质、文学修养、感情特点和生活经历都有密切的关系。不同的思维方式伴随着不同的情感体验方式、不同的感悟,从而使其作品有着不同的思想、情感、语言和表现技巧。每个成功的作家都是独立思维方式的拥有者。

沈从文的作品所体现出来的就是一种独特的思维方式和思维气质。他对生命、对生存环境都有着自己独特的把握和阐释方式。这种思维方式和思维气质既带有传统色彩又不为传统所束缚,我们姑且称之为诗性思维方式。

我们以往对沈从文作品的解读存在一些误区,解读者自身的理论兴趣、阅读期待和分析方法在某种程度上阻碍了向沈从文作品本真的靠近。以往对沈从文小说的解读主要是从历史、现实、地域、风俗和修辞上大做文章。虽然提出了一些命题,如人性、民俗等等,但相对于作者的具体作品,这些概念尚嫌浮泛、不着边际。因为他们对沈从文作品的理解往往太"实"。

可以看出,沈从文作品中的空间意识具有很大的主观性和虚拟性。他作品中的故事有两个发生地点:湘西和都市。而且他对湘西和都市都非静态的客观写实,他通过主观的想象的手法将真实的空间进行了陌生化处理,从而达到了一个诗性的虚化空间。这个空间有现实的基础,但更多的是超越现世的另类世界。

这种对时空的虚化和诗化处理,是中国的艺术传统之一。"中国艺术

---

① 沈从文.再谈差不多·沈从文全集(第17卷).北岳文艺出版社,2002:148.
② 吴士余.中国文化与小说思维.上海三联书店,2000:2.

家所提供的主要价值即对于时空的淡漠。"①特别是受到道禅思维影响的艺术精神。这种由印度佛教、老庄文化和魏晋玄学结合而成的禅宗,其思维模式对中国文人的影响是极其深远的。其中一个重要的方面就在于对现实时空和文本时空之间关系的处理上。它们摆脱来自客观世界的规范、模式、价值标准的影响,建立一种由内心体验心理认知建构起来的精神空间,并把这个空间当作思维的平台,打通一条由内心感悟和情感体验组成的思维渠道。道禅思维不仅淡化或取消了客观的宇宙时空观念,同时又建构了超越现实世界的心理幻觉的时空观念。

这种思维模式能够赋予作者充分的思维自由,尊重自身的情感体验,摆脱流行思维模式及其结论的桎梏,对社会人生做出自己的思考。

沈从文没有向人们传达出现实感,但却成功地向读者展示了都市文明所缺少的那种自由、和谐、健康,充满真善美的生存图景。作者成功表达出这种很难表达的内容,对空间的虚拟化处理显然起了重要的作用。

三四十年代,文学的主流思想是历史进化论,沈从文没有盲从。相反,他建构了一种逆向思维,专注于传统文化的原始和童年状态,并以此建立自己的评判标准。实际这是对当时占据主流地位的历史进化论的消解。

40年代,沈从文对佛经产生了很大兴趣,"天人本无二,更不必言和"。他读了诸如《百缘经》《鸡尸马王经》《阿育王经》《付法藏经》等等。读经后要求人们"用童心重现童心"。

佛禅在一定程度上支持了沈从文在上述的《绿魇》和《黑魇》等文章中阐述的"世"与"我""我"与"人"的同构假设。如果说,对世界的认识都必须依附某种假设,那么,沈从文的假设就是世界的结构完全可以从"人"自身获得,而"人"又可以完全从"我"自身进行感悟。这样便必然形成一个必然的结论,即世界的结构完全可以理解为一种精神结构。于是,作家可以通过营造一个精神化的空间,来阐释现实和历史空间。

---

① 〔法〕雅克·马利坦.艺术与诗中的创造性直觉.三联书店,1991:26.

也许，这就是"感性"的一个表现。因此，他认为："我除了用文字捕捉感觉与事象之外，俨然与外界绝缘，不相黏附。我以为应当如此，必需如此。一切作品都需要个性，都必须浸透作者人格和感情，想达到这个目的，写作时要独断，要彻底地独断！"[①]

无论是湘西题材或是都市题材，沈从文作品呈现给我们的都是一种精神空间。他的湘西题材小说都极力淡化人与人之间的冲突，例如《边城》《萧萧》等等。沈从文并没有特意渲染是谁造成了主人公的悲剧。作品中人与人之间都是善良的，环境中的社会矛盾是被遮蔽了的。人物面对的主要矛盾不是社会矛盾，而是命运和自我。人和命运、自我的关系所构成的人性才是真正的主角。

都市题材的作品对沈从文的整个阐释体系是十分重要的。因为都市更能体现"人"与"自我"所构成的精神空间的特点。他笔下的那些绅士、教授、知识青年都面临着失去自我的状态。对这种命题的表现是沈从文城市题材的重要方面。

沈从文的湘西题材作品中有两个耀眼的光环，一是原始风情、自然人性，一是童心。它们贯穿沈从文的大多数湘西题材作品，承载了沈从文作品对民族的精神寄托。

在沈从文看来，没有传统精神的承接，所谓的现代化只能导致精神的异化。

相对于都市社会生活中人们信仰的缺席，沈从文在他的湘西题材小说中展现一种信仰的激情。信仰的存在，使人的灵魂有所皈依，人生的现世生存超越现实的种种羁绊进入超我的世界。而信仰的缺席，则容易被无常的人生抛入迷茫之中，心灵世界渐趋粗糙荒芜。楚地流行巫文化，作者试图通过展示这种巫文化信仰借以激活现代人想象的双翅，充实人们心灵的空间。

沈从文笔下的人物活在信仰里，依托这个信仰，那些在艰难处境中挣

[①] 沈从文.从文小说习作选·代序·沈从文全集（第9卷）.北岳文艺出版社，2002：2.

扎的边民们战胜无数生存的恐惧和障碍，保持生命的本真状态。

在沈从文展现的心理空间里，一方面是触目惊心的断裂和失意，随处可见的灵魂坍塌；另一方面，为了修补坍塌展开对传统记忆的寻找和重造的企图与努力。对沈从文来说，除了批判、破坏之外，更重要的问题是寻找和重建。

沈从文小说的特点之一是对时间观念的解构。在沈从文的作品中，文本时间与真实时间之间出现了错位，文本时间不再是对真实时间的客观反映，这主要表现在因果关系的断裂。沈从文的作品中，一切结果都没有原因，一切皆是偶然。对于生命中的一个个偶然，沈从文显得困惑而又无奈："我们并无能力支配自己。一切都还是有一只看不见的手在捉弄，一切都近于凑巧。""这里有一种不许人类智慧干涉的东西存在。"[1]

首先，沈从文冲破世俗时空的狭窄与表层化，从而增加作品的容量、增强理性与感性的张力。因此沈从文的作品时常给读者一种言外之意和意中之境的感觉。其次，因为一切皆是偶然所为，时间就失去其自身的意义，这样就无形中消解了时间的意义。解构了时间意识，也就消解了对情节的依赖，从而在某种程度上实现了对现实的超越。

但一旦把逻辑抽去，时间就瓦解了，结果他的小说出现的就不是一个线性的故事，而是一个蕴含丰富的寓言。

沈从文的小说激活了诗性经验。什么是诗性经验？从文学的范畴说，经验有两种，一种是事实经验，例如，理性、逻辑、知识、可范畴化的现象。另一种是诗性经验，相关词有感性、直觉、幻想、情绪等等。中国本土的古典浪漫主义诗歌，就是对诗性经验的挖掘。对诗性经验的表达常常形成"言外之意"的效果。在新文学的发展中，作为对小说事实化的一种反省，是小说的诗化。但这种努力主要表现在叙事的抒情、语言的修辞化方面。在小说诗化方面做得最好的应该还是沈从文。诗化和事实化最根本的区别不在于情绪和修辞，而是经验特质的不同。因此，在这个意义上来

---

[1] 沈从文.凤子·沈从文全集（第7卷）.北岳文艺出版社，2002：90、91.

说，沈从文在现代小说中，比较主动地对中国古典的文学传统给予继承和发扬。

诗性经验不只是体现为情绪的主观化，也不只是体现为诗式的修辞和语式，最重要的一点，它体现为一种思维方式。虽然我们常常习惯于对诗性经验做事实性的阐释和对照，实际上诗性经验本身是比事实经验更为深刻的一种思考。沈从文文本中的"偶然"以对事实性和具体性的超脱，激活了这一经验。在他的作品中，语言所包含的内容远远超过文字本身。沈从文表示："有人用文字写人类行为的历史，我要写我自己的心和梦的历史。""我准备创造一点纯粹的诗，与生活不相黏附的诗。"①

由于偶然的因素作用，沈从文的作品消解了事实上的因果逻辑，在他的作品中人们熟悉的因果逻辑联系大多不复存在。中国自魏晋六朝以后，受佛教文化的影响，"佛教经典的文体及其贯注着因果观念的形象思维机制对中国文学的冲击、渗透显得更为强烈"②注重叙事因果性和序列性的佛教经典极大影响了中国文人的思维方式。于是魏晋以后，文学思维就渐成模式，形成一种单一性的线性逻辑思维形态。这种形态带来的最大问题是对故事情节的过分依赖。而过分依赖情节，会使文学浮于事实表面，妨碍对人类社会深层内涵的挖掘、思考和表现。

新文学发生以来，很多作家都在有意无意地试图打破这种单一的思维方式，打破因果链的单一逻辑序列。沈从文是通过自己的努力，在这方面有较大收获的作家之一。

"我认为人生追求抽象原则，应超越功利得失和贫富等级，去处理生命与生活。"③

在创作实践中，沈从文自觉拓展人类的心灵空间，他试图用感性的方式来把握事实，在此基础上表现真善美，传达最本真的生存感受，展现给读者一幅幅充满个性的、新鲜的、寓意丰富的感觉与智慧的艺

---

① 沈从文.水云·沈从文全集（第12卷）.北岳文艺出版社，2002：102、110.
② 吴士余.中国文化与小说思维.上海三联书店，2000：102.
③ 沈从文.水云·沈从文全集（第12卷）.北岳文艺出版社，2002：104.

术世界。

许多作品虽然取材湘西的乡间生活,但总是充满奇风异俗,再加上在因果逻辑上的消解与悖反迥异于读者的阅读期待。

他的大部分乡村题材小说都是在"有神"的社会背景下展开的,他的部分都市题材小说都在"无神"的社会背景中进行的。在有神的社会背景下,即使是悲剧,生命展开的过程也充满美感。在无神的社会背景里,则频频上演一幕幕人间闹剧。这个"神"就是人性。

在这里,人类拥有的只是不可知的命运。沈从文所谓"爱与死为邻""美丽总是愁人的"就是对这种命运的哀叹。

寓言是一种修辞性很强的文体,当然此处所说的"寓言化"不是从文体本身的意义上去说的,而是从叙事的方式上去讲的。此处所说"寓言",主要是指一种独特的叙事方式。寓言在叙事方式上是很有特点的,它是通过建构寓体和寓意的潜在关系来完成叙事任务的。寓体是表面的所叙之事,寓意才是内在的所达之意。寓言通过叙述表面之事,来传达深藏之意。这样的叙事,建构一种很有内在张力的双层结构。它一方面扩大了作品的内涵,激发读者的想象力和思考力,具有独特的叙事魅力。另一方面又营造了作品本身的诗意特征。

叙事角度的个人情感化使作者的全知叙事成为表达作者对美与人生体验的便捷通道。他的叙事重点不在情节,甚至也不在作品中的人物,而是在表达自己的观点和感情。这就使他全知叙事的作品依然洋溢着浓厚的诗意,呈现出诗歌和散文的美感。

小说作为一种叙事文本,有一套比较稳定的叙述规则,这种规则逐渐演变为常规,沈从文暂且称之为"章法"。他自认:"我还没有写过一篇一般人所谓小说的小说,是因为我愿意在章法外接受失败,不想到在章法内得到成功。"[1]

这里的所谓"章法",是指小说的叙事规则。在小说的叙事规则中,最基本的便是情节、人物、情景三个要素的组合。在很长的时间内,这三

---

[1] 沈从文.石子船·后记·沈从文全集(第5卷).北岳文艺出版社,2002:318.

个要素往往是我们创作和分析小说的基本切入点。

没有完整的情节，没有鲜明的人物性格，从传统叙事规则上来说，这算是小说创作上的大忌。他对自己的叙事风格心知肚明。他总结自己的创作时说道："文章更近于小品散文，于描写虽同样尽力，于结构更疏忽了。照一般说法，短篇小说的必要条件，所谓'事物的中心'，'人物的中心'，'提高'或'拉紧'，我全没有顾全到。也像是有意这样做，我只平平地写去，到要完了就止。事情完全是平常的事情，故既不夸张也不剪裁地把它写下来了。一个读者若一定要照什么规则说来，这是失败，我是并不图在这失败事业上加以一言辩解的。"可以看到，沈从文对自己这种非常规叙事是相当清楚并自得的。这也表达了他对"常规"和"章法"的有意消解。

所谓情景化叙事模式，是指在叙事中摒除主观的理念或是价值判断，建构一种以传达生活原生态为目的的叙事模式，使小说的情节不再只是价值和观念的载体，而是更接近生活，更具备生活自身的那种无限可能性，为读者提供更广阔的启迪和无限遐想的空间。

真正成功的小说也许并不提供确切的人生图式，它更注重呈示初始的人生境遇，呈示原生故事，而正是这种原生情境中蕴涵了生活本来固有的复杂性、相对性和诸种可能性。[1]

在沈从文的作品中，我们看到一套作者独具的叙事话语，它通过符号的创造来叙事，这样作品的空间不再是单一的现实空间的模拟，而变成一种丰富而又具有张力的作家主观精神的空间，一种真正意义上的艺术空间。假如没有人物的符号化，作者便很难把叙事目的和过程从现实层面中解放出来，也就不可能顺利地在非现实的层面上把叙事任务圆满完成。这是一种颇具现代感的创作手法。

长篇小说《长河》以后，沈从文小说创作呈现出一种抽象化的倾向。

---

[1] 吴晓东.从卡夫卡到昆德拉：十世纪的小说和小说家.三联书店，2003：138.

《看虹录》《摘星录》《若墨医生》等与其说是小说，其实更像是一种充满哲理思辨的散文。这一时期，沈从文小说与散文的界限越来越模糊。所以《看虹录》《摘星录》与同期散文集《烛虚》《七色魇》中的很多作品都非常相似。在这些作品中，作家从对人生与社会的描述，转向对生命及其意义的苦苦思索。这是作家精神困境的自然表现。在沈从文的创作历程中，他在湘西的生存模式和精神中，寻找传统文化最有生命力的部分，并希望以此为渐趋衰老的民族注入新鲜血液。但在现代文明的冲击下，湘西社会全面崩溃，他的种种努力遭遇重大挫折："时间在摧毁一切，在这种新陈代谢中，凡属于你同一时代的生物，因为脆弱，都行将消灭了。代替而来的将是在无计划无选择随同海上时髦和政治需要繁殖的一种简单范本。""当前是全人类的命运都交给'伟人'与'宿命'的古怪时代，是个爵士音乐流行的时代，是个美丑换题的时代，是个用简单口号支配一切的时代，思想家不是袖手缄口，就是在为伟人贡谀，替宿命辩护。你不济事了！"[1]

这是沈从文最直接地表达自己理想破灭的痛苦以及时代的幻灭感、生存的虚无感。他更在《摘星录》中借女主人公之口表露这种失败感："我几年来实在当真如同与上帝争斗，总想把你改造过来，以为纵生活在一种不可堪的庸俗社会里，精神必尚有力向上轻举，使'生命'成为一章诗歌。可是到末了我已完全失败。"[2]

这种失败感让作家对民族文化的前途，甚至自己的人生和创作都感到茫然和怀疑："一种极端困惑的固执，以及这种固执的延长，算是我体会到'生存'的唯一事情，此外一切的'知识'与'事实'，都无助于当前，我完全活在一种观念中，并非活在实际世界中。我似乎在用抽象虐待自己肉体和灵魂。"[3]

"看看自己用笔写下的一切，总觉得很痛苦。先以为我'为运用文字

---

[1] 沈从文.水云·沈从文全集（第12卷）.北岳文艺出版社，2002：129.
[2] 沈从文.摘星录·沈从文全集（第10卷）.北岳文艺出版社，2002：373.
[3] 沈从文.看虹录·沈从文全集（第10卷）.北岳文艺出版社，2002：341.

而生',现在反觉得文字占有了我大部分生命。除此以外,别无所有,别无所余。"①

沈从文在二十世纪三四十年代面临的困境、经受的痛苦,几乎是所有梦想文化救国的知识分子的宿命。与周作人相比较,沈从文在湘西文化的影响下,文学想象的成分较多,而周作人在文学创作中根据西方现代社会学、人类学、性心理学、民俗学等进行学理辨析的比重较大。

如果我们能够对沈从文的文化思路有一个完整的了解,就可以比较客观地看待他这一时期的哲学思辨色彩浓厚的作品。那是一种破灭后的重组,失望中的寻觅,更是一种绝境中的坚守,孤独中的前行。

"伟大的小说家都有一个自己的世界,人们可以从中看出这一世界和经验世界的部分重合,但是从它的自我连贯的可理解性来说它又是一个与经验世界不同的独特的世界。"② 早年的人生阅历,沈从文对众多充满阳刚气质的民风习俗非常熟悉,并利用语言把它们变成文学作品。沈从文早期的湘西题材小说蕴含的阳刚气质是中华民族旺盛生命力的演示。作者把它置于"乡村——都市"的整体结构框架中考察,阳刚之气则彰显了作家在自己的精神领域所建立起的独到的审美理念,它隐藏着一种形而上的生命哲学暗示。存在于民间的阳刚气质与现代都市文明存在冲突,沈从文认为只有借助阳刚之气才能挽回现代文明的异化与堕落:"现代萎靡不振的文化荒漠,一旦接触酒神的魔力,将会突然发生变化!"③ 沈从文批判现代文明的病态和虚伪,"已觉得实在生活中感到人与人精神相通的无望"④ 在乡村与都市、情感与理性、道德与历史的碰撞所形成的巨大张力场中,沈从文一面镂刻着湘西的钟灵毓秀,一面展现着现代都市的病态畸形:"从我的作品里找出两个

---

① 沈从文.烛虚·沈从文全集(第12卷).北岳文艺出版社,2002:13.
② 〔美〕韦勒克·沃伦,刘象愚等译.文学原理.生活·读书·新知三联书店,1984:238.
③ 尼采著,周国平译.悲剧的诞生.生活·读书·新知三联书店,1986:89.
④ 沈从文.阿丽思中国游记·后序·沈从文全集(第3卷).北岳文艺出版社,2002:6.

短篇对照看看，从《柏子》同《八骏图》看看，就可明白对于道德的态度。"① 即在乡村——都市的比照中展示"自然道德"对"文明道德"的胜利。现代文明的发展和人类理性的进步都是以对人的本能或本性的压抑为代价的。"文化不仅压制了人的社会存在，还压制了人的生物存在；不仅压制了人的一般方面，还压制了人的本能结构。"② 沈从文告诉读者："都市人格孱弱的一个很重要的原因，就是所谓都市文明的做作和重压，而缺乏'自然道德'中酒神精神所赋予的淋漓酣畅的生命力元素。酒神精神是沈从文探索和重构理想生命形态的一个十分重要的支点和介质："我只想造希腊小庙。选山地作基础，用坚硬石头堆砌它……这神庙供奉的是'人性'"。沈从文完美的生命形态是追求一种"优美，健康，自然而不悖乎人性的生命形式。"③ 也就是说，作家坚守的"经典的重造"，是在"日神"冷静与理智的基础上，借助"酒神"的内在气韵，"勾引出生命潜在的力量，把冻结的生命世界重新赋予动律，以此狂热情绪来克服一切忧患，打破种种困苦，并以此狂热情绪，激发创造的冲动。"④

在沈从文的精神世界里，有些思想情感的确是都市文化和时代文化所不能包容、不能涵盖的，有时甚至是格格不入的。比如说对于土地和弱者的敏锐感受。这部分感受沉淀在他的内心深处，世俗性、功利性的都市文化自然不能相容，意识形态性的政治文化也不能很好地诠释，来自西方影响的绅士文化，本土平和隐逸的隐士文化也非常隔膜。这就使他一方面与当时的左翼文学存在分歧，同时，也和新月派、京派的作家，比如周作人、废名也有着明显的区别。

沈从文在《生命的沫·题记》中谈到："我的世界完全不是文学的世界，我太与那些愚暗、粗野、新犁过的土地和冰冷的枪接近，熟习，我所懂的太与都会离远了。把我的世界，介绍给都会中人，使一些日里吃肉晚上睡

---

① 沈从文.从文习作选代序·沈从文全集（第9卷）.北岳文艺出版社，2002：4.
② 汪榕培，王晓娜.忧郁的沉思.商务印书馆，2000：282.
③ 沈从文.从文习作选代序·沈从文全集（第9卷）.北岳文艺出版社，2002：2、5.
④ 张爱玲.自己的文章·张爱玲散文选.浙江文艺出版社，2000：94.

觉的人生出惊讶,从那种惊讶里,我正如得到许多不相称的侮辱。用附属于绅士意义下养成的趣味,接受了我的作品这件事,我是时时刻刻放在心上,不能忘记的。"①可以说,沈从文的这些人生感悟就是沈从文"人性"信念的支撑材料。

因此,他一再重申自己是"乡下人",是为了在三四十年代令人眼花缭乱的时代文化、都市文化、绅士文化、隐逸文化中,开拓属于自己的一片精神家园,搭建属于自己的一个话语平台。他强调自己乡下人的身份,即是为了获得一种文化自由,也是自己文化建构的基点。

"乡下人"称谓也是一种文化标识,寻找并保持自己的文化个性,不媚俗,也不媚雅。"坐在房间里,我的耳朵里永远响的是拉船人声音,狗叫声,牛角声音……我是从另一个地方来的人,一切陌生,一切不能习惯,形成现在自己的。"②

"我是个乡下人,走到任何一处照例都带了一把尺,一把秤,和普遍社会总是不合。一切来到我命运中的事事物物,我有我自己的尺寸和分量,来证实生命的价值和意义。"③沈从文在自己的思想体系和思维过程中,保持自己的主体性,"乡下人"便是这种主体意识的表现。

"乡下人"的称谓更表现了沈从文诗性的文化态度。在三十年代的文坛上,沈从文是一个独特的存在。沈从文的思想及其思维没有局限在自己的书斋,自己独特的经历、对下层人特殊的情感,他不能做到真正的超然,对于社会的变动、文坛的是非和历史的评价他都有自己的标准,都有表达的冲动。

沈从文在《从文小说习作选·代序》中说:"你们能欣赏我故事的清新,照例那背后蕴藏的热情却忽略了;你们能欣赏我文字的朴实,照例那作品背后隐伏的悲痛也忽略了。"④不同的读者有不同的期待视域,俗谓一千个读者就有一千个哈姆雷特。他的作品里的确有很多别人不能读懂的东西

---

① 沈从文.生命的沫·题记·沈从文全集(第16卷).北岳文艺出版社,2002:306.
② 沈从文.生命的沫·题记·沈从文全集(第16卷).北岳文艺出版社,2002:306.
③ 沈从文.水云·沈从文全集(第12卷).北岳文艺出版社,2002:94.
④ 沈从文.从文小说习作选·代序·沈从文全集(第9卷).北岳文艺出版社,2002:4.

和不能体会的情感。

沈从文作品中的阴暗色调来自沈从文对底层生命的了解和同情,也出自一种与大地休戚与共的情感体验。他对底层生命的关注,既不是一种文化批判,也不是一种社会批判,而是来自对这片土地的切肤之痛。对这片土地的冷暖、欢乐和哀愁,他有着自己独特的真切感受。这种独特感受是沈从文无法融入当时的主流思潮的一个重要原因。

沈从文在人生观、世界观、人生态度、文学理论方面对周作人给予充分肯定。但在实际生活中,在具体的文学实践中,沈从文具有自己独特的运作方式,这也可以说是沈从文在向周作人学习抒情时对周作人文学的一种创造性接受。沈从文是京派文学的一员大将,也是周作人传播接受的重镇,沈从文可以说是填补了 40 年代上半期周作人传播接受的空白,沈从文在周作人的传播接受史上是一个非常重要的读者。

第五章

对立统一，相辅相成

——胡适对周作人的传播接受

胡适在中国现代文化史、文学史、思想史上是一位开一代风气的人物。他写了中国现代文学史上的开史之文《文学改良刍议》，创作了开史之诗《尝试集》，撰写了中国现代文化史上第一部哲学史，第一部文学史，第一部逻辑史，第一部禅宗史。胡适在1938年到1942年做过四年中华民国驻美大使，1948年初，胡适曾被提名为"中华民国"总统候选人。现代中国史上在各方面都有不俗表现的胡适，他在周作人传播接受中的分量是非常值得人们掂量一番的。

一、两人是良师益友

胡适和周作人都是自由主义文人，他们都提倡个人主义，提倡独立思想，自由判断，但是在政治方面、人权方面，胡适要比周作人激进得多。

胡适1917年回国后在北京大学任教，在此后的几年间与周作人成为同事，而且在《新青年》杂志上并肩作战。

1918年5月15日，周作人在《新青年》发表日本女作家与谢野晶子的译作《贞操论》。周作人在"前言"中，寄希望通过与谢野晶子的两性道德观作为批判中国封建伦理道德的突破口。首先起来回应的是胡适，他在当年 7 月 15 日的《新青年》上发表文章《贞操问题》认为"这是东方文明史上一件极可贺的事"。胡适觉察到它在婚姻关系这样一个关乎"人"的生命以及人生根本问题上具有的重大意义。这样一个突破口，可望导致整个封建伦理体系的瓦解。胡适还抓住北洋军阀刚刚公布的《中华民国褒扬条例》，认为："贞操问题中，第一无道理的，便是这个替未婚夫守节和殉烈的风俗。"

1918 年 12 月 15 日《新青年》发表周作人《人的文学》，在当时的文坛引起轰动。1936 年，在《中国新文学大系·建设理论集·导言》中，胡适把周作人的《人的文学》称为当时关于改革文学内容的一篇最重要的宣言。胡适更进一步认为，中国新文学的一切理论都可以包括在"两个中心思想"里面，即"一个是我们要建立一个'活的文学'，一个是我们要建立一种'人的文学'"，他推断周作人这部"最平实最伟大的宣言"，其中包涵的价值，至今仍然没有过时。

胡适与周作人的私人交谊也颇不一般。

1921 年 2 月 14 日，胡适写信向周作人说明自己已经向燕京大学推荐周作人担任"国学门"主任及具体事宜。① 同年 8 月 18 日，胡适给周作人写信，告诉周作人，已经托人为其弟周建人在商务印书馆谋得一职。总之，胡适、周作人已不是一般的朋友，而是在生活上、工作上互相关心，思想上互相提携照应的知己朋友。

1929 年夏，胡适因在报刊上提倡公民的人权自由，受到国民党政府的严重警告。迫于压力胡适不得不辞去中国公学校长职务。周作人从报上得知此事，不由对胡适心生同情，在 8 月 31 日给胡适寄去一封文辞恳切、推心置腹的信："如今这个年头儿还是小心点好，法国 16 世纪讽刺作家拉伯雷说得对，'我自己已经够热了，不想再被烤'。我想劝兄以后别说闲话，而且离开上海。最好的办法是到北平来。说闲话不但是有危险，

---

① 胡适.胡适来往书信选.中华书局，1979：123.

并且妨碍你的工作,这与'在上海'一样地有碍于你的工作。请恕我老实说。我总觉得兄的工作在于教书作书,也即是对于国家,对于后世的义务。完成那部《中国哲学史》《文学史》,以及别的考据工作。而做这个工作是非回北平来不可,如在上海即使不再说闲话惹祸祟,是未必能成功的。"接着周作人还分析了胡适面临的具体情况并给予鼓励:"我常背地里批评你,说适之不及任公,因任公能尽其性而适之则否。任公我承认也是很有天才的人,但外国文与思想总稍差,他的成绩最大限度恐怕不过如现在那样,即使他不做财政、司法总长及种种政治活动。适之的才力只施展了一点儿,有许多事应得做,而且也非他不可,然而他却耗费于别的不相干的事情上面。这些不敬的话对玄同就说过好几次,现在直接奉告,请你不要见怪。总之,我想奉劝你回北平来教书,这是我几年来的意思,一直不敢说,现在因为听见报上所记消息的机会胡乱写这一封信。我自己有点踌躇,这未免有交浅言深之嫌吧?我仿佛觉得有,又觉得没有。假如所说的话有些过分的地方,请你原谅。万一不无可取,希望兄能毅然决然抛开了上海的便利与繁华,回到萧条的北平来,在冷静寂寞中产生出丰富的工作。"[1]周作人的真诚劝告,深深打动了胡适,胡适于9月4日很快复信:"谢谢你的长信,谢谢你的厚意。"胡适首先解释不能即刻搬家的原因,然后说道:"至于爱说闲话,爱管闲事,你批评的十分对。受病之源在于一个'热'字。任公早年有'饮冰'之号,也正是一个热病者。我对于名利,自信毫无粘恋。但有时总有点看不过,忍不住。王仲任所谓'心喷涌,笔手扰',最足写此心境。自恨养气不到家,但实在也没有法子制止自己。"这些话直抒胸臆,真挚而坦诚。胡适提到近来因为一班朋友的劝告,大致与周作人的劝告相同,自己也有悔意,很想发奋重理故业。胡适认为事实上当时的形势不会很乐观,如果当局逼人太甚的话,自己也许会被迫铤而走险的:"但我一定时时翻读你的来信,常记着拉伯雷的名言,也许免得下油锅的危险"。胡适还对周作人来信所说"交浅言深"体会颇深:"你信上提起'交浅言深'的话,使

---

[1] 周作人.知堂书信.华夏出版社,1994:129.

我有点感触。生平对于君家昆弟,只有最诚意的敬爱,种种疏隔和人事变迁,此意始终不减分毫。相去虽远,相期至深。此次来信情谊殷厚,果符平日的愿望,欢喜之至,至于悲酸。"[1] 这里表现出来的"欢喜""悲酸"真挚感人。胡适与周作人,两位中国现代自由主义知识分子的代表人物,他们既不回避彼此在人生选择、政治选择上的分歧,或公开论争,或私下相劝,但又充分尊重对方的选择,保持着自我和人格的独立性。

1934年,按中国民间算法,周作人已是五十周岁。回顾自己五十年人生历程,特别是"五四"以来从"浮躁凌厉"到"逐渐消沉"的变化,不由感慨万千。但又不得不无奈地化为一笑,周作人于是做"打油诗"首:

(一)

前世出家今在家,不将袍子换袈裟。
街头终日听谈鬼,窗前通年学画蛇。
老去无端玩古董,闲来随分种胡麻。
旁人若问其中意,且到寒斋吃苦茶。

(二)

半是儒家半释家,光头更不着袈裟。
中年意趣窗前草,外道生涯洞里蛇。
徒羡低头咬大蒜,未妨拍桌拾芝麻。
谈狐说鬼寻常事,只欠工夫吃讲茶。

后来友人林语堂办杂志索稿,周作人随意抄予。林语堂将手迹影印后刊载于1934年4月5日出版的《人间世》创刊号上,用"五秩自寿诗"做标题,并配上周作人巨幅照片。林语堂为渲染烘托声势,还把沈尹默、刘

---

[1] 胡适.胡适来往书信选(上).中华书局,1979:541–542.

冲淡平和中的苦涩与优雅 | 109

半农、林语堂等人所作《和启明先生五秩自寿诗原韵》同期发表，周作人的"五秩自寿诗"事件在当时文坛轰动一时。

"五秩自寿诗"发表后，引起共鸣的胡适写了和诗，在《人间世》上发表：

《和苦茶先生打油诗》

（一）

先生在家像出家，虽然弗着舍袈裟。
能从古董寻人味，不惯拳头打死蛇。
吃肉应防嚼朋友，打油莫待种芝麻。
想来爱惜绍兴酒，邀客高斋吃苦茶。

（二）

《再和苦茶先生，聊自嘲也》

老夫不出家，也不着袈裟。
人间专打鬼，臂上爱蟠蛇。
不敢充幽默，都缘怕肉麻。
能干大碗酒，不品小钟茶。

由于胡适年龄气质等原因，加上他在当时文坛的显赫地位，"五四"之后的胡适虽然人生曲折，历经北洋军阀和国民党政府的打压，但他那种外向直露、是我所是非我所非的锐气仍跃然纸上。

"五四"时期的周作人也曾信心满满、激情洋溢、在文坛叱咤风云，被尊为新文学革命的健将。新文学革命虽然落潮，但他没有气馁，而是调整策略，继续与形形色色非人道观念作不妥协的抗争。然而社会现实却是，在专制独裁政府的淫威下，公民连最基本的人权都未能落实。总结自身十多年的生活阅历，他心中既有自豪、肯定，又不乏惋惜、惆怅，可说是五味杂陈、感慨系之。万般无奈之下只能以幽默诙谐的打油诗寄托心中的难言之隐。不少读者从周作人《五秩自寿诗》里觉察出"苦"味、"涩"味是自然的。

胡适、周作人的两首打油诗虽然风格不仅相同。由于两人在"五四"后的人生轨迹大同小异。同为自由主义知识分子的胡适对周作人的"五秩自寿诗"感同身受，容易产生共鸣。

1936年初，胡适与周作人有过一次关于人生哲学与态度的通信探讨。周作人给胡适去信，奉劝胡适凡事不可过于热心。胡适回信承认自己本是"好事者"，但是"我相信'多事总比少事好，有为总比无为好'"，并且说"这种信仰已成一种宗教——个人的宗教"，将来不想，也不可能轻易改变。胡适也谈起周作人的文章："吾兄自己也是有心人，时时发'谆谆之言'，但胸襟平和，无紧张之气象，故读者但觉其淡远，不觉其为'谆谆之言'。"[1] 胡适经常阅读周作人的文章，对他文章的思想追求和艺术特点把握得是非常精准的。

1937年7月抗日战争全面开始，周作人由于"家累"之故，未能随北大南迁。鉴于周作人在国内外的声望，很多人认为日本人到了北平，很可能会对他加以利用，现在周作人借故滞留北平，危险是很大的。1938年8月，远在英国的胡适寄给周作人一封诗信。诗中提到："臧辉先生（胡适自号）昨夜做一个梦，梦见苦雨斋中吃茶的老僧，忽然放下茶盅出门去，飘然一仗南天行。天南万里岂不太辛苦？只为智者识得重与轻。梦醒我自披衣开窗坐，有谁知我此时一点相思情"。[2] 这是知心朋友的劝说，是挚友的忠告，而且是在周作人担任伪职前寄来的，周作人应该深知其中的意义。周作人后来辜负了友人对他的期望，一失足成千古恨。但胡适的"寄诗"之情，周作人还是很感动的。

---

[1] 胡适.胡适书信集（中）.北京大学出版社，1996：680-681.
[2] 钱理群.周作人传.北京十月文艺出版社，2001：462.

1949年初,周作人从南京"老虎桥"监狱出狱,暂住上海。胡适也刚从北平逃出来经上海准备前往海外。胡适曾经通过朋友邀约周作人一谈,认为到香港后职业应该不成问题。这时周作人已经没有在海外生活的打算,因此就没有赴约。他们错过最后见面的机会。

从以上分析能够看出,胡适与周作人的关系并非周作人晚年所说"泛泛之交"①,而是知心朋友。这就为他们之间一个时期的频繁互动打下基础,也为胡适对周作人的接受埋下伏笔。

二、相互砥砺,共同进步

在《中国新文学大系·建设理论集》的序中胡适感到,周作人所认定的"非人的文学"名单里,包括他在"五四"时期大力推介的一部分明清白话小说。"我们一面夸赞这些旧小说的文学工具,一面也不能不承认他们的思想内容实在不高明。够不上'人的文学',用这个新标准去评估中国古今的文学,真正站得住脚的作品就很少了。"而且经过思考,胡适把周作人提出的"个人主义的人间本位主义"的文学理论,看作造成个人解放时代的思想源头,并且把它作为《新青年》的一班朋友的共识。

1917年秋天,归国途中的胡适饶有兴致阅读谢雪儿(Edith Sichel)著《文艺复兴》(Renaissance)一书,将其改译为"再生时代",并且把它与当时的"五四"文学相联系:"书中述欧洲各国国语之兴起,其作始皆极细微,而其结果皆广大无量。今之提倡白话文学者,可以兴矣。"②晚年,总结人生得失,令胡适颇引为满意者,是自己对中国文艺复兴的思考。

唐德刚著的《胡适口述自传》里,第八章《从文学革命到文艺复兴》,认为在北京大学发起的"五四"新文学运动,与当年欧洲的文艺复兴有很多的相似之处。全书最后一章的最后一节"现代的中国文艺复兴",又从

---

① 鲍耀明编.周作人与鲍耀明通信集.河南大学出版社,2004:389.
② 胡适.胡适留学日记.商务印书馆,1947:1151-1155.

广泛的历史意义上下笔,把北宋初年以降的社会,归结为"中国文艺复兴阶段",引为它显示出反抗中古的宗教、运用"格物致知"的"新的科学方法"。由于清儒提倡科学方法而加以推崇,并进而肯定"朱子的治学精神",最后以"文艺复兴"指称北宋以来的中国文化历史,是胡适小心求证的结晶[①]。"五四"时期他又把"五四"新文化运动看作为"文艺复兴",乃是胡适前述思路的延续,而且进行了十分周延的分析论述,促进后人思考。

在《胡适与中国的文艺复兴》一书中,美国学者格里德(J.B.Grieder)认为:"除了启蒙运动以外,欧洲的文艺复兴也提供了一种'五四'时代的知识分子们有意识地加以利用的灵感。"格里德的这种观点似乎有些武断,如果加以限制说明则更能令人信服。与同时代人相比,胡适则是更为谨慎地在一种严格的历史联系上来使用文艺复兴这个词的。[②]也就是说,在肯定新文化的学者中,并不是都像胡适那样一致认可欧洲的文艺复兴。

我们梳理西欧现代思想运动对中国人的移植渗透时,注意到晚清人推崇的是法国大革命时期的思想,"五四"时期人们效法的是西欧18世纪的启蒙运动。对于文艺复兴,始终没有在中国士人中产生共鸣,形成思潮。即便在"五四"后百家争鸣的年代,也仅仅局限于较小规模的同人圈子,仍无以引起热血沸腾的青年学子深切关注的目光。在20世纪上半叶,救亡图存往往要压倒思想启蒙。这样的氛围下,国人冷落遥远的文艺复兴,也是合乎逻辑的。

清末以来,西力东渐,中国文学的整体生态焕然一新。其中一个明显的表现,就是小说的迅速崛起并成为文学中的主打体裁。昔日辉煌一时的散文,经过痛苦的分化重组,渐渐地,与16世纪西欧的文艺复兴遥相呼应。最早对此觉悟的便是周作人。

欧洲文艺复兴引起周作人的浓厚兴趣,这在他自己初版于1918年的《欧洲文学史》中已露出端倪。该书是作者在讲义的基础上整理而成,是

---

① 唐德刚译.胡适口述自传.华文出版社,1992:192、295-300.
② 〔美〕格里德著,鲁奇译.胡适与中国的文艺复兴.江苏人民出版社,1989:336.

周作人十年阅览欧美文学作品及学术著作的一个归纳总结。其中的梳理分析有失肤浅。但是它却是有开拓之功，因为毕竟是中国人编撰的第一部"欧洲文学史"。而且，作者通过编讲义、授课，促使自己反复地查考文学史料[①]，加上周作人丰富的欧美文化修养，对他后来就此问题的深入思考大有助益。周作人编写的《欧洲文学史》的第三卷第一篇，标题是"中古与文艺复兴"。具体描述古希腊思想与希伯来思想沿革、西欧各国史诗及骑士文学。作者接着梳理文艺复兴之前驱、文艺复兴时期拉丁民族的文学、文艺复兴期条顿民族之文学等等。在实际描述中，作者还注意到"（文艺复兴）发动之精神，则仍有国民之自觉，实即对于当时政教之反动也"。一方面固是由于"东罗马亡，古学流入西欧，感擢人心"，另一方面则是因为人们信仰崩溃，民众疑窦渐渐萌生，长期被压抑的内在力量，忽然觉醒而爆发。"终乃于古学研究中得之，则遂竞赴之，而莫可御矣"，古学研究值得重视，在于其体现了文艺复兴之真精神，即"竞于古文明中，各求其新生命"，以及"志在调和古今之思想，以美之一义贯之"。[②]这种"调和古今"而构建新生的中和思维，在其日后的文学思考及其文学实践里得到彰显。

与致力于学步欧美文学新潮的胡适相比较，对于"文艺复兴"这个概念的运用，周作人显示出自己的理解与把握。不像胡适那样宽泛，同样是以"文艺复兴"阐释中国文化发展轨迹，周作人没有把北宋"新儒学"作为支点，就是"五四革命"也只是作为一种契机而非文艺复兴本身。周作人把五四运动以来的民众热情，与汉代的党人，宋代的太学生，明末的东林党相类比。断然否定其为国家将兴之兆，并认为："总之，不是文艺复兴"。只在梳理新文学的某一体裁，散文小品的发展轨迹时，"文艺复兴"一词才闪亮登场。[③] 1926年在为俞平伯重刊《陶庵梦忆》作序时，周作人借题发挥道："我常这样想，现代的散文在新文学中受外国的影响最少，这与

---

① 周作人.知堂回想录.香港三育图书公司，1980：199.
② 周作人.欧洲文学史.岳麓书社，1989：126、176.
③ 周作人.代快邮·周作人散文全集（第4卷）.广西师范大学出版社，2009：255.

其说是文学革命的还不如说是文艺复兴的产物，虽然在文学发达的路途上复兴与革命是同一样的进展。"① 两年后为俞平伯《杂拌儿》作跋时，周作人对"复兴"与"革命""新"文学与"旧"传统的辩证关系的思考更加深入细致："现代散文好像一条淹没在沙土下的河水，多少年后又在下流被掘了出来；这是一条古河，却又是新的。"② 周作人对中国文艺复兴问题的思考，显然是有自己的理路，并且是一以贯之的。虽然两人对文艺复兴的理解不尽相同，但它对于二人相互之间对此问题的思考应是有一定的启发与促进作用的。

实际上，所谓"文艺复兴"，对于周作人来讲，既是一种再现，又是一种革新，一种解放。正如梁启超在《清代学术概论》中所说："二百余年之学史，其影响及于全思想者，一言蔽之，曰：'以复古为解放。'第一步，复宋学之古，对于王学而得解放。第二步，复盛唐之古，对于程朱而得解放。第三步，复西汉之古，对于许郑而得解放。第四步，复先秦之古，则非至对于孔孟得解放焉不止矣。然其所以能奏解放之效者，则科学的研究精神实启之。"③ 周作人的情况也是如此。周作人所谓的儒家并非封建卫道士心目中的儒家，而是他心中的传统儒家的真面目，这实际上也是借复古追求思想解放、个性解放。

三、智者见智，仁者见仁

周作人与胡适同属现代中国自由主义文人，坚持自由民主，个人主义，认为只有把个人这块料塑造成器，才能成就自己，有益于国家。他们在文学上的相互影响值得一提的是在文学语言形式上的探索。

---

① 周作人.泽泻集·陶庵梦忆·序·周作人散文全集（第 4 卷）.广西师范大学出版社，2009：832.

② 周作人.《杂拌儿》跋·周作人散文全集（第 5 卷）.广西师范大学出版社，2009：456.

③ 梁启超著，杨佩昌、朱云风整理.梁启超：国学讲义.中国画报出版社，2010：75.

冲淡平和中的苦涩与优雅

周作人虽然呼应胡适的提倡，把古文一元的态度转换为白话一元，但他对新文学语言的要求却比胡适深入宽广得多。在文学实践中，周作人认识到，白话文以现代语言作为基础，它勉强可以用于"叙事"，但一旦用于抒情与说理，要表达"优美而精密的情思"，就感到力不从心了。胡适似乎没有觉察"白话文"的"白话"与"文言"本身带有的差异和特点。周作人的批评，要点在说国语文学应该指用中国语写的一切文学，其文体的新旧与文艺价值没有直接的关系。他的这种不把民众看作社会政治力量，而看作人之生存的近于自然本原状态的想法，又令人感到人类学民俗学的眼光。还有他终生怀抱妇女和儿童解放的眼光，鉴于这一点继续相信社会主义的优越，也同那种民众观有直接的联系。

近代白话文迟迟不能取代文言文，有两个重要原因：一是大多数文化人受的是文言文教育，在从文言文到白话文的过渡期间，他们更习惯使用文言文而不是白话文。而且白话文在其初期，无论在词汇的丰富性还是在表情达意的成熟、优美方面，白话文均无法与文言文相比。这种情况既是一种现实，但也不妨因势利导，为我所用。

胡适在一封信中这样说："（梁）实秋说：'新诗实际就是中文写的外国诗'，又说我'对于诗的基本观念是颇受外国文学的影响的'。对于后一句话我自然不能否认，但我当时的希望却不止于'中文写的外国诗'，我当时希望——至今还继续希望的是用现代中国语言来表现现代中国人的生活，思想，情感的诗。这是我理想中的'新诗'的意义，——不仅是'中文写的外国诗'，也不仅是'中文来创造外国诗的格律来装进外国诗的诗意'的诗。"[①] 胡适并不承认自己是食洋不化的西崽，而是有所取舍的中正君子。

胡适在《中国新文学运动小史》中特别强调白话文需要散文化。他说道："只有欧化的白话方才能够应付新时代的需要。欧化的白话文就是充分吸收西洋语言的细密的结构，使我们的文字能够传达复杂的思想，曲折的理论。"胡适还从白话文创作的实绩上，指出白话文的欧化是一个正确的

---

① 胡适.寄徐志摩论新诗.大公报·文学副刊（205），1931-12-14.

方向。"初期的白话作家,有些是受过西洋语言文字的训练的,他们的作风有不少的'欧化'成分。虽然欧化的程度有多少的不同,技术也有巧拙的不同,但明眼的人都能看出,凡具有充分吸收西洋文学的法度的技巧的作家,他们的成绩往往特别好,他们的作风往往特别可爱。所以欧化白话文的趋势可以说是在白话文的初期已开始了。"[1] 在新文学初期文言文仍占统治地位时,胡适的这种观点应该说还是颇有针对性的。但是,坚持成见,不知通权达变也是不可取的。

周作人则认为,文学创作过程中需要不需要欧化要依据个人的具体情况来定。[2]

周汝昌认为胡适提倡白话文有食洋不化的弊病:

我的拙见与妄言,简而言之,主要有两点,一是他对中国文化尤其是语文的特点、优点缺少高层理解认识,硬拿西方语文的一切来死套我们自己的汉字语文。二是胡先生的审美眼光与理想境界也都是以西方外国文化的标准为依归的,他的思想是竭力把中国文化引向西方模式,使之"西化"。我悟到这是他的思想认识的本质,所谓提倡"白话文"者,也不过是个现象形态而已。

胡先生似乎不求深懂或不愿多理会我们中华文字语文的极大特点(由九声到四声、平仄)。这声调是这个语文的灵魂,它天生带着音乐声律性。而汉语文本身也自有其"文法",字的"词性"极灵活,组构关系极紧凑,不需要多余死板的那些外文中必不可少的"介词""联词"……这一切都与欧洲语文不同。所以,它又天生带着"文言性"。[3]

周汝昌在《我与胡适先生》一文里还对胡适一味"求白"而反对用典

---

[1] 胡适.中国新文学运动小史·胡适文集(1).北京大学出版社,1998:130-131.
[2] 周作人.语体文欧化问题·周作人散文全集(第2卷).广西师范大学出版社,2009:399.
[3] 周汝昌.我与胡适先生·胡适研究丛录(一辑).中国华侨出版社,2003:83.

和对仗提出反思性的批评:"再一个,就是他不知区分'文体'的不同素质与需要,而也一律以'白话'来'绳'其好坏,或者实际是主张任何文体都以'白话'为上品,为定法。法令、文告、宣言……郑重的文字,和小说里的'对白',在他看来都是越'白'越佳的。这就整个儿搅乱了(说得严重些是破坏了)汉字语文的优良传统。陆机的《文赋》,刘勰的《文心雕龙》,标志着中华文论是以文体为中心的。"而这种一味"求白"带来的负面影响也是令人深思的。"连'文各有体'也不知讲究,一概机械求'白',所以从"五四"以来的'文献'的'字数',要超过几千年的总和!浮文张墨,赘词废话,都从'求白'、'尊白'而生。胡先生反对读'古书',因为那是'文言'。在中国出现第一个'文化大断层',从何时开始?值得思索。"①

周汝昌对胡适新文学白话文的看法,有的自然还可以商榷,但他指出的因白话文而导致的汉语言文化传统的断裂这一事实应该是不无道理的。最重要的是,它在中国文学史上开创了一个忽视艺术审美标准的先例。非艺术的语言形式标准,很容易转化为其他非艺术标准来干扰文学艺术,这已为后来的文学发展所证明。20世纪90年代,郑敏等发起的检讨"五四"白话文运动的争论就是对这一失误的一次深刻反思。周作人、周汝昌、郑敏,他们都注意到胡适在新文学运动中提倡白话语言时具有单一化、绝对化倾向。

胡适倡导的白话文运动的最终目的,是为了新文化新文学的建立和发展,他在语言层面上涉及了白话文替代文言文、标点符号的引进和注音符号的创制等问题。后来的文字改革都与胡适有关,比如20世纪50年代的汉字简化运动和汉字拼音化的争论,基本上还是在胡适当年设想的思路上进行的,最后的结果也与胡适预想的相似:汉字得以部分简化,而汉语拼音化的前景仍很渺茫。另外,胡适对文言文和现代汉语的区别的认识也对现代汉语的研究起到方向性的作用。但是,胡适把文言文和现代汉语(白话文)对立起来的观点,对后世也产生了消极影响。一是

---

① 周汝昌.我与胡适先生·胡适印象.学林出版社,1997:121.

文言文在国民教育中的缺失与削弱，使得很多中国人都难以阅读中国古代典籍。二是汉字的人为简化某种程度上造成了海内外汉字在使用和教学上的一些混乱。

总而言之，进化论学说是胡适文学革命理论的基石，离开这块基石，胡适所有具体的文学观念，比如语言发展史观、白话写诗，白话文学史的建构等等，都成了空中楼阁。没有进化论作为考察和透视文学史和文学现状的工具，胡适将很难找到中国文学传统中历次文学革命未能成功或者说未能彻底取得胜利的症结和突破口，同时在面对文学革命的反对者（如学衡、甲寅）时，胡适也难以进行最有效的说服和辩驳。历史进化论思想作为近代最有影响的学说，对实用哲学的兴起和西方近现代文学思想的发展都产生了深远的影响。因此，胡适对实用主义哲学等学说的接受就是顺理成章的事情。可以说，历史进化论是胡适接受最早的一种西方思想，也是对胡适影响巨大、贯穿胡适一切学术思想的核心观念。而周作人则是认可历史循环论的。这就决定了在现代文学史上胡适与周作人的碰撞中既具有共识，也存在分歧。

胡适的《国语文学史》和《白话文学史》的写作对中国文学史的编撰产生了很大冲击。他梳理重写中国文学史，预测白话文学的无限前景。夏志清说过："他（指胡适）的看法是这样的：如果早期的白话文学能在全无督促鼓励的状态下产生好几部不朽的作品，那么中国的新文学，一因国人对白话文的前途已具有信心，二来受了西方文学潮流的影响，应该会有更出色的表现了。但胡适虽说是个了不起的理论家，他却不能以身作则，自己写出一些令人满意的文学示范作品来。"[1] 周作人是新文学散文的践行者，他的文化批评、散文小品显示了新文学作品强有力的存在。周作人文学实践中的语言，不全然是胡适原先设想中的语言，体现着周作人自己对新文学语言的深刻领悟及其卓越实践。

胡适立场鲜明，他的"白话文学史"就是一部中国文学史。在论述新文学的语言时，他把范围放得很广，封建社会文学中的那些清新通俗、接

---

[1] 夏志清.文学革命·文学的前途.生活·读书·新知三联出版社，2002：9.

近口语的文本都被胡适纳入白话文学的视野。其遴选作品的标准就是白话文的"三白",即俗白、清白和明白。胡适的白话文学观念至少包括"懂得性"和"民间性"。所谓"懂得性",可以从口语的、通俗的两个方面来理解,而民间性则指的是反映民间社会普通人的生活和情感。胡适十分强调"懂得性"。在1920年10月写的《什么是文学》一文中,胡适对新文学做出这样的界定:"语言文字都是人类达意表情的工具;达意达的好,表情表的妙,便是文学"。但是如何才能做到"好"和"妙"呢?"文学有三个条件:第一要明白清楚,第二要有力能动人,第三要美。因为文学不过是最能尽职的语言文字,因为文学的基本作用还是'达意表情',故第一个条件是要把情和意,明白清楚地表达出来,使人懂得,使人容易懂得,使人决不会误解。"而对白话文学而言,他把这种"懂得性"放在了一个很重要的位置上,"若是你还看不懂,那么,他就通不过这第一场'明白'的试验。他是一种'玩意儿',连'语言文字'的基本作用都够不上,哪配称为'文学'!"[1]

在《白话文学史》中,虽然胡适对具体作家和具体作品的分析不见得精彩,但他的主要贡献在于建构了"双线文学史观"。这种文学史观把中国传统文学史简化为两种文学的起伏消长,确实有简单之嫌和牵强之处,但胡适第一次对本来毫无头绪的中国文学史进行了考察梳理,并将其纳入他所建构的叙述框架中,这远比那些既无系统思想也无叙述框架,而是以朝代为顺序串讲中国文学史的著作要高明很多,他为人们了解中国文学史提供了一种全新的视角和思路。他对民间文学、古代小说的重视,为国人找到了一个崭新的研究领域,对后来的文学研究具有重要的启示意义。

毫无疑问,胡适在新文学运动中,为白话文赢得正宗独尊地位的功劳是不可抹杀的。但胡适在《尝试集》后的写作中,转向学术研究、政论、演讲、传记,而较少从事文学创作。所以,对语言的要求,与周作人相比,其侧重点就难免有所不同。

周作人1919年在《平民文学》一文里,对平民文学做了如下阐释:

---

[1] 胡适.什么是文学——答钱玄同·胡适文集(2).北京大学出版社,1998:149.

> '平民文学'这四个字，字面上极易误会。所以我们先得解说一回，然后再行介绍。平民文学正与贵族的文学相反。但这两样名词，也不可十分拘泥，我们说贵族的平民的，并非说这种文学是专做给贵族，或平民看，专讲贵族或平民的生活，或是贵族或平民自己做的。不过说文学的精神的区别，指他普遍与否，真挚与否的区别。就形式上说，古文多是贵族的文学，白话多是平民的文学。但这也不尽如此。
>
> 照此说来，文字的形式上，是不能定出区别，现在再从内容上说。内容的区别，又是如何？上文说过贵族文学形式的缺点，是偏于部分的，修饰的，享乐的，或游戏的，这内容上的缺点，也正是如此。所以平民文学应该着重于贵族文学相反的地方，是内容充实，就是普遍与真挚两件事。第一，平民文学应以普通的文体，记普遍的思想与事实。我们不必记英雄豪杰的事业，才子佳人的幸福，只应记载世间普通男女的悲欢离合……第二，平民文学应以真挚的文体，记真挚的思想与事实。既不坐在上面，自名为才子佳人，又不立在下风，颂扬英雄豪杰。只自认是人类中的一个单体，浑在人类中间，人类的事便也是我的事。①

周作人从形式和内容两个方面对平民文学、贵族文学作了界定，并提倡新文学要创作"人的文学"和"平民文学"。胡适撰写的《白话文学史》定稿于1928年，虽然书中没有对平民文学进行理论阐述，但我们可以推测他对平民文学的理解是接近周作人的，或是同意周作人的解释的。比如，他在《国语文学史》中就把白话写作的反映普通百姓生活情感的宋人白话词称为平民的文学，因为"他们用的是小儿女的情感，是平民的材料，是小百姓的语言"，是可以代表那时代社会生态的民间文学。②

胡适突显中国文学史中的平民文学，或者说通俗文学，与他的白话文

---

① 周作人.平民的文学·周作人散文全集（第2卷）.广西师范大学出版社，2009：102-103.

② 胡适.国语文学史·胡适文集（8）.北京大学出版社，1998：99.

学史观密切相关。胡适的传统文学史观是建立在对中国文学的发展历程和对欧洲文学的历史演变规律的考察基础之上的。胡适以白话文为中心概念，以现代进化论为理论武器，对中国传统文学重新做出界定："两千五百年的中国文学史可以说有两个潮流：一个是读书人的士大夫文学潮流，一个是老百姓的平民文学潮流。中国文学总是有上下两层潮流，上层的潮流是古文，是做模仿的文学；下层的潮流随时由老百姓提出他的活的语言，作活的文学……"，"那时我们看小说都要偷偷看，这在全世界都是一样的。所有用活的文学的国家都曾经历过这么一个时代（死的文学压制活的文学）。以欧洲来讲，欧洲的文艺复兴就是把古文废了。"[1]

胡适还说："我也承认《左传》《史记》，在文学上有'长生不老'的位置。但这种文学是少数懂得文言的人的私有物，对于一般通俗社会便同'死'的一样。我说《左传》《史记》是'死的'，与人说希腊文，拉丁文是'死'的是同一个意思。你说《左传》《史记》是'长生不死'的，与希腊学者和拉丁学者说 Euripides 和 Virgil 的文学是'长生不死'的是同一个意思。《左传》《史记》在'文言的文学'里，是活的；在'国语的文学'里，便是死的了。"[2]

胡适从否定古文改良的失败，进而开始否定用文言写作的文学。他认为文言文只是精英们创作出来供自己阅读的文学："他们的失败，总而言之，都在于难懂、难学。文字的功用在于达意，而达意的范围以能达到最大多数人为最成功。在古代社会中，最大多数人是和文字没交涉的。做文章的人，高的只求少数'知音'的欣赏，低的只求能中'中试官'的口味。所以他们心目中从来没有'最大多数人'的观念。所以凡最大多数人都能欣赏的文学杰作，如《水浒传》《西游记》，都算不得文学！这一根本的成见到了那个过渡的骤变的时代，还不曾打破，所以严复、林纾、梁启超、章炳麟、章士钊诸人还不肯抛弃那种完全为绝少数人赏玩的文学工

---

[1] 胡适.白话文的意义·胡适演讲录.河北人民出版社，1999：242-243.
[2] 胡适.答朱经农.新青年（第5卷第2号），1918.8；通信·新文学问题之讨论·胡适文集（3）.北京大学出版社，1998：77.

具,都还妄想用那种久已僵死的文字来做一个新时代达意表情说理的工具。他们都有革新国家社会的热心,都想把他们的话说给多数人听。可是他们都不懂得为什么多数人不能读他们的书,听他们的话。"[1]

如果只有平民文学的形式,而没有平民文学的思想内容,在胡适看来,那也是做不出平民文学的。在《评新诗集》中,胡适这样说:"'民众化'三个字谈何容易！18世纪之末,英国诗人华兹华斯（Wordsworth）主张作民众化的诗歌,然而他的诗始终只是'学者诗人'的诗,而不是民众的诗。同时北方民间出了一个大诗人彭斯（Burns）,他并不提倡民众文学,然而他的诗句风行民间,念在口里,沁在心里,至今还是不朽的民众的文学。"[2]

白话文学史观是提倡白话文运动的必然结果,由白话能否写诗的争论而引发的白话文运动,其最终目的是确立白话文学的主导地位,而不仅仅是使用白话的问题。《白话文学史》的写作还要证明,白话文学运动不是忽发奇想而产生的,也不是完全从外国输入的。中国文学史上一直存在着白话文学,而我们现在要做的就是要进行"有意的推动"。胡适说:"故一千年的白话文学种下了近年文学革命的种子;近年的文学革命不过是给一段长历史做一个小结束;从此以后,中国文学永远脱离了盲目的自然演化的老路,走上了有意的创作的新路了。"[3]同时,白话文学运动所倡导的新文学必然要推倒旧文学所承载的政治、伦理和道德观念,"旧文学,旧政治,旧伦理,本是一家眷属,故不得不去此而取彼。"[4]胡适疾呼:"请大家认清我们当前的紧急问题。我们的问题是救国,救这衰病的民族,救这半死的文化。"[5]这才是白话文运动最终要完成的任务,是问题的核心,这里面涉及文学观、价值观等方面。由于"两种不同的语言形式,在相当程度上规定、代表着作品内容及作家思想乃至整个文化价值系统新与旧的不

---

[1] 胡适.中国新文学运动小史·胡适文集（1）.北京大学出版社,1998:110-111.
[2] 胡适.评新诗集·胡适文集（3）.北京大学出版社,1998:619.
[3] 胡适.白话文学史·胡适文集（8）.北京大学出版社,1998:52.
[4] 陈独秀.论《新青年》之主张,新青年（第5卷4）,1918-10-15.
[5] 胡适.介绍我自己的思想·胡适文集（5）.北京大学出版社,1998:515.

同。何况即使在胡适等白话运动领袖提出的口号表面，也从来不限于所谓'文字革命'。这只消读读胡适《文学改良刍议》和陈独秀《文学革命论》这两篇新文学运动的纲领性文件就可了然。"①

"民国"三年（1914年），袁世凯在《祭孔令》中有道："近自国体变更，无识之徒误解平等自由，逾越范围，荡然无守，纲常沦丧，人欲横流，几成为土匪禽兽之国。"1934年湖南省政府主席何键在致广东当局的电文中说："自胡适之倡导所谓新文化运动，提出打倒孔家店口号，煽惑无知青年，而共产党乘之，毁纲灭纪，率兽食人，民族美德，始扫地荡尽。"②

从中可以看出，章士钊、辜鸿铭等反对白话文已经不是停留在语言的层面上，而是道出了白话文学正统地位的确立是对传统价值观、人生观、思想观的巨大颠覆。可以说，文学革命的目标，形式上是反贵族的，而内容上则是反封建的，它旨在使整个文学摆脱封建思想的牢笼。

正如胡适所说，文言已经死了。其之所以能够苟延残喘两千年，是因为"政府的权力、科第的引诱、文人的毁誉。"③因此，要造就白话文学的环境，仅仅限于使用白话文是不够的，还要确立白话文的正统地位，就是要把来自民间的平民文学抬高到中国文学史的主流位置，这样才能建构起陈独秀所说的"平民的""立诚的""通俗的""国民文学"，才能最后完成胡适推行白话文和白话文学的任务，而这也是晚清很多先驱由于历史局限而没能做到的地方。

胡适的"白话文学"和"平民文学"是互为表里的两个概念，白话文学是从文学的语言来定义的，而平民文学则是从文学体式的起源、思想感情以及表现方法和风格方面来界定的。与提倡白话文学的价值一样，胡适把平民文学的地位和价值推向文学价值的高端："两千多年的文学史上，所以能有一点生气，所以能有一点人味，全靠有那无数小百姓和那无数小百

---

① 刘石.关于胡适的两本文学史著作.文学评论，2003（4）.

② 胡适.杂碎录.独立评论（149），1935-5-5；胡适文集（11）.北京大学出版社，1998：581、582.

③ 玄庐.新旧文学一个大战场·中国新文学大系·文学论争集.上海文艺出版社，2003：100.

姓的代表平民文学在那里打一点底子。""庙堂文学的好手要想做一点带着人味的文学，就不能不做白话了。"①

在胡适看来，用白话写作"活"的文学是文学文体的变革，而以"为人生的""写实的"文学作为战斗口号的是文学思想内容的改革，那么这种思想内容的改革，胡适是怎样论述的呢？在《中国新文学小史》中胡适是这样说的："在上文已经说过，我们开始也曾顾到文学的内容的改革。例如玄同先生和我讨论中国小说的长信，就是文学内容革新的讨论。但当那个时期，我们还没有法子谈到新文学应该有怎样的内容，世界的新文艺都还没有踏进中国的大门里，社会上所有的西洋文学作品不过是林纾翻译的一些19世纪前期的作品，其中最高的思想不过是狄更斯的几部社会小说；至于代表19世纪后期的革新思想的作品都是国内人士所不曾梦见。所以在那个贫乏的时期，我们实在不配谈文学内容的革新，因为文学内容是不能悬空谈的，悬空谈了也绝不会发生有力的影响。例如我在《文学改良刍议》里曾说文学必须有'高远的思想，真挚的情感'，那就是悬空谈文学内容了。"②胡适这里所谓文学革命思想内容的"悬空"，也即是"空白"，后来由周作人提倡的"思想革命""人的文学"逐渐使其充实起来。

对于胡适这段话我们可以这样理解。一是，离开欧美文学，中国文学内容的革新便无从谈起，所以《文学改良刍议》里关于文学内容革新的论述还是"悬空谈的"；二是，真正能拿来作为中国文学思想内容革新之榜样的是19世纪后期的西洋文学作品。而集中体现胡适当时文学改革思想内容的，则是来自西洋的"易卜生主义"和周作人取自日本的"人的文学"，他在《日本近三十年小说之发达》里已经接触到现实主义创作方法的一些重要内容。这两个术语意思不尽相同，但都有"个人主义""人道主义"和"自由主义"的意思在里边。"人的文学"的思潮是提倡人的觉醒，呼唤个体人格的发展，推崇个人本位主义，以人道主义为本。因此可以说以"人的文学"为口号的现实主义整合了个人主义和人道主

---

① 胡适.国语文学史·胡适文集（8）.北京大学出版社，1998：23.
② 胡适.中国新文学运动小史·胡适文集（1）.北京大学出版社，1998：135.

义的思想。

可以这样认为，胡适的文学观是一种现代的"文以载道"，并不是"为文学而文学"。只不过胡适是现代化第一阶段的"道"，周作人的"文以载道"，由于自己的不同素质、经历，里面有很多现代化第二阶段的"道"。这就是个人的权利和义务。

胡适倡导"活的""真的""为人生的""写实的"文学。胡适在《中国新文学运动小史》中对周作人的《人的文学》作了评述，高度称赞《人的文学》一文是"一篇最平实最伟大的宣言"，认为"他所谓'人的文学'，说来极平常，只是那些主张'人情以内，人力以内'的'人的道德'的文学"，并认同周作人的观点，即中国文学"还须介绍译述外国的著作，扩大读者的精神，眼里看见了世界的人类，养成人的道德，实现人的生活"。① 胡适与周作人能够成为知心朋友，主要与他们在许多思想问题的一致有关。

当然，我们说胡适一贯强调文学语言的重要性，并不是说他忽略文学思想内容的地位。而是相反，他一直很注重文学作品的思想性，这从他怎么读书、教别人怎样教书的论述中就能略窥一般："我们学西洋文学，不但是要认得几个洋字，会说几句洋话，我们的目的在于输入西洋的学术思想。所以我以为中国学校教授西洋文字，应该用一种'一箭双雕'的方法，把思想和文字同时并教。例如教散文，与其用欧文的《见闻杂录》，或狄更斯的《文报选录》，不如用赫胥黎的《进化杂论》。又如教戏曲，与其教萧士比亚的《威匿思商》，不如用 Bernard Shaw 的《Androcles and the Lion》，或是 Calsworthy 的《Strife》或《Justice》。又如教长篇的文字，与其教麦考来的《约翰生行述》，不如教弥尔的《群己权界论》。"②

胡适太注意自己在"五四"时期竖立起来的先驱者形象，加上涉猎方面较多，导致精力分散，对现代语言的发展演化，着力显得不够深入全面。双方在一些观点的交锋碰撞中，加深了对彼此的认识和理解，也促进

---

① 胡适.中国新文学运动小史·胡适文集（1）.北京大学出版社，1998：137.
② 胡适.归国杂感.新青年（第4卷第1号），1918.1.

了读者对周作人文学语言观的理解。

四、春兰秋菊各显所长

胡适在五四时期接受了西方现实主义、自由主义等文学思潮的影响，但由于在新文学运动时期，对各种文学思潮的界定不甚清晰，他的这些文学思潮就被统合到他的"为人生"的文学宣言之中。现实主义要求反映真实生活，针砭时弊，自由主义强调个性主义和个性的张扬。我们认为，这两种思想主要来源于胡适接受欧洲文艺复兴时期的文学传统和之后的欧洲近现代文学，以及西方自由主义思潮和杜威实验主义哲学思想的影响。而胡适从欧洲文艺复兴运动也吸收了人文主义的思想：主张个性解放，反对中世纪的禁欲主义和宗教观；提倡科学文化，反对蒙昧主义；肯定人权，反对神权。人文主义歌颂世俗蔑视天堂，崇尚理性。

在很多情况下，胡适的思想比较宏观、抽象，不及周作人的文学思想自觉、具体、清晰。但是在对各种非人思想的批判方面，两人又有着惊人的相似之处。

胡适觉得："人生的大病根在于不肯睁开眼睛来看世间的真实现状。明明是男盗女娼的社会，我们偏说是圣贤礼仪之邦；明明是赃官污吏的政治，我们偏要歌功颂德；明明是不可救药的大病，我们偏说一点病都没有。却不知道，若要病好，须先认有病；若要政治好，须先认现在的政治实在不好；若要改良社会，须先知道现今的社会实在是男盗女娼的社会。易卜生的长处，只在他肯说老实话，只在他能把社会种种腐败龌龊的实在情形写出来叫大家仔细看。他并不是爱说社会的坏处，他只是不得不说。1880年，他对一个朋友说：我无论作什么诗，编什么戏，我的目的只要我自己精神上的舒服清净。因为我们对于社会的罪恶，都脱不了干系的。"[①]

[①] 胡适.易卜生主义.新青年（第4卷第6号），1918.6；胡适文集（2）.北京大学出版社，1998：475-476.

从历史的角度看，胡适在中国自由主义文学产生和发展的过程中起到举足轻重的作用。唐德刚在《胡适口述自传》的注释里对胡适一生所信奉的自由主义精神给予高度评价："在四五十年代的中国思想界，'胡适'简直具有'自由男神'的形象（image）。"① 胡适自己说："我们是爱自由的人，我们要我们的思想自由，言论自由，出版自由……我们不用说，这几种自由是一国学术思想进步的必要条件，也是一国社会政治改善的必要条件……我们现在要说，我们深深感觉国家前途的危险，所以不忍心放弃我们的思想言论的自由。"②

自由主义和个人主义在胡适的思维思想框架中密不可分。胡适认为："张先生（张奚若）所谓'个人主义'其实就是'自由主义'，我们在"民国"八九年之间，就感觉到当时的'新思潮''新文化''新生活'有仔细说明的必要。无疑的，"民国"六七年北京大学所提倡的新运动，无论形式上如何五花八门，意义上只是思想的解放和个人的解放。"③

胡适提倡自由主义，首先是从输入政治思想着手的，随后才延伸到文化和文学上来。他在《〈人权论集〉序》中说："这两篇只是'思想言论自由'的实例：因为我们要建立的是批评国民党的自由和批评孙中山的自由。上帝我们尚且可以批评，况且国民党和孙中山？"④

胡适对自由主义最浅显的解释就是尊重自由。胡适说："自由主义就是人类历史上那个提倡自由，崇拜自由，争取自由，充实并推广自由的大运动。"⑤

胡适感到中国自古缺乏自由主义和个人主义的基础，因此就特别需要输入西方的自由主义和个人主义思想。他说："据我个人观察，中国有重民

---

① 胡适.胡适口述自传·胡适文集（1）.北京大学出版社，1998：305.
② 胡适.我们要我们的自由.胡适的日记（手稿本），1929-3-25；胡适文集（11）.北京大学出版社，1998：144.
③ 胡适.个人自由与社会进步·胡适文集（11）.北京大学出版社，1998：585.
④ 胡适.《人权论集》序·胡适文集（5）.北京大学出版社，1998：253.
⑤ 胡适.自由主义·胡适文集（11）.北京大学出版社，1998：805.

思想，有民为邦本思想。孟子极重个人，个人皆性善，又倡民为贵之论，但从未说民有权。只承认人民有革命权。孟子以后，则更没有谈民权的。盖民权建立在个人主义上，生命是神圣的，个人有价值才有权利自由。中国人的个人主义思想太不发达，古代只有少数思想家注重修身，如战国时之杨朱。但此种思想已经失掉了，只有《吕氏春秋》保存了一点。"①胡适的这些看法与周作人有异曲同工之妙。

据统计，胡适在美国读了"八门英文课，十一门哲学课，八门政治课，一门心理学和两门演讲课"。②从胡适的所读书目及其知识结构来看，涉及范围不及周作人宽广。胡适对文学思想内容、语言形式的认识就不及周作人视野开阔，对文本的分析也不及周作人深入细致。

胡适的议论性散文视野宽广，高屋建瓴。不仅局限于文学领域，而且能够从现代意义上的伦理学、社会学、民俗学、心理学等方面去诠释和赏析文本，发掘文本的真正内涵及其价值。这样的写作风范与他接受的欧美现代文化和现代文学批评的训练大有关系。

胡适说："从前的学者把《诗经》看作'美'、'刺'的圣人，越讲越不通。现在的人应该多预备几副好眼镜，人类学的眼镜、考古学的眼镜、文法学的眼镜、文学的眼镜。眼镜越多越好，越精越好。""倘先去研究一点社会学、文字学、考古学、音韵学、考古学等等以后去看《诗经》，就比以前更懂得多了。倘若研究一点文学、校勘学、伦理学、心理学、数学、光学以后去看《墨子》就能全明白了。"③

当然，胡适、周作人他们这一代"五四"人对文学语言功能的认知尚不会接近欧美当代语言学家和文论家那样的境界，如认为形式就是内容。这与我们中华民族缺乏抽象逻辑论证的思维方式以及缺少形而上的文学理论储备有关，加上他们处于不同的发展阶段，不可能出现纯形式的语言观。但他们凭借自己的文学才情和对语言的敏锐感受，也对语言

---

① 胡适.胡适演讲录.河北人民出版社，1999：140.
② 殷志鹏.赫贞江畔伴读书.国家出版社，2005：23.
③ 胡适.胡适演讲录.河北人民出版社，1999：3-11.

冲淡平和中的苦涩与优雅

的本质论有了较为深刻的理解。从胡适的首倡之功,到周作人的理性补充,中国现代文学语言观走过了一个由朦胧到清晰,由片面单纯到全面深刻的渐进过程。

1917年,胡适在《新青年》杂志发表了《文学改良刍议》。提出以白话文取代文言文的"八事"主张,从而为中国的新文学革命揭开了序幕。

胡适认为:"我也知道光有白话算不得新文学,我也知道新文学必须有新思想和新精神。但是我认定了:无论如何,死文字决不能产生活文学。若要造一种活的文学,必须有活的工具。"[1]

周作人虽不是"五四"文学革命的开路先锋,但他对新文学的形式和内容,语言和思想变革的思考却更为全面和理性。他在南京读书期间,就表现出对语言和文法的浓厚兴趣。他在《文法之趣味》中说:"学校里发给的一本1901年第四十版的'马孙'英文法,二十年来还保存在书架上。虽然别的什么机器书都已不知去向了。我总觉得有些文法书要比本国的任何新刊小说更为有趣;我想还可以和人家赌十块钱的输赢。给我在西山租一间屋,我去住在那里,只带一本英译西威耳博士的《古英文法》去,我可以很愉快地消遣一个长夏。"[2]

周作人对语言有自己比较独到的认知,他说:"一民族运用其国语以表现情思,不仅是文字上的便利,还有思想上的便利更为重要。我们不但以汉语说话作文,并且以汉语思想,所以便用这言语去发表这思想,较为自然而且充分。至于言语的职分本来在乎自然而且充分的表现思想。"[3]

周作人提醒读者,文学语言不只徒具形式,其另外功用是完满地表现内容,中国封建社会的作者使用文言,可谓当时的国语。只不过那是前人的言语,当下不再常用罢了。思想归思想,文字归文字,创作完成的时候其中需要插入一道转译的程序,这很是重要。古代语言由于不是现实生活的必须,基金凭借几篇经典范文做标准,自然造就一种千篇一律的格式,

---

[1] 胡适.逼上梁山·胡适精品集(第11卷).光明日报出版社,1998:48.
[2] 周作人.文法之趣味·周作人散文全集(第4卷).广西师范大学出版社,2009:151.
[3] 周作人.国语改造的意见·周作人散文全集(第2卷).广西师范大学出版社,2009:753.

作者用思想迁就文章，而非使用文章表达思想，从前人们说有许多科班出身的士子不能写一封通顺的家书，这种现象并不少见。[1]

对于文言与封建文学内容的关系，周作人则认为，文学这种艺术原本就是文字与内容结合所致。如果传达内容的语言不当，固然能够阻碍文学的繁荣；但是如果思想内容不当，徒有形式，这绝对不会有什么用处。人们排斥文言，主要是因为它晦涩难解，养成国民笼统的心思，妨碍表现力和理解力的发达。但另一方面，实在是由于其中的思想反动，对人有害。这种封建思想存在古文中间，千百年来，根深蒂固，没有经过清算，反动的思想与晦涩的语言，融合为一，不易分离。读者随便翻开古文一看，不脱三纲五常、君君臣臣之类。"便是现代的人做一篇古文，既然免不了用几个古典熟语，那种荒谬思想已经渗进了文字里面去了，自然也随处出现。"[2]

可以这样讲，对于古文来说，形式就是内容，这颇有现代语言学的味道，但就现代白话文来讲，他则没有宣布语言就是内容，语言就是思想。周作人对语言的理解和论述，虽比胡适的认识稍晚，却更为透彻清晰，因而在当时产生了较大影响。不过后来周作人对语言的看法又有所变化。

与胡适的思路惊人的相似，周作人也是从"五四"以来文学形式革命与清末白话文学间的异同分析着手建设新文学的语言目的论。从周作人视角来讲，他的语言观念中最基本的是要解决内容与形式的脱节，使新文学语言真正成为现代思想的媒介，从而可以当作普通的国语使用。[3]

难能可贵的是，周作人的语言目的比胡适的主张更进了一步，他认为现代白话应能够表现现代人微妙的感情和思想，它既能用于说理，也能适于抒情。读者对新文学语言的期待，是在它的能力范围内，尽量使之趋于高深复杂，以便充分传达一切深邃精微的情思，成为新文学的得力工具。

---

[1] 周作人.国语改造的意见·周作人散文全集（第2卷）.广西师范大学出版社，2009：754.

[2] 周作人.思想革命·周作人散文全集（第2卷）.广西师范大学出版社，2009：132.

[3] 周作人.理想的国语·周作人散文全集（第4卷）.广西师范大学出版社，2009：289.

周作人在具体的文学实践中，不只是满足于人人都能看懂，但却形式粗糙、词汇贫乏、组织单一，而且不能表述复杂的情节、微妙的情思的白话语言。周作人特别反对把明清小说的半白话语言作为新文学语言的标准，明清小说中的半白话语言在中国文学史上的贡献虽然有目共睹，但是它的弊端也很明显，比如文体单一，不适合现代社会生活实际，明清小说中的半白话语言可以作为新文学语言的一种资源，不宜作为标准去推广。[①]周作人也反对国语神圣的主张，认为这样一来国语就容易变成僵化的东西，不利于语言的进一步发展。

同时，周作人也不赞同以现代民间口语作为现代文学语言的标准。他认为，现代底层社会通行的语言可以是新文学语言资源之一，人们渊源不可就此满足，应当大力加以改造，使其适应新文学的需要。长期被蔑视的俗语，未经文艺上的锤炼，缺乏细腻的表现力。"所以，社会底层的语言，正如明清小说的白话一样，是新文学语言的资料，是其分子而非全体。"

从以上梳理中我们能够发现，周作人的现代文学语言观比胡适的白话文语言观，既冷静平和，又全面深刻。

作为白话文学的提倡者，胡适一直都坚持新文学应该明白清楚地原则，显然同意梁实秋的观点。他在《编辑后记》里还特意引用明代李东阳的话以示其"公正"："作诗必使老妪听解，固不可，然必使士大夫读而不能解，亦何故耶。"并云："我们觉得，现在这种叫人看不懂的诗文的人，都只是因为表现的能力，他们根本没有叫人看得懂的本领。我们应该爱怜他们，不必责怪他们。"因为梁实秋文章中刻意掩饰自己的身份，称自己是一个教了七年书的中学国文教员，并且和胡适并不相识，所以一旦被揭穿，其结果可想而知。据卞之琳回忆："这场梁胡配合得并不够理想的双簧戏的秘密马上泄露了，轰动了北平学院派文艺界。"周作人、沈从文在同一天，即1937年6月18日，给胡适写公开信，表示不同意见，废名甚至

[①] 周作人.国语改造的意见·周作人散文全集（第2卷）.广西师范大学出版社，2009：755.

气愤地亲自找到胡适的门上,当面提出了强烈质问。①

　　胡适的白话文学语言形式上的理论显然有它的劣势或短板。首先对这种现象感到不符合新文学创作实际而提出建议者是周作人。在20世纪20年代,周作人曾两次向胡适新文学的权威提出新建议,这两次倡议都极大地促进了中国现代散文在思想艺术上的提升。而且,这苦口的"良药"、逆耳的"忠言"并无伤害他们之间的友情,反而使彼此更加尊重对方。中国新文学就在这种相互之间的肯定与否定的循环往复中不断向前发展。

　　周作人第一次提出异议主要是针对散文体裁上的单一。周作人在1921年发表的《美文》中指出:"外国文学中有一种所谓论文,其中大约可以分为两类。一类是批评的,是学术性的。是记述的,是艺术性的,又称作美文。这里边又可分出叙事与抒情,但也很多两者夹杂的。这种美文似乎在英语国家里最为发达。但在现代的国语文学里,还不曾见有这类文章,治新文学的人为什么不去试一试呢?"② 当时是1921年,因为胡适的带头提倡,也因为时之所至,各种议论性学术散文,一时间十分发达,《新青年》《新潮》《每周评论》以及《京报》《晨报》的副刊上,到处都是这样的文章。它们思想内容上的创造性和重要性自不待言。但在文章的形式上,却实在是太单一了。所以周作人才有感而发,吁请"治新文学的人"也来试写"艺术性的""叙事与抒情"的英美式的"美文"。他自己也身体力行,写出了《苦雨》《鸟声》《初恋》《苍蝇》《故乡的野菜》《北京的茶食》和《乌篷船》等名篇佳作。他一时成了最重要的小品散文的名家。到现在为止,也还有人以为他最重要的文学贡献就是这一类的小品。这些作品多作于1924年,此后,仿效者蜂起,形成了中国文坛经久不衰的"小品热"。

　　对于周作人的提倡,胡适也注意到了。"五四"后,当时文坛小品散文刚有起色,读者心中的佳作尚未出现。胡适就敏感到:"白话散文很进步

---

① 卞之琳.追忆邵洵美和一场文学小论争.新文学史料,1989(3).
② 周作人.美文·周作人散文全集(第2卷).广西师范大学出版社,2009:356.

了，长篇议论文的进步，那是显而易见的。这几年来，散文方面最可注意的发展乃是周作人等提倡的小品散文。这一类作品的成功，就可彻底打破那美文不能用白话的迷信了。"① 在胡适看来，自己倡导的谈话风美文，加上周作人在"五四"后开创的抒情叙事的散文小品，新文学的散文将要步上正确轨道。

周作人当时的"美文"主要指后一种文体，在文坛里，读者仍把胡适体的"长篇议论性"散文也囊括在广义的"美文"里。周作人自己，也不喜欢单称小品为美文，而更愿意将二者一概称为"文章"，并且不倦探索者共通的美学内涵。

30年代初，周作人在《中国新文学的源流》中再次提出自己对新文学语言的意见。这期间经过一个较为充足的文学实践以及反复酝酿的过程。他瞄准的无疑主要是胡适文章平白清浅的艺术特色，他在当时的文坛影响较大，周作人认为有必要纳入议事日程。

事实上，周作人的创作也不乏平白清浅之处，并成为其文章的一种基调。比如说，他为人称道的散文小品中常常出现那种平实、明晰、清浅、质朴，外加谦虚、亲切的佳作。他后来梳理散文艺术风格艺术时，认为散文要"简单味"与"涩味"相糅合，所谓的"简单味"其实就是平白清浅再加上某种趣味性。简单味与涩味的有机融合，闪现着人性的灵光，周作人作品平民精神与贵族精神的整合，造就其作品独特的魅力。

随着周作人不断的文学创作实践，他感觉作品不应该清一色的是"浅显"，也应拥有耐人咀嚼的特质。这种想法到1928年末在为俞平伯散文集《燕知草》作跋时，已经胸有成竹："我也看见有些纯粹口语体的文章。在受过新式中学教育的学生手里写得很是细腻流丽、觉得有造成新文体的可能，使小说戏剧有一种新发展，但是在论文——不，或者不如说小品文，不专说理叙事而以抒情分子为主的，有人称他为'絮语'过的那种散文上，我想必须有涩味与简单味，这才耐读。所以，他的文词还得变化一点，以口语为基本，再加上欧化语、古文、方言等分子，杂糅调

---

① 胡适.最近之五十年.申报（五十周年纪念刊），1923.2.

和,适宜地或吝啬地安排起来,有知识和趣味的两重统制,才可以造出雅致的俗语文来。我说雅,这只是说自然,大方的风度,并不要禁忌什么字句,或者装出乡绅的架子。"① 这种深刻、具有理论归纳性质的梳理,娓娓道来。这可以说就是周作人"谈话风"的特质。从这段文字里,何谓"简单味与涩味的调和"?何谓"知识与趣味的两重的统制"?周作人给出了明确的答复。

1932年春天,周作人《中国新文学的源流》出炉,对中国新文学白话散文艺术的把握更加精准清晰。在《中国新文学的源流》中,他客观评价"公安派"和"竟陵派":"对他们自己所作的文章,我们也可以作一句总括的批评,便是'清新流丽'。不过,公安派后来的流弊也就因此而生,所作的文章都过于空疏浮滑,清楚而不深厚。好像一个水池,污浊了当然不行,但如清得一眼能看到池底,水草和鱼类能一齐看清,也觉得没有意思。而公安派后来的毛病即在此。于是竟陵派又起而加以补救。竟陵派的代表人物是钟惺、谭元春,他们的文章很怪,里面有很多奇僻的词句,但其奇僻绝不是在模仿左马,而是任着他们的自己的意思乱作的,其中有许多很好玩,有些则很难看得懂。② 这里,周作人既热情肯定他们的优点,也不隐讳其不足。

周作人认为,明代末年的文学革新,与民国以来的"五四"文学革命,有很多相似之处。两次文学革命打出的旗帜及其发展趋势非常相似。巧合的是,许多文学作品风格也都很惊人地相似。胡适、冰心以及徐志摩的作品,很像公安派的风格——清新透明而味道稍浅。如同一只水晶球,虽然晶莹剔透,但如仔细把玩就会索然无味:"和竟陵派相似的是俞平伯和废名两人,他们的作品有时很难懂,而这难懂却正是他们的好处。同样用白话写文章,他们写出来的,却另是一样。不像透明的水晶球,

---

① 周作人.《燕知草》跋·周作人散文全集(第5卷).广西师范大学出版社,2009:518.

② 周作人.中国新文学的源流·周作人散文全集(第6卷).广西师范大学出版社,2009:71.

要看懂必须费些功夫才行。"① 这里，周作人把明末公安、竟陵派文学的艺术风格分析得很细致，把胡适文章的优点和流弊梳理得清清楚楚，而且言简意赅。

30年代以来，不少读者感觉周作人偏好晚明，并以公安竟陵为圭臬。这是需要我们说明一番的。周作人认为胡适、冰心是公安派的追随者，而俞平伯废名是竟陵派的继承者。周作人自己虽然对公安竟陵颇多嘉许，实际上并非将其推到独霸的位置。因为周作人一贯反对把某事某物推到极致，因为这对文学的正常发展有害无益。废名有一个时期的小说艰涩难读，就是"个性"发展到极致的结果。有时，周作人的作品涩味也很重，但这与废名俞平伯的风格不可混为一谈。某种程度上也可以说周作人是文体探险者，但表现形式上的极端与他无缘。他总是尽可能地使自己的文章更自然、更朴实。他的涩，主要是内容本身的思想感情决定的。周作人的作品与废名、俞平伯相比较，大气而厚重："后来公安竟陵两派文学融合起来，产生了清初张岱（宗子）诸人的作品，其中如《琅嬛文集》等，都非常奇妙。……这也可以说是两派结合后的大成绩。"

这种具有清新平淡而又超越清浅新平淡的作品，不必担心会远离广大的读者。胡适在这个问题上有自己的观点："我抱定一个宗旨，做文字必须要叫人懂得，所以我从来不怕人笑我的文字浅显。"（胡适《四十自述》）周作人则没有特意优待这一读者群。胡适的作品是一种实用的文体。称它"载道"也未尝不可。虽然他不赞成多谈"主义"，但终究还是让人懂的，是有用的。周作人则是艺术的文体，是言志派，是只给予自己处于同一层面的读者赏析的。胡适是潜意识里的教师，他在面对广大的学生而启蒙；周作人则把学生以至民众都排除在外，他只写给与自己平行的同道奇文共欣赏。

出现这种状况，与胡适、周作人的年龄、气质和性格很有关系。本来周作人与胡适一样，"五四"时期也曾经投入启蒙，并试图唤醒民众、富

---

① 周作人.中国新文学的源流·周作人散文全集（第6卷）.广西师范大学出版社，2009：71.

国强民的。不过,当时国内社会现实的黑暗让他感到了文学的苍白,民众的愚昧使他觉得心灰意冷。20年代末,他的文学观念逐渐发生了变化。经过观察他认为,在中国,人与人之间的内心实在难以沟通,他认为文章不应随大众领袖而起舞,因为文学表达的感情本来就是个性的,是内在而难以精确把握的:"我们回想自己最深密的经验,如恋爱和死生之至欢极悲,自己以外只有天知道,可曾能够于金石竹帛上留下一丝痕迹,即使呻吟作苦,勉强写下一联半节,也只是普通的哀词和定情诗之流,哪里道得出一分苦甘?"既然如此,不如顺其自然,让能够会心、愿打愿挨的读者疑义相与析:"文章的理想境界我想应该是禅,是个不立文字,以心传心的境界,有如世尊拈花,迦叶微笑,或者一声'且道',如棒敲头,夯地一下顿然明了,才是正理,此外都不是正路。"[①] 周作人不打算用文学去迎合大众,在孤独寂寞里获得一种相互的慰藉。

胡适、周作人是中国新文学散文中的两员大将。据说,胡适晚年到处搜罗周作人的集子,且对友人诉说,我们这代人中,文章真正耐读的,还就是周作人了。

总的说来,胡适的文体是"实用的",同时也是"学问的"。周作人的文体是"艺术的",同时也是"学问的"和"思想的"。他们之间还有着交叉,知堂和胡适也有"战斗的"作品,甚至还不少。

如果说,胡适的散文是为广义的读者而写,周作人的文章是为自己的同道而作。作为谈话风的散文,他们的风格都与自己的谈话对象直接相关。

总之,胡适与周作人所倡导的构建以现代白话为核心的语言体系是在新文化运动大潮的推动下,在西方近代启蒙精神的映照下,在中国文化的转型期进行了一场与中国传统的话语形式彻底决裂的现代语言运动,他们两个关于文学语言形式的主张,可以互相补充,相辅相成。由于胡适在中国文学史、学术史、思想史上的地位和影响,他对周作人文学的传播接受对于周作人在中国文学史上的定位的影响不是一般人可以企及的。

---

① 周作人.志摩纪念·周作人散文全集(第5卷).广西师范大学出版社,2009:815.

第六章
其他读者对周作人的传播接受

一、沈启无对周作人的传播接受

沈启无,原名沈鍚,字伯龙。1902年2月,出生于江苏淮阴。读本科期间,自己改名沈杨,字启无。祖籍浙江吴兴,后在淮阴落户。1923年至1925年初,他在南京金陵大学读两年预科。1925年初,转学北京燕京大学国文系。那时沈启无得以读到周作人的作品,由于喜欢周作人的作品,也非常崇拜周作人。1925年前后,他有机会结识了周作人,此后与周作人的关系逐渐升温。

1922年,周作人在燕京大学讲授课程"新文学"时,对现代散文与晚明散文的渊源关系就有所体察。他在1926年给俞平伯的信中认为:"我常说现今的散文小品并非'五四'以后的新出产品,实在是'古已有之',不过现在重新发达起来罢了。由板桥东心溯而上之这班明朝文人再上连东坡山谷等,似可编出一本文选,也即为散文小品的源流材料,此件事似大可以做,于教课者亦有便利。"[①] 可以说,这是编选《近代散文抄》最早的

---

① 周作人.与俞平伯书通·周作人散文全集(第4卷).广西师范大学出版社,2009:622.

动机。大概是沈启无结识周作人不久就听从周作人的建议，在1929年开始编选晚明小品选，于1930年初把《近代散文抄》（原名《冰雪小品》）编好，曾经送给一个书店，交涉的结果是被退回。据沈启无自己讲："近来又和知堂老人谈起此事，老人曰，还是把这个弄出来有意思，好留大家方便。"①恰巧北京人文书店要刊印此书，经友人介绍成功签约出版。该书前面安排周作人的序言两篇，这是为《冰雪小品》与《近代散文抄》两个不同时段的版本所作的序言，书后附有俞平伯所写的跋。

周作人在《冰雪小品》原序中指出小品文的意义及其形成的氛围："小品文是文学发达的极致，它的兴盛必须在王纲解纽的时代。"②在《近代散文抄》序中周作人充分肯定这部选集的作用：其一，中国正统的学者谈到中国文学批评或文学史，对于明末的公安竟陵两派文章一向采取忽视或谩骂的姿态。偶尔涉及，也总认为是文学上的旁门左道，是不登大雅之堂的。中国文学演变的轨迹好像是明代七子之后便由归有光转交桐城派似的。其二，中国古文汗牛充栋，但披沙拣金，要挑选多少真正好的文章，却是极难的事。正统派论文高则秦汉，低则唐宋，滔滔者天下皆是。却很少选录晚明的近代小品文，况且这又是韩退之以来的唐宋文中不易找出的好文章。"在近两三年内启无利用北平各图书馆和私家所藏名人文集，精密选择，录成两卷，各家精华悉萃于此，不但便于阅读，而且使难得的古籍，久湮的妙文，有一部分通行于世，寒畯亦得有共赏的机会，其功德岂浅鲜哉。"③

北京人文书店还同时出版了周作人在1932年春天3、4月间在辅仁大学的演讲录《中国新文学的源流》，为了增加它们的整体性，扩大其相互间的影响，《近代散文抄》上、下两册书后都附有一张《中国新文学的源

---

① 沈启无.《近代散文抄》后记一·苦雨斋文丛（沈启无卷）.辽宁人民出版社，2009：94.

② 周作人.《近代散文抄》序·苦雨斋文丛（沈启无卷）.辽宁人民出版社，2009：247.

③ 周作人.《近代散文抄》新序·苦雨斋文丛（沈启无卷）.辽宁人民出版社，2009：249-250.

流》的发行预告；周作人小册子后面放置《沈启无选辑近代散文抄目录》；编者别具匠心安排的一个附言挑明此举意旨："周先生讲演集，提示吾人以精澈之理论，而沈先生《散文抄》，则供给吾人可贵之材料，不可不兼读也。因附录沈书篇目于此。"如此一来，有理论，有作品，师徒数人密切配合，加之林语堂的呼应，掀起一个颇具声势的言志派文学潮流。

《近代散文抄》的出版为沈启无在20世纪30年代的文坛赢得了声誉。上海杂志公司隆重推出的晚明系列丛书袁宗道《白书斋类集》、张岱《陶庵梦忆》均为沈启无题签。此后，《人间世》《骆驼草》《世界日报》副刊"明珠"、《水星》和《文饭小品》开始发表他的散文小品和诗歌。

1937年7月，北平沦陷，沈启无听从周作人的建议留下未走。从1939年到1943年，他在伪北京大学文学院中文系做系主任。在北大中文系，他讲授以下课程:《古今诗选》《大学国文》《六朝文》《小说史》《中国近百年文艺思潮》。其中《大学国文》1942年11月由新民印书馆作为大学教材出版。《大学国文》分上、下两册。选文在内容上包括风土民俗、近古笔记小说，山水记游、古人日记、书信尺牍、序跋题记、传记墓志、读书札记、楚辞小赋等等共十组。全书包括六朝作家十八人，晚明作家十一人。书中的现代部分仅仅收录周作人、冯文炳、俞平伯三人的作品。书中周作人的作品编入十五篇，在全书分量上仅次于明末作家张岱的二十篇。可以说，《大学国文》对于一般读者是一部难得的中国文学选本，不仅具有较强的可读性而且视角独特，所选内容新鲜有味，给读者耳目一新之感，正反映出周作人一派论文理念的一贯标准。

沈启无在20世纪30年代中期、40年代初期发表的散文与周作人、沈从文等多产作家相比不算是很多。记有《帝京景物略·闲步庵随笔》《闲步庵随笔·媚幽阁文娱》《无意庵谈文·山水小记》《记王谑庵》《闲步偶记》《刻印小记》《我与古文》《谈古文》《再谈古文》《南来随笔》《大学国文·序》《六朝文章》《关于诗的通信》等等。从所选文章内容和风格来看，大都是模仿周作人作品风格的读书心得式的散文小品。沈启无作品语言平实自然、古朴简练。主题思想是肯定晚明小品，赞赏六朝文章。下面我们就沈启无的几篇典型文章进行评析。

例如沈启无在《媚幽阁文娱》一文里有这样一段话："生平有一种爱好，即是喜读闲书。所谓闲书者，大抵属于古文品外，不列于正宗派一类之书籍是也。尤其对于六朝和明季人的作品觉得更是亲切有味，偶有所遇便自不胜低徊向往之情，真是口说不出。"[①] 这即是周作人的爱好，也有周作人行文的语气，与周作人的文章已经达到可以乱真的地步。

20年代末周作人开始大力倡导"言志文学"，反对文以载道。他挖掘载道派的祖师爷韩愈，30年代先后有《中国新文学的源流》《关于家训》《谈韩文》《春在堂杂文》等文章发表。如周作人在《谈儒家》中认为：

世间称韩退之文起八代之衰，人云亦云的不知说了多少年，很少有人怀疑，这是绝可怪的事。谢枚如是林琴南之师，却能跳出八家的圈子，这里批评韩文的纰缪犹有识力，殊不易得。八代之衰的问题我也不大清楚，但只觉得韩退之留赠后人有两种恶影响，流泽孔长，至今未艾。简单地说，可以云一是道，一是文。本来道即是一条路，如殊途而同归，不妨各道其道，则道之为物原无什么不好。韩退之的道乃是有统的，他自己辟佛却中了衣钵的迷，以为吾家周公三吐哺的那只铁腕在周朝转了两个手之后一下子就掉落在他的手里，他就成了正宗的教长，努力于统制思想，其为后世在朝以及在野的法西斯派所喜欢者正以此故，我们翻过来就可以知道这是如何有害于思想的自由发展的了。但是我们现在所要谈的还是在文这一方面。韩退之的文算是八家中顶呱呱叫的，但是他到底如何好法呢？文中的思想属于道这问题里，今且不管，只谈他的文章，即以上述《送孟东野序》为例。这并不是一篇没有名的古文，大约《古文观止》等书里一定是有的，只可惜我这里一时无可查考。可是，如洪谢二君所说，头一句脍炙人口的"大凡物不得其平则鸣"，与上下文对照便说不通，前后意思都相冲突，殊欠妥帖。金圣叹批《才子必读书》在卷十一也收此文，批曰，只用一"鸣"字，跳跃到底，如龙之变化，屈伸于天。圣叹的批是好意，我却在

[①] 沈启无.闲步庵随笔·媚幽阁文娱·苦雨斋文丛（沈启无卷）.辽宁人民出版社，2009：99.

同一地方看出其极不行处，盖即此是文字的游戏，如说急口令似的，如唱戏似的，只图声调好听，全不管意思说的如何，古文与八股这里正相通，因此为世人所喜爱，亦即其最不堪的地方也。①

沈启无在同一年的《谈古文》一文里论及韩愈和六朝文章时说过这样一段话：

提到古文，我就想说韩愈，中国人不能了解六朝文章，韩愈这个人最有关系。苏东坡恭维他"文起八代之衰，道济天下之溺"，这两句话恐怕简直不成话，不过这里我觉得有意思的是将文与道并谈。实在我想韩愈的价值并不在其文章，还是因为他的卫道，至于他提倡古文不过作为载道的工具罢了。我们未尝不可以这样说，因为他是载道的，所以才特地提倡这种古文，我们平心而论，不持偏见，拿韩愈的文章和上下一比，不但他不及六朝人的华瞻，甚而也不及明朝人的涩丽，六朝文章是有性情辞藻的，所谓文生情情生文的这种写法，于载道派的古文是不相宜的，于是而"八代之衰"，一笔抹杀，六朝文章的好处，真正是沉冤莫白也。

沈启无时常感到困惑，按道理说，唐代中期韩愈发动领导的那场古文运动，看其当时的声势，本来应该势如破竹，水到渠成，因为那是一次有组织的有目的的运动。不过其结局却令人失望，韩愈之辈仿佛自我束缚，没有产生什么新的有价值的东西来。

另外六朝人那种乱写的，没有目的的一路散文，倒确乎有他的内容与生命哩。实际这个纳闷也很简单，原来唐宋八家及桐城派这个系统之下的古文运动，并非文学本身上的问题，他是另外的一个运动，和文学可谓隔教，顶多也不过造成一个死的文体而已。我们还应该在文学以外去寻他的

---

① 周作人.谈韩文·周作人散文全集（第7卷）.广西师范大学出版社，2009：391-392.

价值才是。①

吾友废名居士爱好六朝文，见面也喜谈六朝文。他说在我们现代的新散文里应该会有六朝文的命脉存在，此言令我心折，我平常批改学生作文，大抵总劝他们最好不要染上古文的圈套，多看看六朝一类的文章，自然会有好处。自信这个意思很公平，并无流弊，不过，这话只限于写作方面而言，如果要研究散文的源流，用了文学史的看法，从韩愈到桐城派这个系统也颇重要的。但论个人兴趣，我自己却是非常喜爱那种古文以外一路的散文作品了。

从这两篇文章来看，沈启无与周作人《中国新文学的源流》里的观点基本相同，批评韩愈的文以载道、言之无物；赞扬六朝文章的人性化、个性化。

另外，沈启无为了证明自己确实不喜欢韩愈的文章，他还现身说法，说明其思想发展的渐进过程：

我受毒最深的是学做韩愈一派的古文，从进小学到中学毕业一直到大学的前两年，差不多我的精力都用在这上面，真是奉守一先生之言以为程式，仿佛除韩退之一派以外天下直无文章似的，其思想痼弊可知。后来有一个时期，忽然我觉悟这不对，古文不过是一种形式，一种腔调，要学他，只能随他这种腔调形式写下去，不能任意自己的笔性写文章，我恍然古文之汩没性灵与八股文是一鼻孔里出气，从此以后我乃不做古文了。我很羡慕有些弄外国文学的朋友，他们根本就没有走上这一条道路，得尽量发展自己个性，回转头再来吸收中国传统的自由，所写文章自然有内容有生气，没有古文那种臭味，即是幼稚，疵病，都没有关系，并不妨害其为有生命的东西。我平常暗怀一种喜悦，觉得在他们手下，中国文章将会有很好的成绩出现也。……窃以为要了解中国文章，还应该虚心读明朝的，六朝的，六朝以前人的作品，这是一个源流下来的，这里才有生香真色，

---

① 沈启无.谈古文·苦雨斋文丛（沈启无卷）.辽宁人民出版社，2009：128.

我们的新文学才确乎能够接得上去，八家桐城的古文恕不能承教，最好以不去染指为佳。

这段话说明沈启无批韩是真心实意，而且对废名的文学之路概括得也很准确到位，语句质朴流丽。

沈启无在《再谈古文》中，继续批评古文的空疏无用：

金圣叹先生想要弟子作得好文字，于是批过一部古文，叫做天下才子必读书，盖希望读这书的人必为才子也。此书寒斋也有一部，十五卷，连补遗一卷十六卷，从左传选到唐宋八家为止，计共有文三百五十多篇，我翻阅一过，觉得金圣叹先生在这部书里没有什么新义可以发挥，远不如他批水浒西厢批得好了。教弟子作文，我的意思正当与金圣叹先生相反，决乎不可由古文入手。如从桐城派上溯八家这样学下去，将会发生两种恶劣的现象，一好为空疏不切的议论，另一就是腐词滥调，总之只能在腔调形式上用功，说来说去题目上逗闷子。我曾说过，古文和八股同样是汩没性灵的东西，教弟子向这条路上去，殆无疑笼中养鸟。不过我这里所说古文，应该略有分别，即是从韩愈划一界限，韩愈以前的如左国庄史，原本都是好文章，他们的写法与我们现在的人可谓初无二致，也是有什么意思写什么文章，文与质总是表里相应的，到了韩愈手里，古文乃成功另外一种东西。他提出一个道统，实际他又抓不住这道是怎么回事，不过强孔孟以就自己的范围，开后来学这的风气。文既拿载道做口号，而道终于不可见，又不能在日用生活人情物理上实地体验，结果这种文只好空做题目，变成纸上文章，背后缺少真意，再一辗转到了桐城派手里，更利用这一点与八股打通，于是功令文里面有了古文作手，而古文乃愈趋愈薄，世上学古文的，但流行空论与滥调两种，这也是必然的一条路，没有办法，所谓命定的结局也。

不过给人的印象没有什么新东西，而且都是空对空的理论，不像周作人，一般是围绕古代的某个人的某一篇具体文章有感而发。而且与周作人30年代对古文的态度，已经不是一种视角，既看到古文中不适应现代生活的一面，也指出古文所承载的中国传统文化的精华，和继续能够为我所用的有生命力的东西。而沈启无对于古文基本上是持全面否定的态度。

沈启无的《山水小记》一文，把柳宗元的山水游记与郦道元的《水经注》进行比较分析：

> 世人一向恭维柳柳州，以为他的山水小记可以与郦道元的水经注相比，我看这个似乎比他不上。水经注记载水道，原属于地理之书，意本不在文章，然所遇山川景物却写得一往藻丽，随时随地给你一种颜色之感，而处处正亦见出作者的性情。柳州小记有些地方是在模仿水经注，不过写作态度与郦不同，他把游记当作古文一体来写，因此也就受到体裁的限制，总是在章法腔调上用功作态，文字的色泽音色间架虽然事事现成，却正是俗，令人感觉单调，空气凝滞，失去那种自然流露的趣味，这可以说是八家共同的习气，不止于这一类文章是如此也。我看柳州永州山水诸记只有小石潭袁家渴一两篇洁劲可观，其余则皆免除不了这种习气，在游记文章里面还不能算是上乘作品。①

然后得出结论：

我平常怀有一个意思，觉得我们现在写散文，对于过去有两种途径应该避免再走，第一即是八家系统的古文，第二是道学家的束缚思想，二者之中无论有了哪一种，散文前途必有很大的障碍。旧体诗解放为新诗，新诗即是自由诗，同样，散文也从旧的文体解放为新散文，这个解放正是内容与形式并进，在文学进程上殆是必然的发展。这里所谓自由，也正是中国传统的自由，更无须到任何外国去找根据。我们可以利用六朝的手法写新散文，我们也可以利用外国文学上的美丽词句，还有那些中国过去旧诗词在新诗里面不能容纳的，反而在我们新散文里面都有他的发展地位，这真是一件很有意味的事，中国新散文，将无疑的有一树好花朵，这并非我

---

① 沈启无.无意庵谈文·山水小记·苦雨斋文丛（沈启无卷）.辽宁人民出版社，2009：134.

冲淡平和中的苦涩与优雅 | 145

的梦想，有志之士自然会来摇动彩笔的。

文章简劲朴实，不失为一篇好文章。

他在《中国文学的特质》中，对中国文学的整体把握颇能自圆其说：

人类经过多少次的天演进化，才知道自己和自己以外的人的关系，所以说仁者人也。儒家把这种地方看得非常重大，所以曾子说："士不可以不弘毅，任重而道远，仁以为己任，不亦重乎，死而后已，不亦远乎。"儒家的精义，无非就是怎样扩充这个仁，怎样推广这个仁，于是伦常、忠恕、中庸、修身齐家平治天下种种说法，全都是为的这个做人之道而已。所以儒家的思想是最亲切实用不过的，是最通俗广泛不过的了。中国的国民思想，几乎人人是儒家的，虽说有浅深厚薄程度上的不同，反正其为儒家思想，大抵是一致的。

沈启无在上面先说明儒家思想的特质，为的是要来说明中国文学的特质。西洋人把文艺划分为人生的与为艺术的两种，中国近代谈文艺的也往往采取这种说法。其实中国思想是以儒家思想做本位，则中国一切艺术，大体说起来，即是人生的艺术，中国文学亦即是人生的文学。为人生的与为艺术的，在中国不必截然有什么分野，虽然中国文学有的时候似乎是近于为艺术的一路，然而要从实际上看，还是人生的一种调和。我认为这种调和最可贵，最能见出中国文艺的广大弘通。

中国最初不把文艺看成独立的东西，文即寓于人生之中，文的表现也就是人的表现，古人论文必先论人，文要同质一起讲，"文质彬彬然后君子"，文又要同行一起讲，"行有余力则以学文"，所谓质、行，岂非就是着重一个人的品德与事功方面说的吗？所以凡是中国文艺上伟大真挚的作品，往往先是给你一个人的了解，文艺本身上的价值还在第二步。这种立身行道文章学问合一的态度，差不多在汉以前人都是如此。汉以后的时代思想，如道教佛教以至于近代科学文明，对于儒家思潮虽然经过种种的复杂变迁，实际仍调和于儒家，这个，我在前面即已提到了。其在文艺上的调和，亦复如此。六朝人把立身行道和文章分开来看，表面上好像是文学独立的了，实际上这也是一种巧妙的调和。六朝人喜欢写得闲适的，绮丽的文章，正是一种时代反映，因为在现实生活里不能得到满足，于是才在自然界的景物里，在人世间的声色里，从艺术上求得安慰。这种情形，越发在纷乱的时代越表现得明显。大概，人生的途径，如得不到正常的发展，不流于悲观，则流于放纵，有的人高蹈隐逸，有的人极端享乐。普遍认为这是儒家思想的崩溃，是另外思想的抬头，我个人的看法，以为这都是儒家思想不能正常发展，才会生出这些种种流弊。……有人说这是道家思想或是佛教思想的原因，我以为儒家经世，佛家慈悲，道家养性全真，根本上并没有多大的差异，只是作用不同，不过中国思想在侧重人生这一意义上，儒家热心时事的精神，要算最合乎人情物理的了。因此，我认为在中国，固有的道家思想，与外来的佛教思想，一样融化在儒家之下。简言之，他们都还是人间性的，并非一般所谓之逃世主义。中国人之所以缺乏超世的宗教情感，这便是一个绝大原因。因而在中国文艺上，殆没有真正的隐逸诗人，中国文学的命脉，总离不开人间，犹之乎中国向来所谓隐逸高蹈之士，皆是皮相生活，骨子里还是带着政治社会性的。中国一直就缺少像西洋那种写纯美文艺的厌世派诗人，一直就把文学放在人生里面，使得文学与实际生活不取隔离的态度，就在现世的情感以内求其解放。西儒蔼里斯有云，说"艺术是情绪的操练"，我想，在我们中国儒家思想与文学发展的途径上，对于这句话很可以得到一个弘通的解悟。我平常喜欢六朝文学，也喜欢讲六朝文学，就是因为六朝文学在这种地方，发挥灿烂伟大，不幸它被后世人误解的地方也最多。六朝以后，儒家思想变成狭义的道德观念，同时文学又走上了狭小的职业化。所谓文以载道，并没有什么道可载，诗以言志，也没有什么志可言儒者对于修齐治平四道功夫，顶多只做到第一步，有的连这第一步工夫也未必肯做，因为行有余力这个行字，渐渐地不大为人注意了。[1]

---

[1] 沈启无.中国文学的特质——三十一年五月十八日华北广播协会举办学术演讲第一次讲稿·苦雨斋文丛（沈启无卷）.辽宁人民出版社，2009：137-139.

沈启无在这篇文章中对中国当时文坛现状的勾勒，以及根据周作人的文学经历提出今后人们应该努力的方向：

中国过去的读书人，未曾钻在文学樊笼里，文学乃能随他们的大我而光大，我们今日的文学，自有文学的领域，结果我们仿佛仍跳不出这个圈套，除了文学，以外似无所知，仅仅乎不过成为一个自了汉，这实在不能不算是损失。我这种意思，却和以前的老说法，什么通经致用这一派科学头脑，或近来的新说法，什么文学必须负有某种使命，并不一样。我觉得中国读书人缺少担当事业的精神是真的，如果担当事业的人而能具有艺术的心境，则尤为可贵了。我们今后对于中国文学上的努力，须从文学以外认识各方面，要把文学范围扩大，要从我们固有的思想，人文主义上，发挥我们大我的精神，这种文学，才是我们全国民的艺术享受，这也就是我要说的一种广大弘通的调和，也就是中国文学的特质所在，希望大家共同勉励。

总之，沈启无对周作人文学的思想内容有准确的理解，在文体、语言方面均有深刻的领悟。唐弢在40年代发表过这样的看法：沈启无"在（周作人）门下执弟子礼，毕恭毕敬，亦步亦趋，不但文风字体，依样葫芦，连吃饭走路，也都是一副乃师的派头。"[1]

沈启无对周作人文学的传播接收到此算是已经具有很好的成绩，如果他能够不满足于此，继续丰富自己、充实自己，超越自己、超越老师，那么沈启无的文学生命就不会那么短促了。

1944年3月15日，周作人经过查证，认为沈启无在日本人面前出卖了自己，于是在报纸上刊登"破门"声明："沈杨即沈启无，系鄙人旧日受业弟子，相从有年。近来言动不逊，肆行攻击，应即声明破门，断绝一切公私关系，详细事情如有必要再行发表。"[2]把沈启无逐出师门。接着连

---

[1] 唐弢.识小录·唐弢杂文集.北京三联书店，1984：288.
[2] 周作人.破门声明载.中华日报，1944-3-23；周作人散文全集（第9卷）.广西师范大学出版社，2009：138.

续发表数篇文章对沈启无进行清算。在《关于老作家》一文中，周作人谴责沈启无无情无义："沈杨本来也只是我三十年来滥竽教书，在我教室里坐过的数千学生中之一而已，为什么称作小徒的呢？我自己知道所有的单是我的常识与杂学，别无专门，因此可以作文，却不宜于教书，我曾教过希腊罗马欧洲文学史，日本江户文学，中国六朝散文，佛典文学，明清文，我讲了学生听了之后便各自走散，我固无所授，人家也无所受，但以此因缘后来也有渐渐来往的，成为朋友关系，不能再说是师徒了。沈杨则可以说是例外。他所弄的国文学一直没有出于我的圈子之外，有如木工教徒弟，学了些粗家居的制造法，假如他自己发展去造房屋，或改作小器作，那么可以说是分了行，彼此平等相待，否则还在用了师父的手法与家伙做那些粗活，当然只好仍认为老木工的徒弟。依照日本学界的惯例，不假作谦虚地说一句话，我乃是沈杨的恩师。别的可以不必多说，总之这回我遇见沈杨对于他的恩师如此举动，不免有点少见多怪，但是事实已如此，没有什么办法，只好不敢再认为门徒罢了。"①

周作人对沈启无冷嘲热讽，痛加挞伐之后言犹未尽："世间传说我有四大弟子，此话绝对不确。俞平伯江绍原废名诸君虽然曾经听过我的讲义，至今也仍对我很是客气，但是在我只认作他们是朋友，说是后辈的朋友亦无不可，却不是弟子，因为各位的学问自有成就，我别无什么贡献，怎能以师自居。唯独沈杨，他只继承了我的贫弱的文学意见的一部分，以及若干讲义，一直没有什么改变，这样所以非称为徒弟不可，而且破门也可以应用，至于我的思想还是我自己的，不曾传给什么人。"②周作人还绕过北大文学院，勒令停发沈启无的工资，使得沈启无不能在北京立足。

沈启无对周作人的传播接受可以说仅仅局限于表面层次上。因为他的文学作品不论在内容还是文风方面都太像周作人了，没有迈出超越性的一步。沈启无的致命伤是缺乏自己的东西，缺乏立足社会、卓然傲人的拿手

---

① 周作人.关于老作家.中华日报，1944-3-12；冯英、赵丽霞编.苦雨斋文丛（沈启无卷）.辽宁人民出版社，2009：276-277.

② 周作人.文坛之分化·苦雨斋文丛（沈启无卷）.辽宁人民出版社，2009：280.

绝活。与沈从文、废名相比，沈启无没有开辟并努力耕耘"自己的园地"。他尚处于模仿阶段，没有实现对自己、对周作人的超越。他在1943年的系列作为，表明他尚不太了解自己，高估了自己的地位和实际能力，低估了师傅周作人在现代文坛的地位以及当时所拥有的巨大能量。因此，在与周作人摊牌后立即败下阵来就是很正常的事情。这也是我们在梳理周作人传播接受时应该记取的深刻教训。

二、京派文学的当代传人——张中行对周作人的传播接受

张中行1925年秋天入读通州师范后，开始阅读周氏兄弟的作品，尤其喜爱周作人的散文小品，从此以后与周作人及其作品结下了不解之缘。下面拟从三个方面论述分析张中行对周作人其人其文的接受。

张中行是周作人的忠实"粉丝"

1931年秋张中行考入北京大学中文系读书，他于是得以选修周作人主讲的魏晋南北朝散文。周作人"五四"以来在散文创作、翻译和文学理论方面的建树使他成为30年代京派文人的精神领袖。在北京大学的四年读书生涯里，作为小字辈，张中行对周作人其人其文只有景仰羡慕的份儿。据张中行回忆，1938年秋冬之际，当时北平人纷纷传说周作人将要出任伪职时，张中行先是不相信会有此事，却抵不过一而再、再而三的传言，为防万一，表示一下自己的小忧虑和大希望，就给周作人写了一封信。"记得信里说了这样的意思，是别人可，他决不可，何以不可，没有明说，心里想的是，那将是士林理想的破灭，他没有回信。"[①] 这次规劝，虽未如愿，却表现了张中行对老师名誉的爱护。

1942年春，张中行失业，忽然想到周作人在北京大学文学院当院长，张中行就向周作人要求找个适合自己的职位，周作人经过考虑让他在国文系任助教。这个"助教"对于张中行来讲，犹如及时雨。因为助教像是薄

[①] 陈子善编.闲话周作人.浙江文艺出版社，1996：152.

待而实际是厚待，因助教当时是专任，有课没课都拿一个定数，如果换为讲师，就只能拿钟点费，一周即使多到四课时或六课时对于处于困顿中的张中行来讲也不能解燃眉之急。

对周作人为文为人的喜爱，使张中行成为周作人的忠实"粉丝"，周作人的著作凡是出版过的，由早年的《侠女奴》《玉虫缘》到当代出版的《知堂杂诗抄》《知堂集外文》，他差不多都有。这些著作来路有三条：绝大部分是在书店购买的，少数绝版的，如《侠女奴》《玉虫缘》等是从旧书摊搜寻来的。还有一部分，如《苦口甘口》《立春以前》等是作者送的。更难能可贵的是，"文革"中，为了自保，张中行的不少藏书烧的烧，卖的卖，扔的扔了，唯独周作人的书保存完好。主要原因当然是主人认为这些书应该保留，张中行急中生智，用厚纸把书包作两大包，每包上插一卡片，写上："1966年8月某日封存，待上交，供批判用。"就这样，自己喜爱的书保存下来了。

还有手泽，就是周作人的手迹和遗物。周作人在"文革"以前给张中行写的信都烧掉了，其他手迹如用日文写的日本俳句两页，《侠女奴》《玉虫缘》扉页上的题词也烧掉了。包括一些印件，如《先母事略》和《破门声明》也烧掉了。张中行晚年提及此事仍感慨系之："人，甚至包括诸友情，为了活命，是什么都可以慷慨舍去的。"[1] 以上所列是毁掉的，还有漏网之鱼，保存下来的。其中，有手写的，如陶渊明《杂诗十二首》之二"白日沦西河"立幅、小型斗方一对、扇面等。有手赠的，时间晚，如砖石拓片多张，包括周作人文中提到的鲁灵光殿陛石刻和北魏延昌元年孙氏买地券、俞曲园书联、沈尹默书立幅等。还有一件，时间最晚，是周作人给张中行去信问要不要，要就去取，张中行特意去取来的。这是寿石工刻的一方长方形石章，文字是杜牧句"忍过事堪喜"。这是周作人1964年，是年80岁，收拾所谓"长物"时分赠也喜欢长物的故旧，及身散之。无论如何，能够及时安排后事，从容不迫，总是好的。张中行晚年翻看这些手泽，如永明三年砖拓片，上有二印，小的为"启明所拓"，大的为"江

---

[1] 陈子善编.闲话周作人.浙江文艺出版社，1996：154.

南水师出身",想到人生坎坷,逝者流年,不禁想到他及身散时的心情,连自己也不免有不堪回首的幻灭之感。

张中行对周作人的总体评价有两点:

其一是一团和气的温厚。以温厚的态度待人,从不大声说话,是北大旧人共有的印象。张中行把形成这种性格的原因归结为天性外加学识的厚重。

其二是学而思,思而学,有所思就写。张中行认为,在自己熟悉的前辈里,读书的数量之多,内容之杂,周作人恐怕要排在第一位。周作人喜欢涉览笔记,中国古代的笔记他几乎都看过,且绝大多数是偏僻罕为人知的。不光数量大,而且还很杂,杂到不只古今,还有中外。周作人通日语、英语和希腊语。张中行认为周作人对日文典籍的熟悉不下于中文典籍。英语方面,周作人文中经常提到的英国人类学家蔼理斯,他存有蔼理斯的书籍26册。周作人也读佛书,还喜欢读一些正统儒生不大注意的书,如《齐民要术》《天工开物》《南方草木状》《燕京岁时记》以及谣谚、笑话之类。这样无所不读,人生时间精力有限,没有困难吗?周作人克服困难的办法和本领是:勤奋、善记。周作人一生著译几十种,上千万字,就是这么日积月累写出来的。

新中国成立后,自由主义知识分子的言说空间被彻底排除。二十世纪五六十年代的历次运动,知识分子尤其是自由主义知识分子成为被改造、被批判的对象。挨过整、受过批的张中行,直至二十世纪八十年代初期,一言一行仍是如临深渊、如履薄冰。加上周作人三四十年代担任伪职的经历,以致80年代前期张中行的《负暄琐话》初稿里,回忆旧北大文人,有意回避了周作人。只是被编辑提醒点拨,作者才把周作人加进去。大约1987年,陈子善要出版一本《闲话周作人》的书,作为健在的周作人的故旧,张中行是当然的约稿对象,此时张还是迟疑不决,徘徊于对周作人做人作文难以明断的纠结中。1997年张中行出版自传《流年碎影》时,才一扫过去的小心谨慎,放胆言说周作人的是是非非。而这也显示出中国自由主义知识分子在新中国成立后政治高压下的共同心态。

张中行对周作人散文成就的分析

阅读新文学作品,自然躲不过周氏兄弟,鲁迅是长枪短剑,周作人则细雨和风,张中行两者都喜欢,但更喜欢周作人散文的重情理、有见识、行云流水、冲淡平实的风格。

文学思想方面,周作人是个人主义的人间本位主义,崇尚生命意识、人本意识和自由意识,提倡健全的人生。他"嘉孺子而哀妇人",反对用各种名义扶强欺弱。因此,周作人喜谈妇女问题,憎恨大男子主义。反对祖先崇拜,引导人们向前看。此外,周作人还重视知识的学习运用,用知识了解人生、关照人生。这样的人生,不应该是狂热的,如宗教;不应该是造作的,如道学。总之,要率性兼调节,以求适中。这是周作人的思想或者说理想,而且周作人做人作文都是以这个为原则的。

人们一般把周作人当做翻译家、散文家、文学理论家,而较少谈及他在诗歌方面的成绩。的确,和散文相比,周作人的诗作不多,却是独具特色。他"五四"时期写新诗,三四十年代后写旧诗。张中行对周作人的旧诗偏爱有加,因为"五四"前后他只是为新文学呐喊才应时写了一些新诗。此后,周作人就放弃了新诗。张中行感觉周作人收录在《知堂杂诗抄》(岳麓书社,1987年版)中的诗作不论意境还是文辞都与传统的诗歌不同,最明显的是语言浅显而意义朴实。古人常写的,他不写;他写的,古人很少写。"我有一种愚见,很自由的言论是没有什么意思的,于不自由中说得几分自由的话这才有点兴味。"[①] 张中行的体会,是周作人没有或不喜欢风花雪月的感情和驰骋才华的做法。除了几首集句外,周作人不写词也是明证,因为词要浅斟低唱,就不能不软绵绵的。张中行说:"我读他的诗次数不少,每次读都感到有很浓的不同于传统旧诗的气味。这气味是怎么来的?勉强说是由下面的一些特点来:朴拙,率直,恳挚,平和;仍是乐生,但同时又用冷眼看;也写梦境,但

[①] 周作人.愚见·周作人散文全集(第5卷).广西师范大学出版社,2009:223.

又不离泥土；也注意诗情诗意，但总是躲开士大夫的轻狂惆怅和征夫怨女的热泪柔情。"[①] 可以说，张中行是非常准确地把握了周作人诗歌的特质的。

当然，作为周作人作品的忠实读者，对周作人散文成就的分析总结应是张中行的拿手好戏。一生所写散文共有几十本，周作人自己一再说，不懂诗，散文则略有所知。张中行认为，"略"是自谦，"知"是自负。自负的知，分量不轻；知还要变为行，成文，分量也不轻。两者相加或相合，成为大块头，想要以一纲而统众目就难了。张中行认为："我由上中学读新文学作品起，其后若干年，常听人说，自己也承认，现代散文最上乘的是周氏弟兄，一刚劲，一冲淡，平分了天下。这不是吹捧，有一微末的事可以为证，是不管不署名还是署生僻的笔名，熟悉的人看三行两行就可以断定：这是鲁迅，这是周作人。这情况，轻一些说是他们有了自己的风格，重一些说就是别人办不了。"这里，张中行说是"周氏弟兄"而不是"周氏兄弟"，其主次轻重是很明白的。

张中行把周作人的散文视为上品。首先，他认为与文本内容有很大关系。这就是周作人作品中表现出的生命意识，人本意识和自由意识。其次，张中行觉得，一些值得注意的微妙之处，差不多都是可以归诸表达的。实际上，周作人散文就表达上的主张来说，就是用平实自然的语言把合乎物理人情的意思表现出来。这话说起来简单，其实不然。周作人就用这个尺度，不只反对八股，还把被苏东坡誉为"文起八代之衰"、一千多年来无数文人口颂笔追的唐代散文大师韩愈猛烈批评了一番："虽然韩愈号称文起八代之衰，六朝的骈体文也的确被他打到了，但他的文章，即使最有名的《盘谷序》，据我看来，实在作得不好，仅有的几篇好的是在他忘记了载道的时候偶尔写出来的，当然不是他的代表作品。"[②]"我对于韩退之整个的觉得不喜欢，器识文章都无可取……讲到韩文我压根不能懂得他

---

① 陈子善编.闲话周作人.浙江文艺出版社，1996：159.
② 周作人.中国新文学的源流·周作人散文全集（第6卷）.广西师范大学出版社，2009：65.

的好处。"①

实际上，周作人认为韩愈散文的毛病除了载道外，文章华而不实，表面上看音调铿锵、气势不凡，其实不过是空洞无物、舞文弄墨的花架子而已。

读文谈文，张中行虽然总是采取兼容并包的态度，但他对于周作人这种"用平实自然的语言把合乎物理人情的意思变现出来"的做法特别看重。因为，用平实自然的语言写自己的想到的意思是学文和行文的正路。这种境界很高，要做到很不容易。用这种做法还可以纠正粉饰造作、以无名文浅陋的时弊。

周作人散文的写法到底有什么特点呢？张中行认为，其实很简单，不过是像拉家常谈闲话，想到什么就说，怎么说方便就怎么说。结构布局则如行云流水，起，中间的转移，止，都没有一定规程，好像只是兴之所至。语言很平常，既无腔调，又无清词丽句，可是意思既不一般，又不晦涩。话语之间，于坚持中间有谦虚，于严肃之中有幽默。总的来说，不像是坐在书桌前写的，像个白发过来人，冬晚坐在热炕头说的，虽然还有余热，却没有一点点火气。

接着张中行指出周作人在散文创作上取得骄人成绩的原因。丰富的知识，洞察的见识，长期锻炼后思路的清晰灵活，表现手法的积累，刻苦勤奋，一双能够识别文章优劣的慧眼。做到以上这些，创作实践中，自然就能够意之所到，笔力曲折无不尽意。

著名周作人研究专家张铁荣认为张中行对周作人的把握即准确又超前。②此言不虚。

周作人对张中行在思想及创作上的传播接受

张中行在北京大学读书时的北平，左翼文化的声势不及上海，北平

---

① 周作人.谈韩退之与桐城派·周作人散文全集（第6卷）.广西师范大学出版社，2009：535.

② 张铁荣.周作人评议.上海远东出版社，2010：322.

几所高校的学术气氛很是浓厚。从京派文人那里，他领悟了学识与人生境界的关系，从而奠定了自己一生的思想基调和人生方向。京派文学的大将，沈从文、废名、俞平伯、沈启无，在知识视野和人生境界上都有周作人的影子。

在思想内容上，张中行继承了周作人哪些影响呢？首先是坚守理性，反对虚假。50年代初期，新的政局的变化带来排队的变化，许多人适应新潮，飞速前进。张中行则原地踏步，自然不久就移到后面。这种形势，他自己也觉察到，无论是为名声还是为实利，都应该急起直追。不幸的是身心都不由己，一时想一鼓作气，紧接着就泄了气。他自己也承认，这是思想问题。其一像是来于"天命之谓性"，自己喜欢平静，惯于平静，因而就不欣赏狂热，难于趋向狂热。其二是受北京大学学术自由、兼容并包精神的熏陶，多年来惯于胡思乱想甚至胡说乱道，一霎时改为"车同轨，书同文"，要求头脑里不再有自己的想法，信自己未能信，就感到如行蜀道之难。其三就更为严重，自己而立之年前后，读了不少西方谈思想的书籍，所得可分为两个方面。一是知识论性质的，如何分辨实虚、真假、对错、是非。另一方面是道德学性质的。这包括的信条很复杂，如疑多于信，无征不信；不管如何有权威的道理，可信可不信，要用自己的理性判断；人人有思想的自由和言论的自由；意见不同，可以坚持自己的，但应该尊重别人的等等都是。并进一步相信，只有这样，知才可以近真，行才可以少错。至少他觉得，新潮的要求不是这样，而是有什么信条和措施，不经过自己的理性判断而信，不许疑。张中行也曾试着这样做，可是旧习总是闯进来捣乱。在心里争持，如果旧的能退让也好，可是常常是不退让，即经过理性衡量，竟觉得说得正确的那些其实并不可信。公然表示疑是行不通的，于是可行之道就只剩下沉默或装作信。总之是难于心安理得。张中行一向欣赏戈培尔有关宣传的定理，假话多说几遍就成为真的。可是，他却不能认同，假大空的东西宣传千遍万遍之后仍是不信。这种坚持理性思考、拒绝盲从的原则可以说与周作人一脉相承。

勇于坚持批评和自我批评是周作人矢志不渝的信条。这在张中行散文里也有体现。据张中行回忆，自己不只说过假话，而且次数不少。各种形式的，由小组讨论谈体会到大会或长街喊万岁，都是。予岂好说假话哉，予不得已也。至于近年来写不三不四之文，非不得已，就一贯以真面目示人，不说假话。或说得更准确，是所想未必说，或无兴趣，或无胆量，而所说就必是自己所想、所信。

张中行的散文在内容和形式上也是任意而谈，无拘无束。周作人在作品中曾多次谈及自己一生遇到的三个恋人。张中行在自传《流年碎影》里谈起自己的妻子李芝銮也是不厌其详，不时流露出对爱妻的赞赏和敬佩之情。他与杨沫的关系同样耐人寻味，他们30年代曾热恋、同居、生子，后来由于志趣不投而分手。50年代，杨沫写长篇小说《青春之歌》，其中以落后自私面目出现的负面人物余永泽，被圈内人士认为是影射张中行。"文革"中，杨沫被整挨批外调时，外调人员找到张中行，软硬兼施要求他揭发杨沫的"罪行"。一般人看来，这正是他还以颜色的绝佳机会，但是不管口头还是书面，张中行都说杨沫与自己接触期间直爽、热情，有济世救民的理想，并有求其实现的魄力。这些材料，杨沫后来看到了，很感动，想不到自己曾经在作品中极力丑化过的前男友还会讲自己的好话。1995年12月杨沫去世，张中行没有参加送行仪式。"是仪式之后，我接到女儿（张与杨所生）的信，主旨是生时的恩恩怨怨，人已故去，就都谅解了吧。我复信说，人在时，我沉默，人已去，我更不会说什么。但是，对女儿更应该以诚相见，所以信里也说了'思想感情都相距太远'的话。所谓思想距离远，主要是指她走信的路，我走疑的路，道不同，就只能不相为谋了。至于感情，不说也罢。回到本题，说告别，我的想法，参加有两种来由，或情牵，或敬重，也可兼而有之。对于她，两者都没有。而又想仍是以诚相见，所以这'一死一生'的最后一面，我还是放弃了。"[①] 这段回忆既满足了读者的某种阅读预期，又表现出张中行对人尤其是对女性的尊重以及他那一丝不苟的处事原则。

张中行吐纳中外，博今通古。实际上张中行在《再谈苦雨斋》一文中

---

① 张中行.流年碎影.作家出版社，2006：585.

对周作人散文特点的概括及其成因的分析，既可以视为他对周作人散文成就切中肯綮的评价，也可以看作张中行对自己作品的夫子自道。内容上，既有对人生形而上的探讨，更多的则是对普通人平凡生活及其人生感悟的追怀。他的散文语言既深得周作人平实、质朴之精髓，又能显示自己独特之境界。他的语言既有文言的高雅，又有口语的通俗。不论是谈习文的《作文杂谈》，还是谈人生的《禅外说禅》《顺生论》，都是娓娓道来，如话家常，做到雅俗共赏，俗不伤雅，雅不流俗。张中行在时代的大背景下，表现世事无常、人生坎坷，表现对生的热爱，对死的超越。孙郁认为："到了90年代，当他以不老的笔写那些动人的小品时，其实是激活了旧京派的文学传统的。我曾说他的出现是新京派诞生的标志，现在依然坚持这个观点。"① 这种"激活"，显然是有因有革。

从周作人、废名、沈从文到张中行，在将近一个世纪的时间里，在中国这个具有悠久封建历史的国度里，在这个强调整体和谐、强调等级秩序、强调服从权威而漠视个人权利和个性发展的国度里，几代京派文人为反对封建专制、批判愚昧盲从、提倡科学民主、探索个人生存发展空间方面做出的艰苦卓绝的努力，其价值在今天看来仍然是弥足珍贵的。

从1986年到1997年，张中行年龄在77岁—88岁之间，一般人都处在安度悠闲的退休生活的时段，他却有《负暄琐话》《文言和白话》《文言读本续编》《文言常识》《负暄续话》《禅外说禅》《诗词读写丛话》《顺生论》《负暄三话》《留梦集》《流年碎影》等十多本书籍陆续出版，在文坛刮起一阵张中行旋风，形成一股"张中行文化散文热"。读者感到这是一位富有内涵的老者，苍凉之中尚有青年人的朝气。中国现代散文史上，读者只是在周作人散文里才有的阅读体验在张中行散文里重现了。张中行作为当代文化散文大师，他在言论和创作实践上对周作人的传播接受，成为中国现代文学史上周作人传播接受的一个中继站。

---

① 孙郁.张中行别传.人民文学出版社，2009:59.

三、苏雪林、司马长风、任访秋对周作人的传播接受

苏雪林对周作人的传播接受

苏雪林是"五四"以后出现的著名的女作家，而且是集学者，作家、教授于一身的极少数女作家之一。她在散文、小说、诗歌、戏剧、文学批评等领域，都有相当的成就。她的评论引证确当，论断精严，洋洋洒洒，处处引人入胜。台湾文学界曾这样评价她："她的声誉之著，学养之深，成就之伟和影响之大，恐怕要以'矫然独步'或'首屈一指'来为她群相推许的吧。"[①]

进入30年代，随着周作人散文思想的逐渐清晰，在20年代研究的基础上出现了更自觉更系统的研究。苏雪林在《周作人先生研究》一文中说"周作人先生是现代作家中影响我最大的一个人。除了他清丽幽默的作风学不来外，我对于神话、童话、民俗学等兴趣的特别浓厚，大都是由他启示的"。[②]接下来，苏雪林分别从周作人散文的思想内容和趣味两方面加以分析。在谈论周作人散文的思想时，她认为与其说周作人是一个文学家，不如说是一个思想家。十多年来，他给予青年的影响之大，与胡适、陈独秀不相上下。苏雪林从对国民劣根性的批判、驱除死鬼的精神、健全"性道德"的提倡着手论述周作人的思想。苏雪林认为周作人与鲁迅一样对国民病态有所研究批判，周作人对国民劣根性的批判，苏雪林列举了卑怯、淫猥、昏聩和自大几个方面。

关于卑怯。有正反两方面：正面是求生意志的缺乏，而反面则是凶残。中国近来常以平和忍耐自豪，这其实并非好现象。周作人并非以平和忍耐为不好，只因为中国的平和忍耐不是积极的德行，而是消极的衰耗的症候。譬如，一个强有力的人，他有压迫或报复的力量而隐忍不发，这才是

[①] 陈敬之.现代文学早期的女作家.台湾成文出版社，1980.
[②] 苏雪林.周作人先生研究·周作人论.上海北新书局，1934:210.

真的平和。中国人的爱平和实在是没有力气罢了，正如病人一样。中国人的凶残只实施于弱者或无抵抗力者，这是卑怯的变相。周作人论中国人的淫猥尤为痛切，中国多数的读书人都是色情狂的，差不多看见女字便会眼角挂落，现出兽相。这正是讲道学的自然结果。之所以说中国人昏聩，是因为一些中国人不讲道理，胡搅蛮缠。中国人自大是两千年封建传统的遗留。不仅自大，且傲慢而虚伪。中国人如要好起来，第一应当觉醒，先知道自己的丑恶，痛加忏悔，改革传统的荒谬思想、恶习惯以求自立。否则以守国粹夸国光为爱国，一切中国所有都是好的对的，如是以来，中国是不会改变的，更遑论变好。

苏雪林还指出周作人思想中的历史循环论，认为这是造成周作人对中国前途持悲观态度的主要原因。

对健全的性道德的提倡被苏雪林认为是周作人散文思想的第三个方面。中国人之所以喜谈挑拨肉欲的言语或道学地对性加以严峻的反对，都是没有健全性道德的缘故。首先，周作人提倡净观，反对传统的性不洁论。其次，对性要有严肃科学的态度。爱慕、配偶与生产是极平常极自然而又极神秘的事情。现在科学的性知识日渐普及，人们懂得了性爱微妙而重大的意义，自然兴起严肃的感情，更没有以前那种戏弄的态度了。

苏雪林用较大篇幅分析周作人散文中的"趣味"。她首先指出趣味在民俗学上的表现，包括神化、童话、民歌及童谣和民间故事。本来现在的所谓神话等原是文学，出自古代原民的史诗、史传及小说。他们做出这些东西本来不是存心作伪以欺骗民众，实在只是真诚质朴地表现出他们的感情。周作人在《读〈童谣大观〉》中认为现在研究童谣的人可分为三派，一是民俗学的，认定歌谣是民族心理的表现，包含着许多古代制度的成分；二是教育学方面的，知道歌吟是儿童的一种天然需要，便顺应这种要求，为儿童提供经过整理研究的材料。其次是人间味的领略。中国人活在世上只是生存，不是生活。原因虽然有些人是由于经济上的限制，但有钱而不知享受者也大有人在。这大多是由于我们不曾把生活当作艺术。善于生活者在最简单的物质条件下也能追求艺术的生活，讲究生活的艺术。这就是人间味的领略。

论及周作人的文艺观，苏雪林承认周作人没有系统的文艺理论，但综合概括他的著作则包括如下观点：对文艺宽容的态度、贵族的平民化与平民的贵族化、平淡、清丽、幽默等等。苏雪林对周作人的文艺观的论述虽然还不够深入，但是已经触及周作人文艺思想的主要方面。为后来者的研究打下了基础。

最后，苏雪林还谈到周作人在当时的影响与接受。她认为周氏的文字素以幽默出名，然一旦针砭国民劣根性就有火焰似的愤怒抖颤在字里行间。一句话就是一条鞭，向这老大民族身上剧烈地抽打，哪怕我们的肌肉是如何的顽钝，神经是如何的麻痹也不能不感觉痛苦。但他的态度是这样的真诚恳切，我们读之只觉得羞愧感奋，并不觉其言之过火，这堪称兴顽立懦的好文字，中国青年每个都应当当作座右铭，时刻省览的。周作人提倡性教育的结果是欧美几本有名的性教育研究著作如司托泼夫人的《结婚的爱》及其《贤明的父母》、霭里斯的《爱的艺术》、凯本特的《爱的成年》都翻译到中国来了。青年人对于性爱不再把它当作神秘或猥亵的事而不敢加以讨论了。郁达夫的《沉沦》刚出世时，攻击者颇多。周作人独为辩护，广征博引，说明此书是艺术品，与诲盗诲淫者有别，众论翕然而定，而郁氏身价亦为之骤长。

苏雪林也提到人类学的翻译研究、民谣及歌谣的收集整理在周作人的引领下热火朝天展开的情形，认为在这方面周作人功不可没。

平淡与青涩的提倡，形成俞平伯、废名一派的文字。风格虽不相同的"语丝社"，其作品大都不拘体裁，随意挥洒，而寓讽刺于诙谐之中。周作人常论浙东文学的特色可分为飘逸、深刻两种：第一种如名士清谈，庄谐杂出，或清丽、或幽玄、或奔放，不必定含妙理而自觉可喜。第二种则如老吏断狱，下笔辛辣，其特色不在词华，而在其着眼的洞彻与措辞的犀利。"语丝社"中文字之佳者，亦具此等长处。

苏雪林因此认为称周作人为中国现代"小品散文之王"并不为过。苏雪林不愧为周作人散文的解者及其思想艺术的识者。

苏雪林在30年代能够有如此宽阔的视野，独到的见识，做到高屋建瓴、言辞恳切是十分难能可贵的。对周作人文学思想与艺术上的评价虽

冲淡平和中的苦涩与优雅

然不免有遗珠之憾，不过作为较早全面梳理周作人文学思想和艺术成就的尝试，对于读者客观全面理解赏析周作人文学作品，总结新文学的成就都是非常及时、非常必要的，而且在周作人传播接受史上也应该占有一席之地。

司马长风对周作人的传播接受

在中国现代文学史上，遍读有关周作人评论的文章，有关对周作人的接受，大概有两个极端：一是属于酷评之类，一是属于溢美之类。这两类文章有一个共同的不足，就是不能用严肃客观的态度研究周作人、评判周作人。香港学者司马长风在自己晚年的呕心之作《中国新文学史》中严格审查流行的俗说成见，力图写出一部"打碎一切政治枷锁，干干净净以文学为基点而写的文学史、以纯中国人心灵所写的文学史。"[1] 司马长风原籍沈阳，生于哈尔滨。1945年毕业于国立西北大学历史系和文学系，1949年抵港。他深厚的中国传统文化修养和当时香港特殊的政治文化环境为这两个目标的实现提供了充分保证。司马长风在《中国新文学史》中表现出对周作人文品和人品的接受也是这种指导思想的贯彻。下面从文艺思想、散文创作和周作人人品三个方面分析探讨司马长风对周作人的传播接受。

（一）

对周作人文学成就的总体评价，司马长风显得与众不同。提起周作人，人们大多认为他是大散文家，而忽视了他在文艺思想方面的成就。其实他的散文，只在新文学初期算是出色的作家。从文学的标准来看，晶莹简练不及鲁迅，抒情想象不及徐志摩，细腻瑰丽不及朱自清。到了20世纪30年代，新文学在散文方面全面成熟，散文界出现了冯至、朱湘、李广田、沈从文、何其芳等人。司马长风认为这些人在散文方面的成就均超过周作人，单从散文来说周作人不值得人们十分重视。人们喜爱周作人作品，并非因为他散文的优美，而是欣赏他知识的渊博，态度的雍容。再

---

[1] 司马长风.中国新文学史.香港昭明出版社，1980:22.

说，散文应以抒情叙事的美文为正宗，而1926年以后周作人很少再写美文，大多是一些读书札记之类的作品。这些作品注重知识的评介，而散文的味道已经比较淡薄了。司马长风笔锋一转，周作人的散文成就虽然并非杰出，但在文艺思想方面则有承前启后、出类拔萃的贡献。与刘西渭、朱自清、朱光潜、李广田和李长之可并列为现代六大文学批评家。这其中又以周作人的贡献最大。司马长风认为，对此，人们迄今为止尚未给予适当的定位。

司马长风把1917年—1920年看作周作人文艺思想的初期探索阶段。周作人发表《人的文学》是在1918年12月7日，同年12月又发表了《平民的文学》。这两篇文章不但在当时是文坛的指路明灯，而且对此后整个新文学的发展也产生了深远的影响。例如，抗战时期著名的西南联大教授罗常培1942年7月在昆明发表演讲《中国文学的新陈代谢》，当时的周作人已经身受"伪职"，可他在总结概括新文学运动时仍然说，新文学的"中心只有两个，一个是要建立一种'活的文学'，一个是要建立一种'人的文学'。前一个是文学工具的改革，后一个是文学内容的改革。中国新文学的一切可以包括在这两个中心思想里头。"[1] 胡适1958年在台北一次演讲中也说："除了白话是活的文字、活的文学外，我们还希望它是人的文学。"罗常培的演讲距周作人《人的文学》发表已经24年，胡适的演讲则相距已经40年。就是直到今天，谈新文学运动，肯定"人的文学"的影响者恐怕还是大有人在。不过，司马长风认为，周作人"人的文学"的主张却只坚持了一年多，就又悄然改变了。现在看起来这应是周作人文艺思想正常的发展演化，而非改弦更张。

周作人在"五四"时期发表《人的文学》和《平民的文学》是颇具眼光的。周作人熟悉日本近代文学的发展历史，中国的新文学革命在某种程度上很可能是日本近代文学的重演。周作人在这方面可以说是颇有先见之明的。

《人的文学》大约六千字左右，文章一开始就说"我们现在应该提倡的

---

[1] 罗常培.中国人与中国文.香港龙门书店，1966.5.

新文学，简单地说一句是'人的文学'，应该排斥的便是反对的非人的文学"，文章结尾则希望通过"人的文学"的提倡，使人们"养成人的道德，实现人的生活"。司马长风认为，这是从文学开始而以道德收尾。

司马长风认为人们至今没有对周作人的文艺思想给予适当的评价，这主要包括两层含义：一是大多数人所赞扬的实在是周作人早期的鲁莽和错误；其二是说他真正的成就和贡献则很少有人提及。

封建时代的载道文学是陈独秀、鲁迅和周作人等新文学先驱者首先要打倒的对象。由于他们在思想上尚没有清醒地认识到：文学不能做载道的工具，也同样不能做其他任何目的的工具。文学本身就是一个独立的存在。当初周作人主张人的文学，以为文学也无非是人生的表现，文学应该用来批判改良人生。可是，人生包含的东西太多了。改良社会是人生，革命是人生，政治斗争也是人生。司马长风认为，为人生而艺术之门一开，无疑给新文学写了一张卖身契，被人辗转贩卖，直到今日尚无恢复自由之身。

在司马长风看来，周作人《人的文学》还有两个谬见，一方面是彻底否定中国传统文学，不但否定古代文学，而且把《水浒传》《西游记》等近代白话小说也列入非人的文学而扫地出门；另一方面则是盲目地推崇西方思想、西方文学。

周作人提出自己上述的激进主张不到一年就有所察觉。1923年《自己的园地》出版，周作人对自己在《人的文学》一文中的很多观点进行了修正。可是却被他的信奉者赞颂到今天。

周作人早期文艺思想的激进与"五四"时期的时代背景关系密切。鸦片战争以来，中华民族积贫积弱，屡受列强欺侮。1912年"中华民国"虽然成立，封建军阀和各种封建思想却仍然甚嚣尘上，袁世凯称帝，张勋复辟。此时的爱国知识分子激昂慷慨，发誓拯救中国于危急之中。在这种情况之下，是不可能出现冷静而全面客观的思考的。司马长风发现一个有趣的现象，周作人1920年前的文学批评作品基本上都收录在1926年出版的《艺术与生活》一书中。1920年—1923年的作品集中在1923年出版的《自己的园地》和《雨天的书》中。为什么1920年前出版的作品拖到1926

年才出版,而1920年以后的作品却在1923年就出版了呢?具体的情况我们尚不得而知,但观其内容可以发现,《艺术与生活》里面的内容是周作人已经放弃了的观点,而《自己的园地》和《雨天的书》则是周作人大彻大悟之后的认识。

周作人在当时客观形势的影响下,虽然开启了文学功利主义之门,但他似乎一开始心里就不是很踏实,觉得有些道理还没有弄清讲透。例如周作人在1920年1月6日的一次演讲《新文学的要求》中就说了这样的话"从来对于艺术的主张,大概可以分为两派,一是艺术派,一是人生派。艺术派的主张是说艺术的独立的价值,不必与实用有关,可以超越一切功利而存在。这'为什么而什么'的态度,固然是诸多学问进步的大原因,但在文艺上重技巧而轻情思,妨碍自己表现的目的,甚至于以人生为艺术而存在,所以觉得不甚妥当。人生派说艺术要与人生相关,不承认有与人生脱离关系的艺术,这派的流弊是容易讲到功利里边去,以文艺为伦理的工具变成坛上的说教。正当的解说,是仍以文学艺术为客观的目的,但这文艺应当通过了作者的情思,而与人生有接触。换句话说,便是作者应当用艺术的方法,表现他对于人生的情思,使读者能得到艺术与人生的外貌。这样说来,我们所要求的当然是人的艺术派的文学。"司马长风感到周作人这番话的前半段,对艺术派和人生派各打五十大板,不过都不全面,而试图把人生派和艺术派加以调和,可是又没有能够自圆其说。其实,文学根本不必为什么,作者只是把个人的情思,把自己对生活的感受,用文字作媒介,艺术地表现出来即可。这样一来,一谈文艺,人生和艺术都在其中了。因此为人生、为艺术都是偏曲之见。这些道理,周作人到了30年代才圆熟通透。

周作人已经觉察到为人生而艺术的弊端,1920年12月他在所拟的《小说月报》改革宣言中就产生了更清晰的理解:"同人以为今日谈革新文艺,非徒事模仿西洋而已,实将创造中国之新文艺,对世界尽贡献之责任。则预备研究,愈久愈博愈广,结果愈佳,即不论如何相反之主义咸有研究之必要。故对于为艺术的艺术与为人生的艺术,两无所袒。"周作人由一个为人生而艺术派,逐渐变成了两无所袒论者,其文艺思想的演化轨迹，清晰可寻。

司马长风认为1921年—1927年是周作人文艺思想的觉醒建树阶段。"五四"前后，中国知识分子处于绝望和激进相互交织的循环之中，那时，最冷静的人也难以保持理性。例如胡适该多么理性，竟也附和"打倒孔家店"的口号，周作人当然也未能免俗，但他觉察较早，反省较快。

这个时期有关周作人文艺思想的文章主要收集在《自己的园地》（1923年）、《雨天的书》（1923年）和《谈龙集》（1927年）三本散文集中。《自己的园地》这本集子的书名就是周作人的文艺思想走向成熟的标志。他与功利主义文艺观决裂而又找到了个人的园地，迎来了个性的曙光。

司马长风认为这时期周作人文艺思想的主要观点有：一是自我的个性的文学观。二是民族的或国民性的文学观。关于第一点，周作人在《文艺的宽容》中有这样的话"文艺以自己表现为主体，以感染他人为作用，是个人的而亦为人类的。所以文艺的条件是自己表现，其余思想与技术的派别都在其次，是研究的人便宜上的分类，不是文艺本质上判分优劣的标准。"[1] 周作人在确立文学是自我的表现后，认为为人生而艺术和为艺术而艺术两种观点都不合适。周作人对它们进行批判整合，虽然做得不很彻底，但已打下了不可动摇的基石。所以他在《自己的园地》中说道"总之艺术是独立的，却又原来是人性的。所以既不必使它隔离人生，又不必使它服侍人生，只任它成为浑然的人生的艺术便好了。"[2] 司马长风感到周作人做得不彻底，因为他还拖着一条功利论的尾巴。一触及功利论，艺术的独立性便不稳固了。关于第二点周作人在《国粹与欧化》中强调我们主张尊重个性，对于个性的综合的国民性自然一样尊重，而且很希望它在文艺上发展起来，形成有活力的国民文学。同时，周作人也指出不要害怕欧化，只要有自觉的国民性，欧化就成为丰富国民性的必要手段。

个性与民族性是一个问题的两个方面。个性是社会的一分子，而民

---

[1] 周作人.文艺上的宽容·周作人散文全集（第2卷）.广西师范大学出版社，2009：512-513.

[2] 周作人.自己的园地·周作人散文全集（第2卷）.广西师范大学出版社，2009：510.

族是国际社会的一分子。个人应有个性，民族也应有个性。因此，文学需有个性，也自然需有民族性。个性与民族性是文学艺术的生命，是创作的前提。如果只是一味地模仿，那就永远不能融入世界文学潮流之中。司马长风认为明白这个道理，中国人才能自觉地反对割断民族传统、反对全盘西化。

个性与民族性的连贯性、文学创作的独立性和作家的创作自由，都是周作人关注的内容。他在《地方与文艺》中谈到"我们所希望的，便是摆脱了一切的束缚，任情地歌唱，无论人家的文章怎样的庄严，思想怎样的乐观，怎样的讲爱国报恩，但是我要做风流轻妙，或讽刺谴责的文字，也是我的自由。而且无论说的是隐逸或是反抗，只要是遗传环境所融合而成的我的真的心搏，只要不是成见的执着主张派别等意见而有意造成的，也便都有发表的权利与价值。这样的作品，自然具有他应有的个性，便是国民性、地方性和个性，也即使他的生命。"①周作人在《地方与文艺》一文中借用尼采的话向人们呼吁"我恳求你们，我的弟兄们，忠于地。"大力倡导文学的地方性和民族性。他觉得现在的人太喜欢凌空的生活，生活在美丽而空虚的理论中。他希望人们能够脚踏实地写出有个性而又具有民族性的文学作品来。日本作家川端康成能够获得诺贝尔文学奖，不是由于他模仿任何外国名家的结果，而是因为他的作品真实地表现了日本的民族传统。缺乏鲜明的民族性的文学作品，在国际文坛上永远不会有一席之地。周作人在文学上这种自觉的个性意识和民族意识出现在欧化思潮高涨的20世纪20年代是难能可贵的。

司马长风把周作人1928年—1935年间的文艺思想看作是成熟而又存在不足的时期。这一时期能够反映周作人文艺思想的著作有：1932年出版的《中国新文学的源流》《周作人散文钞》和1936年出版的《中国新文学大系散文一集·导言》司马长风认为《中国新文学的源流》是周作人对中国新文学史的一次系统的梳理。全书共五讲另加两篇附录。本书内容着重探讨新文学与中国传统文学的衔接贯通，颇见作者的学术功底。《中国新

---

① 周作人.地方与文艺·周作人散文全集（第3卷）.广西师范大学出版社，2009：103.

文学大系散文一集·导言》则是周作人对自己文艺思想的一个总结，与《中国新文学的源流》一书互为表里。《周作人散文钞》里的《陶庵梦忆序》《草木虫鱼小引》《莫须有先生传序》几篇都包含有重要的文艺思想。

  司马长风认为本时期周作人的文艺思想有两方面可圈可点。一是对两组关键名词的阐释，言志与载道，即兴与赋得。周作人用即兴来阐释言志，用赋得来比附载道。使自己有关个性的文艺思想更容易为人们理解。司马长风感到对周作人这两组名词的解读还可以做进一步的拓展。言志和载道谈论的是内容，即兴和赋得注重的是形式。司马长风又把它分为：

  即兴的言志，独立自主的表达自己的情思。
  赋得的言志，有所限制的表达自己的情思。
  即兴的载道，自愿地表达他人的见解、思想。
  赋得的载道，被迫赞颂宣扬他人的见解、思想。①

  周作人毕生追求的显然是即兴的言志。
  这个时期周作人文艺思想的另一个着力点是研究新文学对中国传统文学的传承。周作人把"五四"以来的新文学看作是中国明朝末年公安派的复兴。司马长风虽然认为周作人的这种视角有其合理性，又感到视野过于狭窄，如果与他提倡的民族性、地方色彩相结合方能开拓出较为广阔的前景。

  虽然周作人毕生追求的理想是即兴的言志，但他在20世纪20年代所具体实践的却是赋得的言志，而这种赋得的言志被司马长风看作是周作人本时期文艺思想和创作实践的一种局限。显然，司马长风所希望的是一种理想状态，在当时中国的具体国情下是不可能实现的。

  就文学论文学，司马长风对周作人文艺思想的理解和把握是较为全面和深入的。他抓住了周作人文艺思想中的精髓：个性和民族性。从而把对周作人文艺思想的接受推到前所未有的水平。

---

① 司马长风.中国新文学史.香港昭明出版社，1980：270.

（二）

司马长风在《中国新文学史》第十三章"早熟的散文中"论及周作人的散文时，说"周作人是现代散文的开山大师，到成长期为止，无论就作品数量和作品质量，他都是不争的领袖。"表面上看来，司马长风对周作人散文创作成就的评价是很高的，甚至比他对周作人文艺思想的评价还有过之而无不及。因为司马长风只是把周作人与刘西渭、朱自清、朱光潜、李广田和李长之并列为现代六大文学批评家。而在散文创作方面，周作人却被誉为"不争的领袖"。

但是，司马长风在具体评价周作人的散文作品时，不知是他有意忽略，还是力不从心，完全不像他在论述分析周作人文艺思想时那么文思泉涌、滔滔不绝、从容不迫、左右逢源。司马长风具体分析周作人散文作品时，着重分析了他的小品文，而对周作人的杂文则没有提及。在分析周作人的《初恋》时，认为将情窦初开的少年心理写得淋漓尽致，而又恰如其分。司马长风说在读过的有关初恋的文字中，没有比这篇更美妙动人的了。司马长风接着向读者推荐周作人的《喑辞》，因为它全篇都是至情至性的流露，而且字字句句都有节制，是抒情美文的上品。司马长风特别强调《喑辞》有四点值得注意：一是做到情理交融，理以节情，情以畅理，和谐匀称。二是内容纯净，从头到尾，旨趣一贯，元气淋漓。三是技巧上节制得宜，所发皆中节。四是引用日本及西方的名文佳句都切合文旨，丰富多彩，读来有千花万朵压枝头，美不胜收之感。历来对周作人散文的批评，多认为其文含蓄有味，闲适自在。如胡适、郁达夫都有此评。虽然周作人本人也强调散文要耐读，要有"余香回味"，司马长风却感觉周作人散文的光彩主要在于见解的高明、学识的渊博及情致的雍容，绝不在文字。相反，他的文字不够畅达洗练。郁达夫说周作人的散文"易一字也不可"，纯属溢美之词。司马长风反而认为周作人散文的大病就在于可易之词相当多。他指出，《喑辞》一文虽挚情佳义，但摘引起来比较困难，原因是句子冗长啰唆。之所以如此，司马长风认为周作人是绍兴人，讲不好国语加上他拘泥于欧化语法，还有他有意追求

"涩味"、耐读所致。

司马长风认为中国新文学从发生到抗日战争前夕为止，周作人和鲁迅一直都是文坛的领袖。不但他们的作品为人所传诵，他们的理论和见解也都产生表率群伦、创导风气的作用。司马氏认为周作人与鲁迅最大的不同在于周作人的散文着重给予人们的是正面的知识。他充分肯定周作人30年代的"抄书体"散文，他认为抄书有两种情况，一种是随便抄一段凑数，一种是把书中最新的见闻、高明的见解，精心地摘录下来，使得没有时间或机会阅读那些书的读者也能领略到该书的要义和妙趣，功不可没。因为常识告诉我们，能抄古书摘名言，必然博学；能懂得外国贤人之高明、本国名人之可恶，必然多识。

司马长风对周作人的散文在总体上是肯定的。或许他的本行是研究政治思想史，在分析论述周作人的文艺思想时，充分显示了作者在这方面的知识积累以及灵活自如的论证分析能力，但涉及周作人的具体鉴赏和文本分析时，则显得艺术领悟力的欠缺，相关知识储备的不足。也就是说，在对周作人散文艺术的分析鉴赏和总体把握方面，司马长风尚缺乏精辟独到而又令人信服的真知灼见。这对于一个大半生从事政治思想史研究，晚年才转行搞文学史研究的司马长风来说是可以理解的。

司马长风作为一个强调文学民族性的学者，在赞赏周作人散文成就的同时，也指出了他的不足，周作人在30年代为了"苟活生命于乱世"，在散文内容上局限于草木虫鱼这些比较狭小范围里，几乎变成了冷血动物，司马长风指出这些是不可取的。尤其他对周作人在抗战期间的附逆事敌倍感"绝望"，他认为这也是一部分国人难以接受周作人的原因之一。司马长风虽然对周作人的文艺思想的诠释和定位并非无懈可击，对周作人散文语言的理解亦非行家里手所为。但他对周作人文艺思想的定位和总体把握还是留给后人不少有益的启示的，对周作人传播接受所做的贡献也是不容忽视的。

任访秋对周作人的传播接受

20年代中期，任访秋在开封一师读书时，就与周作人结下了不解之缘。周作人与朋友合办的周刊《语丝》1924年11月17日在北京创刊。任访秋最初是在开封西大街一个报摊零买，时间久了，自己就订了一份。周氏兄弟坚定的反封建精神给任留下深刻的印象。1935年秋，任访秋考取北大研究生，其导师就是周作人。任访秋在北师大读大学三年级时，曾经给周作人写信，并从他那里借过书。现在成了导师，自然是更为频繁地出入周宅，借书或请教问题。

师生关系、借书、请教问题以及精神上的交流沟通打下任访秋接受周作人文学影响的坚实基础。

1932年春，周作人应邀在北京辅仁大学做演讲。同年7月，演讲内容经记录人整理，以《中国新文学的源流》为书名由北京人文书店出版。周作人认为"五四"新文学运动是对晚明公安派文学革新运动的继承和发展。在周作人的努力实践和大力提倡下，在30年代形成一股小品文创作和研究热潮。

任访秋受此思潮影响，在北师大读书期间，就注意收集有关袁中郎即其他公安派同人的著作。1932年他在北师大《国学丛书》上发表研究袁中郎的系列文章《袁中郎评传》，其中包括《袁中郎评传》《中郎的思想》《公安派的文学主张》《中郎的诗》《中郎的小品文》《公安派与英国18世纪浪漫派之比较观》《中郎师友考》。在《后记》任访秋这样说道："最后使我不能不特别来说几句话的，是周启明先生同沈启无先生。因为关于中郎的著作，固然北平图书馆也有几部，然而总不大全，尤其是中郎老哥同老弟的集子，图书馆更是找不到，这是向来与我素未谋面的周启明先生，竟因徐祖正先生的介绍，而把他很可珍贵的原刻本《白苏斋集》同《珂雪斋集》见借，真不能不算是雅慧。同时又赖周先生的介绍，得以从沈启无先生处，借得《柯雪斋外集游居柿录》一部，有了这三部书，于是凭空使我得到了许许多多意外的材料，而且也解决了我许久欲解决而不能解决的问题，所以在今日将要把这部东西整个付印之际，自不能不对周先生表示感谢，同时并向沈先生申致谢意"[1]任先生《袁中郎评传》的写作，不仅在作品资

---

[1] 任访秋.袁中郎评传·任访秋文集·古代文学研究（上）.河南大学出版社，2013：166.

料上，而且在论文思路方面受到周作人《中国新文学的源流》的启示。

任访秋在1936年完成了硕士研究生论文《袁中郎研究》。论文论述了袁宏道（即袁中郎）提倡革新运动与通俗文学方面的根源，阐明了袁宏道文学革新理论的本质及其为代表的公安派在文坛上的声势与影响，文章还交代了明代以后在对袁宏道与公安派作品评价上的分歧。此书20世纪80年代，经任访秋修改后，由上海古籍出版社出版。

1937年，任访秋写成了长篇论文《中国小品文发展史》，此文在《任访秋文集》出版前，没有刊行。但在任访秋对周作人文学的接受上，意义却非同小可。任访秋受周作人《中国新文学的源流》的影响尝试对中国小品文的发展历史进行一番梳理。在《绪论》中他认为小品"乃散文进展到极高度之产物"。然后，任先生得出小品文的定义："此种文字，乃作者一时之兴会，随意所之，而出于自然笔致。既非殚精竭虑，欲借此一鸣而惊人，又非庄重审慎，欲以之表现某种思想，实乃灵机偶至、信腕直寄，故无连篇累牍、令人不能卒读之作"作者还指出"故简短者未必为小品，而小品未有不简短者也"[①]此段对小品文概述性质的论述大致号到小品文的脉象。可见任访秋对30年代的小品文，感悟深刻，把握精准。

在第二节《源流》部分中，任访秋把中国小品文的起伏消长分为五个时期。即：

1. 萌蘖期——由魏至隋（220—617）；
2. 中衰期——由唐至明中叶（618—1566）；
3. 大成期——由明中叶至清中叶（1567—1794）；
4. 凋悴期——由清中叶至民国初（1795—1919）；
5. 复兴期——现代（1920—1940）。

在小品文代表作家的遴选方面，周作人中意的陶渊明当然入选，周作人不喜的韩愈则没有入选。

1986年，任访秋的《中国新文学渊源》由河南人民出版社出版。用作

[①] 任访秋.中国小品发展史·任访秋文集·未刊著作三种（上）.河南大学出版社，2013：4.

者自己的话说:"总的说来,是受到周作人的一些启发,但我对问题的论述,比他讲的要详细,要具体。"①的确,周作人在《中国新文学的源流》中没有涉及的严复、刘师培、鲁迅等都在文中得到重点关照。

但是,任访秋对周作人文学的接受也不尽然是跟着走、照着说。

比如对于韩愈在中国文学史上的地位,周作人基本上是持批判态度的。周作人30年代在文学上一贯提倡"言志"的文学,他对历来为中国不少文人雅士津津乐道的唐宋八大家,特别是韩愈给予毫不客气的批判:"我对于韩退之整个的觉得不喜欢,器识文章都无可取,他可以算是古今读书人的模型,而中国的事情有许多却就坏在这班读书人手里。他们只会做文章,谈道统,虚骄顽固,而又鄙陋势利,虽然不能成大奸雄闹大乱子,而营营扰扰最是害事。讲到韩文我压根儿不能懂得他的好处。……朱子说陶渊明诗平淡出于自然,我想其文正亦如此,韩文则归纳赞美者的话也只是吴云伟岸奇纵,金云曲折荡漾,我却但见其装腔作势,摇首弄姿而已,正是策士之文也。"②

"如有人想学滥调古文,韩文自是上选,《东莱博议》更可普及,剃头诗亦不失为可读之课外读物,但是我们假如不赞成统制思想,不赞成青年写新八股,则韩退之暂时不能不挨骂,盖窃以为韩公实系该项运动的祖师,其势力至今尚弥漫于全国上下也。"③周作人从文学思想方面立论,可谓视角独特,掷地有声。

任访秋在《韩愈论》中,指出韩愈因排佛扬儒,奠定了他在唐代思想史上的地位。(1)唐代以前,孟、荀并称,不分伯仲。自退之以孟轲为继孔子道统之传,于是《孟子》一书遂为宋、明道学家所依据之重要典籍。(2)《大学》本为《礼记》中之一篇,自汉至唐,无特别称道之者。自退之文中引《大学》中"明明德""正心""诚意"之说,于是《大学》又成为宋明道学

---

① 任访秋.中国新文学渊源·任访秋文集·近代文学研究(下).河南大学出版社,2013:361.

② 周作人.厂甸之二·周作人散文(第2集).中国广播电视出版社,1992:608.

③ 周作人.谈韩文·周作人散文全集(第7卷).广西师范大学出版社,2009:392.

家所依之重要典籍。（3）退之又提及"道"字及"道统"之说，宋明道学家亦持之，而"道学"亦遂为宋明新儒学之新名词。这是韩愈在唐代思想史上的地位，与他在以后文学史上的影响也有很大关系。任访秋对韩愈的评价还是比较客观的。①此外，任访秋还对韩愈的散文、诗歌方面的特点及其影响做了评判。周作人从思想史的角度立论，对韩愈做了彻底的清算；任访秋则从文学史的维度给韩愈做了较为客观的定位。

任访秋对中国文学史的研究撰写可圈可点。如 20 世纪 30 年代任教洛阳师范时编著的《中国文学史讲义》，40 年代任教河南大学时编写的《中国文学批评史》，1944 年由南阳前锋报社刊行的《中国现代文学史》加上 1988 年由河南大学出版社出版的、任访秋主编的《中国近代文学史》。在教材的出版上，任先生已经打通了中国古代文学、近代文学、现代文学，而使其融会贯通。任先生绝对是一位称职的好教师，在这方面，周作人就稍逊一筹。据梁实秋回忆："低头伏案照着稿子宣读，而声音细小，坐在第一排的人也听不清楚。事后我知道他平常上课也是如此。一个人只要有真实学问，不善言辞也不妨事，依然受人敬仰"。②看来，周作人不能算是一个合格的教师。

任访秋在新中国成立前在学术上是铺摊子、打基础的阶段。新中国成立后到"文革"前的学术研究在马列主义指导下有很大进步，但也随大流说过一些应时话、违心话。如对胡适、钱玄同等自由主义文人的批判。新时期以来任先生的学术研究进入一个新的阶段，对一些近代学者文人的研究，能够见人之所未见，发人之所未发。

在国学研究上，周作人以言志为宗旨，总揽全局，大处着墨；任访秋则注重微观分析，文本解读。周作人的文章奠定了其学术上的地位，任访秋的文章基本上是为教学服务的。

不过，不得不指出的是，任访秋虽然在国学方面比周作人具体细致，涉猎广泛。但是对西学方面的吸收领悟的确是任访秋的弱项。比如在文化

---

① 任访秋.韩愈论·任访秋文集·古代文学研究（下）.河南大学出版社，2013:1376.
② 梁实秋.忆启明老人.传记文学，1967.11（3）.

人类学、民俗学、性心理学，对基督教、伊斯兰教、佛教等的认识等方面，任访秋还不能望其项背。

  21 世纪以来，搞文学研究，如果不往文化批评方面靠拢，会被认为视野不宽、格局不大；实际上，周作人在 20 世纪 20 年代就已开始这方面的尝试了，而且取得不错的效果。现在周作人、任访秋均已作古，盖棺定论，我们也不是要甄别好坏、评定优劣，他们各有千秋、互有长短。我们应该取其所长，补己所短，不断充实自己，完善自己。任访秋对周作人的传播接受折射出周作人传播接受的丰富性、复杂性与曲折性。这也是我们梳理任访秋对周作人传播接受的意义所在。

第七章
有关周作人传播接受的几个问题

一、周作人传播接受的时代原因探索

所谓"中国自由主义文学"与统称的"自由派文学""自由作家"等概念是一种平行关系。"自由派文学"通常指称某一流派,"自由作家"(或"自由主义作家")是指其创作主体。"中国自由主义文学"的含义则要宽广得多,既包括作家也包括作品,既包括社团也包括流派,既包括思潮也包括创作。

中国自由主义文学这一概念具有两个文学史参照系统,从纵向时空视角来讲,它与古代无自由主义文学思潮和近现代西方没有明显的非自由主义文学反自由主义文学相对;从横向时空视角来讲,它与现代文坛的左翼文学、民主主义文学、右翼文学、大众通俗文学并行。

鸦片战争以后,西方文化中的核心民主自由思想传入中国,现代中国知识分子的自我意识继南北朝和晚明以后再次被唤醒。自由民主作为一种武器被资产阶级维新派和革命派广泛运用。不过"自由民主"这一概念被当事者作为通权达变的政治策略的而不是货真价实的文学信仰,他们无暇将自由民主理念贯彻到作品创作中去,仍然把文学作为改造社会的一种宣

传工具。20世纪初年，受叔本华影响，王国维超越世俗的审美趣味闪现的自由民主的思想火花，宣示清末自由民主文学理念的到来。但王国维包含自由民主的思想火花不久即被具有强烈忧患意识的创作理念淹没。最后，改造社会的功利主义文学击败抒发性的自由主义文学，结果一些人梦寐以求的自由民主文学的创作大潮并未如约而至。随着"五四"新文化运动的进展，思想文化的潜在价值日益凸显并进入一些先驱者关注的视线。自由主义成为大批知识分子思想成长道路的一个必不可少的一个环节（虽然一些人后来向左转，一些人向右转），自由主义文学的局面初步形成。周氏兄弟、胡适等自由主义作家学者与近代思想启蒙者相比，更多地关注个人主体性的追求。"五四"时期，周作人"人的文学"文学理念正式登场，"人的文学"成为20世纪中国自由主义文学的基石。"五四"以及20年代的文坛是一个百花齐放、百家争鸣的大舞台，自由主义作家、民主主义作家、和一些倡导普罗文学的知识分子同场竞技。他们之间的区隔尚未明朗化，但攻击摧毁旧文明则是他们一致坚守的信念之一。

进入40年代，在沈从文和朱光潜的努力下，自由主义在文学领域显示自己顽强的存在。40年代末期出现了"九叶诗派"，以他们的诗歌创作，象征着自由主义的回光返照。在文学理论建设方面，周作人的"人的文学""言志文学"、朱光潜的有自由乃有真的文艺观、李健吾的美学批评，昭示着自由主义文学的理论建树。

然而，由于特殊的国情和制度沿革，"五四"以来自由主义思潮及其文学在中国的道路却是曲折坎坷的。这也决定了以周作人为代表的自由主义文学及其理念的传播接受不是一帆风顺的。新文学第一个十年，也就是1917年到1927年，北方军阀内部的激烈争斗，整个社会缺乏一种稳定而强有力的政治局面，自由主义思潮和文学乘势而起。1927年，蒋介石政权建立后，中国共产党的日益壮大以及各路军阀的各怀鬼胎，国民政府始终没有对全国实行有效的管理。随着第二次国内革命战争的渐趋激烈、抗日战争、解放战争的到来，自由主义文学就在政治派别激烈斗争的夹缝中、在社会的边缘地带顽强地挣扎着前行。周作人文学的传播接受在20世纪20年代到达第一个高潮。随着他在抗战中与日方合作，周作人的传播接受受到一定影响。1945年12月,周作人被民国政府逮捕,周作人的传播接受更是急转直下,但在自由主义文人内部,周作人的传播接受并未停止,如废名对周作人的传播接受。

20世纪20年代末30年代初,左翼文人对周作人的批判实际上就是对自由主义文学进行扫荡的开始。30年代和40年代,左翼文学与自由主义文学一直处于不间断地相互碰撞之中,只是由于双方在政治上都处于在野状态,所以虽然时有互相攻击,但尚能和平共处。1942年5月,毛泽东《在延安文艺座谈会上的讲话》则是在解放区对自由主义文学的一次彻底清算。1949年新中国成立后,来自解放区的工农兵文学政策开始在全国推广,自由主义文学所代表的资产阶级思想成为不可触摸的禁区。例如,从沈从文的情况来讲,1949年,在这个新旧交替之际,他内心进行着激烈的思想斗争,以致患有严重的心理疾病,曾经一度自杀。获救后,他开始慢慢调整自己的心理状态,承认自己过去所犯的离群索居的错误:"管理自己极严格,对人却少斗争心。生活体验既属于人民一面,农民的保守固执和地方性的楚人负气,不达时变,不善于拐弯,情绪别扭处一经综合,自然是易孤立,难合众。尤其是对工作态度上,显而易见。对抽象优美远大原则,易接受。但这个原则如在另一方面现实中,得弯弯曲曲地发展,我即无从适应这种现实,有时不免发生怀疑。过去卅年永远守住"五四"原则,和政治现实不调和,和人民革命游离。"[1] 从50年代到60年代,在对知识分子进行思想改造的过程中,沈从文刚开始在自己所写的总结材料里还能半遮半掩,说出自己内心的一些真实想法。"如热闹即出面,困难即缩头,在配合商业需要来适应现状,政治变化无定形,作家恐怕就得变来变去才好。一个政治家如此离合无所谓,一个作家怕不好办。所以不加入,非退避,还是作小说,则可以得到较多自由,将理论所不及的,革命受挫以后所需要的,尽一点力。"渐渐地,他完全否定了自己的过去,认为自己过去所写的作品毫无意义可言,应当同旧社会一齐埋葬:

---

[1] 沈从文.总结(思想部分)·我的人生观形成背景和工作关系·沈从文全集(第27卷).北岳文艺出版社,2009:99.

"检讨个人工作,十年用笔,实不免和人民的要求与发展步骤相游离,越来越远,笔下也就越写越凌乱。小说则由明朗转为晦涩,在体裁上的试验,即小有成就,实无益于时代。个人工作且由负气自大而孤立,在许多问题上,和现实不接头,见小而失大,错误是显然的。"作为被改造对象,沈从文也只能做出这样的表态。"文化大革命"爆发前夕,沈从文在给自己的单位中国历史博物馆领导所写的交代材料中说:"同时也让像我们这样从旧社会来的臭知识分子,假专家、假里手,把灵魂深处一切脏、丑、臭东西,全部挖出来,得到更彻底的改造。在这个大革命时代,个人实在渺小,实在不足道!求世界观的根本改造,一定要好好学习毛泽东著作,在'用'字上狠下功夫,个人一点点知识,也才会有使用机会,且不至于像30年代前从事文学创作时那么害人,误己!"[1]沈从文在这里表达了痛改前非,重新做人的决心。

废名在20年代和30年代虽然与周作人关系较为密切,但从1937年11月到1946年8月这段将近9年的时间里,废名一直在家乡黄梅县工作生活,加上在此期间他与左翼文人的对立不像沈从文那样浮在表面、那样激烈尖锐。因此新中国成立后的废名与政府的关系不像沈从文那样紧张。但作为被改造的对象,废名也是在加倍努力来适应这个新的社会环境。首先,对鲁迅的态度,废名发生了180度的大转弯,他30年代对鲁迅是颇有微词的。[2]但在50年代上半期,废名却给青年读者大谈研究鲁迅的伟大意义、怎样研究鲁迅,还发表鲁迅名著《阿Q正传》《狂人日记》《药》和《孔乙己》赏析方面的文章。从1950年至1961年,废名还写了300多首歌颂党、赞颂社会主义建设的诗篇。废名比沈从文更快地适应了新社会。

这个时期,对于周作人这种有历史污点的人,沈从文和废名都是避之唯恐不及,在公开场合不再提及周作人。也就是说新中国成立后到1970年代末,周作人的传播接受跌至低谷。

---

[1] 沈从文.表态之一·沈从文全集(第27卷).北岳文艺出版社,2009:172-173.
[2] 废名.周作人散文钞·废名序·废名集(第3卷).北京大学出版社,2009:1279-1280.

1978年12月，中共十一届三中全会提出"解放思想、团结一致、实事求是向前看"的大政方针，当代文学进入新时期。1979年，著名学者司马长风出版《中国新文学史》，将周作人为代表的自由主义作家与现实主义作家、浪漫主义作家等量齐观。1982年，苏光文《西南师范学院学报》第4期上发表《论中国现代自由主义文艺思想派别及其消长》，把新月社所属作家、30年代的"自由人""第三种人"、40年代的民主个人主义等自由主义文学流派归为一类，梳理它们在20世纪20年代至40年代伴随中国转型时期的各种观念的碰撞而起伏消长的演变。80年代中期，美籍华裔学者夏志清撰写的《中国现代小说史》的中译本由香港传入内地。作者对现代文学史上一些"另类"作家作品所做的富有个性的研判，例如对钱钟书、张爱玲、沈从文、师陀、朱光潜、李健吾等自由主义作家的肯定，把大陆文坛对自由主义文学的认识推向深入。80年代中期以后，学界对自由主义文学及其思潮的研究出现一股热潮。如耿云志、易竹贤、沈卫威的胡适研究，钱理群的周作人研究，凌宇的沈从文研究以及吴福辉的京派海派文学研究。以上社科学实绩，既改变了陈旧的学术生态，又拓展了新的学术视野。在这种情况下，周作人文学的传播接受出现了第二个高峰。

以上就是周作人传播接受的时代背景，它决定了"五四"以来周作人文学传播接受的起伏消长。

二、个人素质对周作人传播接受的影响

周作人传播接受的多样性的原因大致有两点：一是被接受者的文学作品包含着丰富的思想内容、多维的意义；在语言、体裁的多方面探索为读者提供了广阔选择的空间。二是传播接受作为一种审美再创造的艺术实践活动，具有鲜明的个性差异，读者的思想观念、道德情操、审美趣味、接受水平以及读者不同的人生经验、艺术修养、阅读期待都会融入对作品的理解和以后的艺术实践之中，从而带来接受的差异。

其中第一点在上面已经具体谈过。下面我们谈第二点。先谈鲁迅的情

况。鲁迅是中国现代新文学的奠基者和开拓者，他把自己的一生经历献给了中国现代新文学事业和现代文化事业。他的思想是20世纪中华民族最珍贵的精神遗产之一。

鲁迅具有忧国忧民的忧患意识。他为了给积贫积弱、屡受列强欺辱的祖国寻求图强的出路，曾经致力于考察探究古今中外较为广阔的思想领域，在思想上受到多方面的影响。其中包括达尔文的进化论和尼采的"超人"学说，但是鲁迅思想没有成为任何思想的附庸。他能够从自己反封建思想的斗争需要出发，对各种思想有所选择、有所改造、有所扬弃。进化论是鲁迅前期思想的一个重要内容，他剔除了进化论中弱肉强食的一面，继承其中注重生存斗争、相信社会是向着更高级、更文明的方向发展，强调人类精神发展的重要性。他认为："进化论对我还是很有帮助的，究竟指示了一条路，明白自然淘汰，相信生存斗争，相信进步，总比不明白、不相信好些。"[1] 个性主义思想是鲁迅早期思想的重要内容，例如他早期强调"掊物质而张灵明，任个人而排众数。"[2] 鲁迅主要从"超人"学说中吸收一种奋发图强的精神，他呼唤精神界之战士，主张与阻碍进步的落后势力作战，目的在于提高整个民族的素质，促进中华民族的强大。改造国民劣根性也是鲁迅文学思想的重要组成部分。鲁迅在寻求中华民族复兴的过程中，深深感受到两千年来中国国民性的特质、弱点。他在《灯下漫笔》中指出："任凭你爱排场的学者们怎样铺张，修史时设些什么'汉族发祥时代''汉族发达时代''汉族中兴时代'的好题目，好意诚然是可感的，但措辞太绕弯子了。有更加直截了当的说法在这里——一是想做奴隶而不得的时代；二是暂时做稳了奴隶的时代。"[3] 鲁迅认为几千年的封建社会养成的国民性的特点就是"奴性"十足，也就是缺乏个性。至于其他的国民性特点，如精神胜利法，女人祸水论，欺软怕硬，投机取巧，幸灾乐祸，麻木愚昧，伪诈残忍，卑鄙懦弱，奴隶根性等等则都是奴性的延伸与

---

[1] 鲁迅思想研究资料（上册）.国家出版事业管理局版本图书馆研究室，1980：311.
[2] 鲁迅.坟·文化偏执论·鲁迅全集（第2卷）.光明日报出版社，2012：305.
[3] 鲁迅.灯下漫笔·鲁迅全集（第2卷）.光明日报出版社，2012：431.

发展。他相信"国民性可以改造于将来",目前"要纠正这些,也只好先行发露各样的劣点,撕下那好看的假面具来。"① 以达到疗救改造的注意。到后期,鲁迅受到马列主义的影响,认识到改造国民性必须与先进的社会制度相结合,成效会更为显著。

纵观鲁迅的一生,他从不与落后反动的思想行为妥协让步,始终坚持与他们进行理论上的斗争。1927年10月,《语丝》被迫停刊,移交上海北新书局接办,鲁迅曾一度任编辑之职。由于政府的警告,浙江当局的禁止以及创造社革命文学家的围攻。周作人逐渐消沉下去,既然向民众进行思想启蒙这条道路行不通,只好退而求其次,转而进行文化批评。鲁迅在《无声的中国》的演讲中,号召中国当时的青年把一个无声的中国变成一个有声的中国:"大胆地说话,勇敢地进行,忘掉了一切厉害,推开了古人,将自己真心的话发表出来。"② 1933年10月,他在《小品文的危机》中更是直言:"生存的小品文,必须是匕首,是投枪,能和读者异同杀出一条血路的东西。但自然,它也能给人以愉快和休息,然而这并不是'小摆设',更不是抚慰和麻痹,他给人的愉快和休息是休养,是劳动和争斗之间的准备。"③ 也就说,他对周作人在30年代由于社会环境的恶化而收敛社会批判的锋芒并不是完全认同的。

鲁迅的文学思想特征与他从事的文学事业以及时代赋予他的思想启蒙的历史使命紧密相连。他学习、研究、思考、探索的领域常常超越某一具体的领域和范围,可谓博大精深,几乎触及诸如哲学、历史、伦理学、宗教学、经济学、社会学、人类学、语言学、心理学、民俗学、文学、艺术学等所有的精神文化现象,而且把它们有机地融合在一起。

鲁迅虽然毕生致力于对封建思想与行为的批判,但他对民族文化的破坏和建设之间的关系也是了然于胸的。他在《再论雷峰塔的倒掉》中谈到:

---

① 鲁迅.华盖集·通讯·鲁迅全集(第3卷).光明日报出版社,2012:24.
② 鲁迅.三闲集·无声的中国·鲁迅全集(第4卷).光明日报出版社,2012:12.
③ 鲁迅.南腔北调集·小品文的危机·鲁迅全集(第4卷).光明日报出版社,2012:454.

"无破坏即无建设，大致是的；但有破坏却未必即有新建设。……凡这一盗寇式的破坏，结果只能留下一片瓦砾，与建设无关。"①从鲁迅在1933年2月在回答斯诺的问题时，把周作人列为"五四"以来最好的散文作家②这种判断本身来看，鲁迅对"五四"以来周作人在散文方面的成绩还是基本认可的。

三、沈从文对周作人的"误读"

1922年8月，沈从文来到北京，虽然才20岁，但已经是一位颇有生活阅历的年轻人了。他虽然没有接受过正规的小学、中学教育，但几年的私塾教育，他已经粗通文墨。在五年左右的军旅生涯中，与一般人比起来，由于家族的关系，他没有受过太大的委屈，但地方部队中的残酷、愚昧，肆意杀戮的经历，现实社会中平民老百姓贫穷愚昧的生活，都给沈从文留下极其深刻的印象。

沈从文到北京时，正值新文化运动分化之际。周氏兄弟、胡适成为他崇拜的对象。尤其是鲁迅在"五四"时期的小说、周作人的杂文、文学理论，沈从文更是刻意搜求，每得必读。

20年代，虽然很多朋友参加革命，沈从文却始终对革命退避三舍。因为他认为革命就是无谓的流血牺牲、残忍的杀戮和无耻的争名夺利，是庸俗不堪。

正是由于沈从文没有受过现代中学以上的严格教育，所以规范一点来说，他还算不得一个正宗的现代知识分子。也正因此，现代知识分子的许多弊病，如理想化、模式化都与他无缘。相对于那些受过系统教育的人们来说，沈从文的教育背景是零散的不成体系的。他在开始创作之前没有正式读过大学，也就是说，他是在没有现成理论指导的情况下进入文学创作的。文学对他来说，是一个必须由自己来体会、来定义的概念。最初他几

---

① 鲁迅.再论雷峰塔的倒掉·鲁迅全集（第2卷）.光明日报出版社，2012：416、417.
② 钟叔河.编者前言·周作人散文全集（第1卷）.广西师范大学出版社，2009：5.

乎是依靠自己的感觉来玩味文学:"关于艺术以及类乎艺术这类话语,我是一点也不懂得。我只是用一种很笨的,异常不艺术的文字,捉萤火那样去捕捉那些在我眼前闪逝的一切,这是我创作的方法。"①

因为学无专门,看的书就比较杂,如中国部分史部和杂子书、佛经、中古小说、章回小说,在文体结构理解上,都用过一点功夫,并且对他的创作有较多方面影响。又因为稍有些近代杂知识,作品中也表现出中古传奇的形式,和近代理性影响的点点滴滴。在沈从文的写作意识上,找不出明确阶级意识的证据,却有些似旧实新的东西。由于这种综合,后来沈从文作品的语言由明朗转成晦涩,形成了沈从文那种乡下人性格的执着、坚韧。外国作品方面,19世纪俄国文学翻译,北欧作品,对他浸润较深。俄国作家契诃夫短篇小说的多方面性和其他处理事件方式,对他发生直接影响。凡属情节结构的优秀设计,由《史记》中诸传到魏晋杂传,唐宋传奇到《笑林广记》,国外作品凡能看得到的,组织上的种种长处,差别处,他都理解得特别深切而细致。沈从文虽然性格内向,不善于和人打交道。一生忧患多,挫折多,但他文学创作不怕困难,不怕失败,还能打持久战。

这种非常规的教育背景,使得沈从文的思想方法、工作方法,和一般出身于大学文史系搞创作、搞研究的人多不相同,甚至有可能大不相同。所得进展和结果,因此也显著不同。沈从文非常清楚这一点,他在《习作选集代序》中剖析道:"过去一时有个书评家称呼我为'空虚的作家',实代表了你们一部分人的意见。那称呼很有见识。活在这个大时代里,个人实在太渺小了。我知道的并不比任何人多。对于广泛人生的种种,能用笔写到的只是很窄很小一部分。我表示的人生态度,你们从另外一个立场看来觉得不对,那也是很自然的。"②

真正具有个性的作家贵在风言风语的社会中坚持自己的信仰,在疾风暴雨中坚守风中之旗。沈从文说道:"我实在是个乡下人,说乡下人我毫无

---

① 沈从文.第个狒狒·引·沈从文全集(第16卷).北岳文艺出版社,2002:292.
② 沈从文.习作选集代序·沈从文全集(第9卷).北岳文艺出版社,2009:1-2.

骄傲,也不在自贬,乡下人照例有根深蒂固永远是乡巴老的性情,爱憎和哀乐自有它独特的式样,与城市中人截然不同!他保守,顽固,爱土地,也不缺少机警却不甚懂诡诈。他对一切事照例十分认真,似乎太认真了,这认真处某一时就不免成为'傻头傻脑'。这乡下人又因为从小漂江湖,各处奔跑,挨饿,受寒,身体发育受了障碍,另外却发育了想象,而且储蓄了一点点人生经验。"沈从文也因此时常感到异常孤独,"乡下人"太少了,自愿做"乡下人"的人也太少了。

沈从文的这种人生经历和独特的知识教育使他很容易与周作人的世界观、文学观和艺术趣味产生共鸣。

40年代以后,由于周作人的附逆,沈从文在公开场合提及周作人的次数日渐减少,1945年后,在公开场合不再提及周作人。但是从1940年开始,沈从文多次发表文章,大力提倡要弘扬"五四"精神。在1940年5月4日的香港《大公报·文艺》上发表《"五四"二十一年》认为:"'五四'精神的特点就是'天真'和'勇敢'"。[1] "五四"精神的特点就是天真和勇敢,就文学而言,也就是青春的大无畏精神的张扬,并且把文字当成一种工具来改造社会。

直到1948年,沈从文仍然对"五四"精神和"五四"人情有独钟:"照我所接触的"五四"学人印象而言,他们一面思想向前,对于取予都十分谨严,大多数都够得上个'君子'的称呼。即从事政治,也有所为有所不为,永远不失定向,绝不用纵横捭阖权谲诡崇自见。这不仅仅值得称道,实在还值得后来者取法,因为这是人的根本价值。其次是对事对人的客观性与包含性,对于政见文论,一面不失个人信守,一面复能承认他人存在。尤其用于同学师友间,得到真诚持久的融契。民主与自由不徒是个名词,还是一个坚定不移作人对事的原则。因为有了这个,才会有学术上的真进步。这是培养创造种子的黑壤,能生发一切不同的苞芽。"[2] 从沈从文那种忧国忧民的忧患意识、对真善美的执着追求、批评与自我批评的

---

[1] 沈从文."五四"十一年·沈从文全集(第14卷).北岳文艺出版社,2009:135.
[2] 沈从文.五四和五四人·沈从文全集(第14卷).北岳文艺出版社,2009:303.

工作作风里，我们仍然可以看出他对周作人文学精神所表现出的持之以恒的理解和坚守。

四、现代传媒对周作人传播接受的影响

周作人所生活时代的现代传媒以纸质传媒为主，所以在本节语境下的现代传媒主要是指以报纸为主的纸质媒介，包括报纸副刊、杂志和纸质书籍。

现代传媒对周作人文学的传播和接受的作用无论如何强调都是不过分的。

由机械印刷媒介报刊为主所构成的大众媒介，显示了历史上任何一种媒介都无法想象的巨大能量和技术优势。报刊这种革命性的大众媒介对工业社会向后工业社会转型产生巨大的全方位的推动力，最终媒介社会实至名归。20世纪初，美国学者查尔斯·霍顿·库雷指出，"新媒介（指印刷媒介）在四个方面更为有效：表达性，记录永久性，迅速性，分布性。"[1] 不可否认，大众传媒在整个社会变革或转型过程中都起着革命性作用，在文学创作领域也不例外。1935年，本雅明论述了以平版印刷、摄影和电影为代表的"现代机械复制技术"对现代艺术的巨大而深远的影响。他认为，机械复制"不仅能够复制所有流传下来的艺术作品，从而导致它们对公众冲击力的最深刻的变化，并且还在艺术的制作过程中为自己占据了一个位置"。而这种新的复制技术所导致的一个重要变化在于，通过大批的机械复制从而把传统艺术作品本身携带的那种独特的原创性的审美因子——灵韵（Aura，或译为"光环""光晕""韵味"等）逐渐消解。"在机械复制时代凋谢的东西正是艺术作品的灵韵。这是一个具有重要意义的进程，它的深远影响超出了艺术的范围。[2] 也就是说，在现代传媒主

---

[1]〔美〕德弗勒、鲍尔·洛基奇著，杜力平译.大众传播学绪论.新华出版社，1990：72.

[2]〔德〕本雅明，张旭东译.机械复制时代的艺术作品·电影理论文选.中国电影出版社，1990：60-63.

宰下的现代社会，知识仍然重要，但已经不再神圣；权威虽然存在，但已经不再神秘。文学艺术的贵族性被它的平民性悄悄地无情地解构。

报纸的发行与阅读为现代中国人审美性的孕育和激活开辟提供机遇。例如，以现代散文来看，现代报刊对现代散文的分类产生了明显的影响。当时的一位作者"化鲁"在《中国的报纸文学》一文中，把报纸与散文放在一起分析。他说，文学的各类体裁中，"小品文学往往是报纸文学的重要部分"。"所谓小品，是指 sketch 一类的轻松而又流动的作品，如杂感，见闻录，旅行记，讽刺文等都是。这一类的文学，往往是普通阅报的所最喜欢的，而且也只有在逐行刊载的报纸上，才有刊载的价值，所以这一类的材料，在报纸文艺栏里是最为相宜的。"①化鲁既觉察散文与报纸副刊的关联，也注意到并分析了散文本身的体裁特点。事实上，综观现代散文的历史，正是报纸与杂志的承载、诱导与渗透，从而催生出叙事类（报告文学、散记、回忆录）、杂感类（如政论、时评、随感录）、小品类、杂体类（如游记、日记、书信）等多样文体。所以，有学者认为："古代文章的分类在现代媒体的各类文体中失去了'辨体'的意义，新的文体类型与现代报刊的体制所发生的同构关系，使散文成为报刊意义上的文体。与此同时，现代传播媒介在其发展过程中，对西方文体的译介，不仅扩大了现代知识分子的视野，而且为现代散文文类的形成与发展提供了新的借鉴。"②

在中国现代文学史上，现代传播媒介不仅是文学传播的载体和媒介，而且它还引进了一整套的价值系统，它的现代理念、生产方式、公共性改变了传统文学的生产方式与传播方式。30 年代，年轻的曹聚仁深刻体会到，中国的文坛和报坛是兄弟姊妹关系，血缘是非常密切的："一部近代中国文学史，从侧面看去，又正是一部新闻事实发展史。"③陈平原在《文学史家的报刊研究》中指出，中国文学专家、现代文学史家王瑶也早就注意到报刊与现代文学内容与形式的关联，认为中国现代文学与古典文学最

---

① 化鲁.中国的报纸文学.文学旬刊，1922（46）.
② 周海波.现代传媒与现代散文辨体.文艺理论（人大复印资料），2005（8）:83.
③ 曹聚仁.文坛五十年.东方出版中心，1997:8、83.

大的不同，在于其生产流程发生了空前的变革。① 王瑶不仅看出刊载形式的不同对文学内容和形式的影响，也注意到文学生产、传播、买卖的文学生态系统和流通过程对文学内容和形式的影响。报纸这种现代传媒对中国现代文学的参与渗透是全方位的，它完全颠覆了传统文学创作的运作模式，把文学的传播接受纳入一个大众读者积极参与的平台。

周作人的文学创作的出版情况。从1923年北新书局出版周作人的《自己的园地》到1944年上海太平书局出版的《苦口甘口》，新中国成立前周作人共有13部散文集出版。

别人汇编周作人散文的出版状况。新中国成立前共有张锡琛编、上海开明书店1932年出版的《周作人散文钞》；少侯编、上海仿古书店1936年出版的《周作人文选》；到上海三通书局1941年2月出版的《周作人代表作》共有6种。进入新时期后，周作人文集的出版陆续展开，记有台湾里仁书局1982年出版的《周作人先生文集》、台湾洪范书局1983年出版的《周作人文选》；大陆蓝灯文化公司1982年出版的《周作人全集》（5卷本）。1986年到2000年初，周作人著作（包括散文、文集、集外文、书话书信、日记）的出版再次掀起高潮，共有50余种。特别需要一提的是，周作人文学研究者钟叔河先生历时十载辛勤编辑考订，于2009年4月由广西师范大学出版社隆重推出《周作人散文全集》。此书除收录周作人自编文集已收者外，还增收了篇数超过前者两倍的集外文，此书共计14卷，外加索引1卷，正文约620万字。该书对于读者全面把握周作人的文学思想，了解周作人的精神面貌，提供了难得的第一手资料，受到周作人文学爱好者、研究者的好评。2012年3月周作人文学研究者止庵经过15年苦心经营，全面收集周作人的译文手稿，由上海人民出版社出版《周作人译文全集》11卷，全书将近500万字。这两套书基本上向读者展示了周作人在文学创作和翻译上的实绩，读后不由令读者油然产生敬意。以上举措对周作人的传播接受意义重大。

一般来说，报纸杂志与书籍相比，出版周期短，时效性强。不过由于

---

① 陈平原.文学史家的报刊研究·大众传媒与现代文学.新世界出版社，2003：564.

各个报刊的定位、思想倾向、艺术趣味不同,对它的投稿者和作者有很大的制约作用。鉴于此,1906 年周作人与鲁迅曾经准备筹办自己的杂志《新生》,后来由于投资者走人而夭折。周作人为《新生》准备的稿件发表在《天仪报》和《河南》上①。1913 年春,周作人被选为绍兴县教育会会长。周作人利用县署每月拨付的五十元津贴创办《绍兴教育会月刊》,周作人集采编写于一身。在月刊登载的大多是有关儿童教育的理论,后来发展到刊载对俄国、东欧、古希腊文学的介绍,周作人对这些知识的积累融化,为他后来参加"五四"文化运动做了积极的铺垫。《绍兴教育会月刊》所覆盖的范围虽然不是很大,周作人四年左右的辛勤耕耘,却获益匪浅。知识学问的积累之外,更使他认识到掌握现代传媒文化话语权的重要性。

1917 年春天,周作人到北京大学任教。从此周作人的创作和翻译出现在《新青年》和《每周评论》上。比如《人的文学》载 1918 年 12 月 15 日《新青年》,正面提出构建"人的文学"的主张;随后又于 1919 年 1 月 19 日在《每周评论》上发表《平民的文学》、1919 年 3 月 2 日在《每周评论》发表《思想革命》等奠定周作人"五四"文学运动时期一定声誉的文章。由于周作人在日本时期在《天仪报》《河南》以及在《绍兴教育月刊》时期的历练积累,周作人五四时期的文章显得视野开阔,思路清晰,文笔老成。此时周作人文章的指向已经不只是"破坏",同时也着眼于"建构"了,比如 1919 年到 1920 年期间他对"新村"精神的倡导、1922 年 1 月对"自己的园地"的开垦。

"五四"文学运动热潮退去后,《新青年》向左转,《每周评论》因经济原因停刊。从 1920 年 6 月以后,《晨报副刊》成为周作人文学发表的主要阵地。这种情况持续到 1924 年 10 月。"五四"文学高潮过后,各种封建思想沉渣泛起。周作人运用自己掌握的种种现代思想武器奋起反击,一些杂志就不免担心,这些文章会不会得罪社会、得罪个人,是否影响到自身的正常运作。1924 年年底,周作人与朋友们自办《语丝》杂志。这是

---

① 周作人.论俄国革命和虚无主义之别.天仪报,1907.11(11、12)合刊;论文章之意义暨其使命因及中国近时论文之失.河南,1908-5-6(5、6);哀弦篇.河南,1908(9).

一份同人杂志，周作人认为，自《新青年》南移、《每周评论》停刊后，对封建保守顽固势力采取攻势的刊物已经不复存在。《语丝》自然就肩负起清算旧思想、批判旧道德的使命。①

1924年11月，《语丝》创刊，周作人撰写的发刊词里，有如下表述："我们并没有什么主义要宣传，对于政治经济问题也没有什么兴趣，我们所想做的只是想冲破一点中国的生活和思想界的浑浊停滞的空气。我们个人的思想尽自不同，但对于一切专断与卑劣之反抗则没有差异。我们这个周刊的主张是提倡自由思想，独立判断，和美的生活。我们的力量弱小，或者不能有什么着实的表现，但我们总是向着这一方面努力。"②1926年，在回顾《语丝》诞生一年来的成长道路时，周作人毫不掩饰自己的自豪之情："这里面是无所不谈，也谈政治，也谈学问，也谈道德，自国家大事以自乡曲淫词，都予以同样的注意，这是说在我们想到要说的时候。我们的意见是反道学家的，但我们的滑稽荒诞里有道学家所没有的端庄；我们的态度是非学者非绅士的，但我们的嬉笑怒骂有那些学者绅士们所没有的诚实。"③尤其是在"女师大"和"三一八"惨案中，周作人在《语丝》《京报副刊》上的系列文章伸张社会正义，抨击阴暗邪恶，加上周作人那些清新淡雅的小品文字，一个坚定的反封建战士形象，一个"人的文学"的倡导者、推动者、践行者形象渐渐清晰并定格在广大读者心中。1927年10月27日张作霖下令禁止《语丝》在北京出版发行。《语丝》此后被迫随同北新书局移往上海出版发行，直到1930年3月10日《语丝》出满五卷后自动停刊。

《语丝》在北京被禁后，周作人在1928年—1931年的文章创作、发表量大大减少，一方面是由于政府的高压政策所致；另一方面与发表园地的缺失也不无关系。

---

① 周作人.致胡适·知堂书信.华夏出版社，1995：127-128.
② 周作人.《语丝》发刊词·周作人散文全集（第3卷）.广西师范大学出版社，2009：510.
③ 周作人.北京的一种古怪周刊《语丝》的广告·周作人散文全集（第4卷）.广西师范大学出版社，2009：481.

1930年,周作人自称"知堂老人",其文学思想及其艺术表现进入炉火纯青阶段,被视为"思想界权威""青年指导者"是再自然不过的事情。1932年下半年,随着林语堂《论语》《人间世》《大公报·文艺副刊》相继创办约稿。周作人的散文创作出现又一个高峰。具有周作人平淡闲适的艺术趣味的文学期刊越来越多,如《文饭小品》《水星》《宇宙风》等陆续出现,他的稿件出现供不应求的局面。

总之,与周作人有关联的现代传媒,如《河南》《绍兴教育会月刊》、北京《晨报》副刊、《语丝》、天津《大公报·文艺》等等都是秉持自由主义立场的报刊。而且由于现代报刊版面和读者阅读期待的限制,从而促成现代小品文的繁荣,以及以沈从文、废名为代表的散文化、抒情化的京派小说的崛起。

周作人与现代传媒是一种共生共荣、互相促进、共同发展的关系。周作人的文学思想、艺术形式,在现代传媒的环境中逐渐形成,而周作人的文学思想、艺术手法、语言形式在现代传媒这个平台上得到更广泛、更有效的传播,从而实现互利共赢。周作人生活时代的主流现代传媒——报刊,本来就是现代物质文明和精神文明相结合的产物,因为从我国真正意义上的第一张现代报纸、1872年在上海诞生的《申报》到中华人民共和国成立,报纸大都是私立的股份制企业,它是资本运作的产物,是现代生产关系的体现。它既是现代文学得以大规模快速传播的平台,又对现代文学的塑形居功至伟。因为不论现代文学的思想、体裁,还是语言上的形塑,里面虽然有周作人及其后继者艰苦不懈地主观努力。同时,现代报刊这种传媒的特质对现代文学所产生的规约在现代文学的形塑过程中也是如影随形的。

五、传播接受如何参与周作人在文学史中地位的形成

周作人在中国现代文学史上的地位既是他自己主观努力的结果,同时,也与读者的传播接受有很大关系。从某种程度上来说,是读者的传播接受奠定了周作人在现代文学史上的地位。可以说,没有读者的传播接

受，周作人在中国现代文学史上的影响和地位就无从谈起。在周作人传播接受的过程中，媒介是影响传播接受十分重要的一环。一般把媒介分为个人媒介、团体与环境媒介以及文字材料媒介三个类型。①

在周作人影响的传递过程中，与团体与环境媒介、文字材料媒介相比，个人媒介是一种积极能动的媒介，在传播接受中起着重要的作用。周作人传播接受的个人媒介代表人物有废名、沈从文、孙伏园、李小峰、鲁迅、苏雪林、司马长风、木山英雄、张中行、钱理群、孙郁、赵京华、黄开发等人。在这些个人媒介中，有些是文学家（兼评论家），如鲁迅等人；有的是报刊编辑，如孙伏园、李小峰、张中行等；有的是学者教授，如苏雪林、司马长风、木山英雄、钱理群、赵京华、黄开发等；有的则是集文学家、学者、大学教授，媒体编辑于一身的，如沈从文。

在中国现代文坛有"副刊大王"之称的孙伏园，早年在家乡读书，1918年经周作人介绍到北京大学旁听。第二年转为正式生。北大期间加入文学团体新潮社，1919年出任《国民公报》副刊编辑，后转入《晨报》当记者。1920年，与周作人等人共同发起成立文学研究会。1921年孙伏园北大毕业后，正式进入《晨报》副刊做编辑。自1921年4月起到1924年10月，周作人《自己的园地》《雨天的书》的大部分和《泽泻集》中的一部分作品都是先行在《晨报》副刊由孙伏园编辑刊发的。其中《自己的园地》是由北京晨报社1923年出版的。总之，孙伏园对传播周作人20年代前期作品有较大的贡献。

李小峰是北新书局的负责人。周作人与鲁迅都与北新书局有着密切的合作关系，但与鲁迅与北新书局的曲折遭遇不同，周作人与北新书局一直保持着友好的交情。以致我们现在很难找到周作人对北新书局的怨愤情绪的流露，而李小峰也一直对周作人保持尊敬之意。周作人的许多著译都是由北新书局出版的，具体情况如下：

1.《自己的园地》，北京晨报社1923年9月第1版，后由北新书局出

---

① 陈淳、刘象愚.比较文学概论.北京师范大学出版社，2010：190.

版，署周作人著，到1935年共发行17版，这是周作人著作中最畅销的一部。

2.《雨天的书》，新潮社1925年第1版，署周作人著，后由北新书局出版，到1933年发行7版，1948年再版。

3.《泽泻集》，北京北新书局1927年第一版，署周作人著。

4.《谈虎集》，上海北新书局1928年2月第一版，署周作人著，到1936年发行5版。

5.《永日集》，上海北新书局1929年5月第一版，署周作人著。

6.《过去的生命》，上海北新书局1929年11月第1版，署周作人著。

7.《夜读抄》，上海北新书局1934年9月第1版，署周作人著。

8.《苦茶随笔》，上海北新书局1935年10月第1版，署周作人著。

9.《风雨谈》，上海北新书局1936年第1版，署周作人著。

10.《秉烛谈》，上海北新书局1940年2月第1版，署周作人著。

11.《骆驼》（希腊诗歌小品集），北大新潮社1925年9月第1版，署周作人译。后由北新书局出版。

12.《狂言十番》（日本狂言），北京北新书局1926年9月第1版，署周作人译。

13.《炭画》（小说，波兰显克微支原著）北京北新书局1926年第2版，署周作人译。

14.《冥土旅行》（希腊、法国等国散文集），北京北新书局1927年2月第1版，署周作人译。

15.《玛加尔的梦》（俄国科罗连科小说），北京北新书局1929年3月第1版，署周作人译。

16.《苦茶庵笑话选》，上海北新书局1933年10月第1版，署周作人编。

李小峰领导的北新书局创设之初专注于新文学书籍的出版，从以上所列北新书局出版的周作人的书目看，20年代和30年代，李小峰领导的北新书局对周作人的传播接受立下汗马功劳。

个人媒介中，废名、沈从文还曾经是大学教授。他们积极利用这种传播平台，讲授传播周作人作品。如废名在抗战前在北京大学开设的"现代文艺"的讲义中，列周作人专节"《小河》及其他"。沈从文1940年9月16日在《国文月刊》上发表的《从周作人鲁迅学习抒情》，更是沈从文在西南联合大学师范学院"各体文习作"课程的讲义。沈启无虽然在对周作人接受的层次上不是很高，但他对周作人传播接受方面的贡献却是不可忽视的。1932年北京人文书店出版沈启无编写的晚明小品集《近代散文抄》和1942年11月由新民印书馆出版的《大学国文》教材。沈启无编写的这两本作品集都体现了周作人言志文学的理念，其中，《大学国文》中还选编周作人散文15篇，这是他配合自己讲授的"大学国文"教学课程编写的作品集。通过大中学校讲台传播接受周作人，既有平行的传播接受，也有代际之间的传播接受，这是周作人传播接受的一个重要平台。

1935年—1936年良友出版公司老板赵家璧策划的第一个十年中国新文学大系在中国新文学史上，应该是一个重大学术活动。在郁达夫主编的散文二集中，周作人的散文占总数的四成左右，这也对传播周作人文学产生了不小的影响。

第类媒介，是由文学团体和文学沙龙组成。

文学团体要提及的主要有1921年1月成立的文学研究会和1924年11月成立的语丝社。这两个文学社团的发刊词都是由周作人撰写。文学研究会发刊词提出的"研究世界文学，整理中国旧文学，创造新文学"的主旨，在周作人一生的文学理念和文学创作中一直得以贯彻。周作人在其中是起到主要的作用的。特别是语丝社，周作人是"语丝"里实际上的核心人物，据初步统计，从1924年11月17日语丝社成立周作人在《语丝》第1期发表《生活之艺术》到1928年11月26日在《语丝》发表《欧洲整顿风化》《神州天子国》为止的大约四年时间里，周作人共在《语丝》周刊上发表杂感、小品、翻译等文章383篇左右。周作人在《语丝》周刊上发表的杂感类文章，显示了周作人与封建思想道德勇敢战斗的一面。提起周作人，一般读者的印象是其文风平实质朴，但《语丝》里面的一些文章却表现了周作人的"流氓气"，表现了他文风中刚健的一面。可以说，没有周作人的存在，《语丝》恐怕就是另外一种面貌。总之，语丝社及《语丝》周刊对周作人的传播接受以及周作人在现代中国文学史上的地位产生不可替代的作用。文学"沙龙"在这里主要指沈从文主编《大公报·文艺副刊》定期举办的餐饮会以及在朱光潜家里举办的"诗歌朗诵会"。这两个文学爱好者的聚会处，常常出现周作人的身影。周作人作为北方文坛"盟主"（沈从文语），作为京派文人的意见领袖，他在北方文坛当时的地位及其以后中国文学史上的定位在这里得到初步的确立。

至于第三类媒介，也就是文字材料媒介，在当时的条件下主要指报纸副刊、图书的出版，前面已有叙述，在此不赘。

上述几种类型媒介的传播接受所形成的聚集效应，奠定了周作人在中国现代文学史上牢不可破的地位。

结 语

通过对"五四"以来周作人散文的传播接受进行梳理探析。我们大致可以得出以下结论：

一、"五四"以来，周作人传播接受的过程是复杂的曲折的。这里既是由整个20世纪中国现实社会的剧烈震荡造成的，也有周作人自身的因素在起作用。周作人真正进入文坛的视野，引起国人的关注是在"五四"时期，他携带《人的文学》《思想革命》《平民的文学》的光环闪亮登场。20世纪30年代，曾经形成周作人传播接受的第一个热潮。《周作人论》的出版、周作人五十自寿诗事件的轰动以及在小说创作上沈从文、废名的崛起是其表现。1941年，周作人附逆到新中国成立，周作人文学的传播接受开始走下坡路。新中国成立到"文化大革命"，周作人文学的传播接受被封杀。新时期以来，迎着改革开放的春风，周作人文学的传播接受开始启动，并缓慢前行。随着中国内地思想解放的深入，80年代中期以后，周作人的传播接受逐渐进入快车道。

二、在周作人传播接受的读者中，既有处于平行状态的鲁迅、胡适等兄长朋友辈对周作人的传播接受，也有处于垂直状态的晚辈废名、沈从文、苏雪林、司马长风和张中行等对周作人的传播接受。前一种情况是一种互动互补的形态。因此，在梳理研究鲁迅、胡适对周作人的传播接受时，需要用比较的、发展的方式进行，虽然他们的传播接受是相互的、动态的，但在最后，周作人在文学上的成就都得到了胡适、鲁迅的充分肯定。后一种情况主要表现为传播接受的姿态。本选题在行文过程中，充分认识并照顾到这一情形。由于每位读者与周作人在交往程度、性格、气质、素养、地域以及年龄阶段的差异，每位读者对周作人文学的传播接受表现出相应的不同。比如胡适对周作人文学传播接受主要表现在文学语言的形塑方面和思想的具体走向上，鲁迅由于曾经与周作人联系紧密，他对周作人的传播接受就表现为全方位的特点。沈从文、废名作为后辈，他们对周作人文学的喜爱仰慕之情溢于言表，其传播接受主要表现在小说创作、文学评论和散文创作中。苏雪林则是周作人传播接受读者中的先行者。司马长风则在文学理论方面为周作人文学的传播接受添砖加瓦。他们在周作人的传播接受中，既有继承又有发展。上述不同类型的读者对周作人的传播接受共同铸就周作人在中国现代文学史上的地位。

三、从读者的构成来看，中国改革开放以前周作人传播接受的读者大都是一些职业较为稳定的自由主义知识分子，读者往往是通过接受周作人的文学思想并进而传播接受他的文学作品。周作人的文学思想是个人主义的人间本位主义。由于20世纪中国的特殊国情，提倡个人主义是需要一定的经济基础和文化素养的，鲁迅、胡适、沈从文、废名、苏雪林、司马长风，木山英雄和张中行等都是一些职业较为稳定、具有深厚学养的现代知识分子。进入改革开放的新时期，周作人文学的传播接受迎来又一次热潮，主要原因是在市场经济的大潮中，国人的思维渐趋开放，文化素质整体提高，人们的生活水平大大改善。周作人提倡的个人主义的物质基础与文化素质都已经达到相当水平。

四、从传播接受的方法来看，首先，读者们运用的是唯物辩证的方法，读者们并未因为周作人曾经做过伪职，就弃之如敝屣，而是就事论事，功过分明。其次，运用比较法，周作人文学提倡的个人主义是与封建主义思想道德格格不入的，因此周作人文学的传播接受者都是坚定地反封建主义者，都是思想资源的多元论者。也就是说，为了提高发展个人的综合素质，造福于现代社会，人类的一切思想文化遗产都应该拿来为我所用。

五、周作人传播接受的内容。周作人的传播接受，表面上主要是对其散文及其抒情小品文的接受，实际上，在具体的传播接受中，还涉及了周作人的文学思想，他文学中的思想启蒙性，他对真善美的追求，以及他一生坚守的批评与自我批评的批判精神的传播接受。

研究周作人的传播接受，是一种新的尝试，也是一种不小的挑战。它需要论者拥有较为开放的思维、宏大的视野、渊博的学识；它需要在阅览周作人一生所有文本、重点读者的所有文本以及熟悉已有的对周作人文学传播接受的基础上精心设计，逐步完成。本人不揣浅陋，贸然涉入，回头看来，已经达到的成绩与预期仍有一定的距离，尚需继续努力。周作人的传播接受仍然是现在进行时，那么对周作人的传播接受也将是动态的，无止境的。

参考文献

主要参考书目

1. 张首映著.西方二十世纪文论史.北京大学出版社，1999.

2. 朱立元主编.当代西方文艺文论.华东师范大学出版社，1997.

3. 盛宁编.20世纪美国文论.北京大学出版社，1994.

4. 盛宁著.人文困惑与反思.三联书店，1997.

5. 王岳川著.后现代文化研究.北京大学出版社，1992.

6. 徐友渔著.精神生成语言.四川人民出版社，1997.

7. 刘小枫著.个人信仰与文化理论.中央编译出版社，1997.

8. 吴福辉著.中国现代文学编年史——以文学广告为中心（1928—1937）.北京大学出版社，2013.

9. 吴福辉著.都市漩涡中的海派小说.湖南教育出版社，1995.

10. 高玉著.现代汉语与中国现代文学.中国社会科学出版社，2003.

11. 张铁荣著.周作人评议（增订本）.上海远东出版社，2010.

12. 舒芜.周作人的功过是非.人民文学出版社，1993.

13. 刘东方著.五四时期胡适的问题理论.齐鲁书社，2007.

14. 陈树平著.北新书局与中国现代文学.上海三联书店，2008.

15. 陈平原著.中国小说叙事模式的转变.上海人民出版社，1988.

16. 陈平原著.中国现代学术之建立.北京大学出版社，1998.
17. 陈平原著.中国现代小说的起点.北京大学出版社，2010.
18. 郭延礼著.中国近代翻译文学概论.湖北教育出版社，1998.
19. 阿英著.晚清小说史.东方出版社，1996.
20. 钱理群著.周作人传.北京十月文艺出版社，2001.
21. 钱理群著.周作人研究21讲.中华书局，2004.
22. 钱理群著.话说周氏兄弟.山东画报出版社，1999.
23. 孙郁著.周作人左右.贵州人民出版社，2009.
24. 孙郁著.张中行别传.人民文学出版社，2009.
25. 孙郁、黄乔生主编.回望周作人：知堂先生.河南大学出版社，2004.
26. 孙郁、黄乔生主编.回望周作人：周氏兄弟.河南大学出版社，2004.
27. 孙郁、黄乔生主编.回望周作人：国难声中.河南大学出版社，2004.
28. 孙郁、黄乔生主编.回望周作人：致周作人.河南大学出版社，2004.
29. 孙郁、黄乔生主编.回望周作人：知堂先生.河南大学出版社，2004.
30. 孙郁、黄乔生主编.回望周作人：其文其书.河南大学出版社，2004.
31. 孙郁、黄乔生主编.回望周作人：是非之间.河南大学出版社，2004.
32. 孙郁、黄乔生主编.回望周作人：研究述评.河南大学出版社，2004.
33. 孙郁、黄乔生主编.回望周作人：资料索引.河南大学出版社，2004.
34. 龙协涛著.文学阅读学.北京大学出版社，2004.
35. 木山英雄著、赵京华译.文学复古与文学革命.北京大学出版社，2004.
36. 王一川著.中国现代学导论.北京大学出版社，2009.
37. 胡辉杰著.周作人中庸思想研究.湖南大学出版社，2010.
38. 徐舒虹著.五四时期周作人的文学理论.学林出版社，1999.
39. 王向远著.中日现代文学比较论.宁夏人民出版社，2007.
40. 陈子善编.闲话周作人.浙江文艺出版社，1996.
41. 倪墨炎著.苦雨斋主人周作人.上海人民出版社，2003.
42. 程光炜编.周作人评说八十年.中国华侨出版社，2005.
43. 关锋著.周作人的文学世界.社会科学文献出版社，2011.
44. 刘全福著.翻译家周作人论.上海外语教育出版社，2007.

45. 鲍耀明编.周作人与鲍耀明通信集.河南大学出版社，2004.

46. 罗晓静著.寻找"个人".中国社会科学出版社，2007.

47. 段国超著.鲁迅家世.教育科学出版社，1998.

48. 尹康庄著.20世纪中国文学主流话语研究.中国社会科学出版社，2006.

49. 宗白华著.美议.北京大学出版社，2010.

50. 朱光潜著.诗论.安徽教育出版社，2006.

51. 吴廷嘉、沈大德著.梁启超评传.百花洲文艺出版社，1996.

52. 李敖著、李东木译.胡适研究.中国友谊出版社，2006.

53. 〔日〕伊藤虎丸著.鲁迅与日本人.河北教育出版社，2002.

54. 赵学勇著.沈从文与东西方文化.兰州大学出版社，2005.

55. 杜素娟著.沈从文与"大公报".山东画报出版社，2006.

56. 杜素娟著.独孤的诗性——沈从文与中国文化.华东师范大学出版社，2009.

57. 陈思和主编.中国现代文论选.上海教育出版社，2010.

58. 辛斌著.批评语言学：理论与应用.上海外语教育出版社，2005.

59. 齐宏伟著.文学．苦难．精神资源.江西人民出版社，2008.

60. 徐复观著.中国文学精神.上海书店出版社，2006.

61. 谢锡文著.边缘视域 人文问思——废名思想论.光明日报出版社，2010.

62. 王络编.沈从文评说八十年.中国华侨出版社，2004.

63. 刘进才著.京派小说诗学研究.河南大学出版社，2005.

64. 凌宇著.沈从文传.北京十月文艺出版社，2003.

65. 王洪岳著.先锋的背影——中国现代主义文论.浙江大学出版社，2011.

66. 沈卫威著.回眸"学衡派".人民文学出版社，1999.

67. 孙尚扬等编.国故新知论.中国广播电视出版社，1995.

68. 宋剑华著.文化视角中的现代文学.南海出版社，1999.

69. 高力克著.历史与价值的张力.贵州人民出版社，1992.

70. 林毓生著.中国传统的创造性转化.三联书店，1988.

71. 杨义著.文化冲突与审美选择.人民文学出版社，1988.

72. 张永著.民俗学与中国现代乡土小说.上海三联书店，2010.

73. 张中行著.负暄琐话.中华书局，2007.

74. 张中行著.禅外说禅.中华书局，2006.

75. 张中行著.顺生论.中华书局，2007.

76. 熊月之著.西学东渐与晚清社会.上海人民出版社，1994.

77. 章太炎著.国学讲演录.华东师范大学出版社，1995.

78. 陈佑松著.主体性与中国文学现代性的缘起.中国社会科学出版社，2010.

79. 刘绪源著.今文渊源.上海文艺出版社，2011.

80. 张传敏著.民国时期的大学新文学课程研究.人民出版社，2010.

81. 吴秀生著.社会转型的文化约束.山西教育出版社，1999.

82. 童庆炳主编.文化评论——中国当代文化战略.中华工商联合出版社，1995.

83. 李良正主编.传播学原理.中国传媒大学出版社，2007.

84. 张邦卫著.媒介诗学——传播视野下的文学和文学理论.社会科学文献出版社，2006.

85. 邵培仁等著.媒介生态学.中国传媒大学出版社，2008.

86. 王国维著.王国维文集（1—4卷）.中国文史出版社，1997.

87. 毛泽东著.毛泽东文集（1—8卷）.人民出版社，1999.

88. 胡适著.胡适文集（1—12卷）.北京大学出版社，1998.

89. 蔡元培著.蔡元培全集（1—18卷）.浙江教育出版社，1997.

90. 胡适著.胡适留学日记.海南国际新闻出版中心，1994.

91. 钟叔河编订.周作人散文全集（1—14卷）.广西师范大学出版社，2009.

92. 杨扬编.周作人批评文集.珠海出版社，1998.

93. 张兆和等编.沈从文全集（1—27卷）.北岳文艺出版社，2009.

94. 《鲁迅全集》编委会.鲁迅全集（1—20卷）.光明日报出版社，2012.

95. 王风编.废名集（1—6卷）.北京大学出版社，2009.

96. 宗白华著.宗白华全集（1—4卷）.安徽教育出版社，1994.

97. 蔡元培等著.中国新文学大系一集导言集.良友复兴图书公司，1940.

主要参阅期刊

1. 《新青年》《晨报副刊》《京报副刊》中有关各期。
2. 《语丝》周刊第 1—26 期。
3. 《莽原》《现代评论》《新月》《大公报·文艺副刊》《现代》《文学杂志》中有关各期。
4. 《骆驼草》周刊第 1—26 期。
5. 《人间世》《宇宙风》《论语》中有关各期。
6. 《世界日报》副刊《明珠》第 1—92 期。

主要参考论文

1. 〔德国〕顾彬.从语言角度看中国当代文学.南京大学学报,2009（2）.
2. 陈思和.关于周作人的传记.中国现代文学研究丛刊,1991（3）.

附：周作人著译篇目系年间表

1904年，《侠女奴》(《天方夜谭》故事）连载于1904年《女子世界》第8、9、11、12期，署名萍云女士。1905年6月由小说林社印为单行本。

1905年作小说《女猎人》，署名会稽萍云女士，载同年《女子世界》第1号。

《女娲传》载1905年《女子世界》第4、5号合刊第28页，署名病云。

1906年6月10日在《民报》载翻译的俄国作家斯谛波俄克作的小说《一文钱》署名三叶译，收录《域外小说集》第集。

1907年一年中，在《天义报》上发表不少文章。如绝诗三首，载1907年7月25日《天义报》、第4期，"妇女选举权问题"在1907年7月25日《天义报》第4期。"妇女选举问题"载同年9月15日《天义报》第7期。"中国人之爱国"载1907年11月30日《天义报》第8、9期合刊。"论俄国革命与虚无主义之别"载1907年11月30日《天义报》第11、12期合刊。1908年，在《河南》杂志上发表文章大约4篇："论文章之意义暨其使命因及中国近时论文之失"载1908年5月6日《河南》第4、5期，署名独应。"西伯利亚纪行"俄国克鲁泡特金作，载1908年10月10日《民报》第24号，署名仲密著。《庄中》(小说，俄国契诃夫作)，载1908年12月5号《河南》第8期，署名独应译。《寂寞》(小说，美国爱伦坡作)，载1908

年12月5日《河南》第8期,署名独应译。《哀弦篇》,载1908年12月20日《河南》第9期,署名独应。

1910年,本年发表不少文章,大多发表在《绍兴公报》上,署名顽石、起孟。1911年1月、11月有两篇也发在《绍兴公报》上。

1912年,周作人的文章主要发表在《越铎日报》《越社丛刊》《天觉报》。

1903年起,周作人的文章,大多发表在《绍兴教育月刊》。

1914年,还有部分文章发在《中华小说界》《笑报》。周作人与《绍兴教育月刊》的关系一直维持到1916年底;与《笑报》的关系维持到1917年春天。

1918年2月15日,周作人开始在《新青年》第4卷第2号上发表《古诗今译》(古希腊作品)。

从1918年起,周作人参与到新文化、新文学运动中去。1918年,大部分作品发表在《新青年》上。自1918年12月开始,周作人的作品开始在《每周评论》上发表。一部分在《新青年》上发表。在《每周评论》署名仲密,在《新青年》上署名周作人。

从1919年12月起,开始在《少年中国》上发表文章。

1920年2到3月,周作人在《新生活》上发表几篇作品。

1920年1月24号,周作人开始在《晨报》上发表文章。1920年6月后,在《晨报副刊》上发表的文章渐渐多起来。

1920年底开始,在《新潮》上发表文章。

1920年12月开始,在《小说月报》上发表文章。1921年,周作人在《晨报副刊》发表文章最多,其次是《新青年》,然后是《小说月报》。

1922年,周作人大部分文章发表在《晨报副刊》,署名有槐寿、子严等。孙福源、孙福熙兄弟。

1923年1月1日在《妇女杂志》发表"妇女运动与常识"一文。1923年3月22日在杭州的《之江日报》发表《地方与文艺》。

1923年在《晨报副刊》上发文章最多,在《北京周报》《小说月报》《时事新报·学灯》也有一篇文章发表。

《北京的茶食》《故乡的野菜》分别刊登于1924年3月18日(本年2月

作)《晨报副刊》；1924年4月5日（本年2月作)《晨报副刊》。

至1924年11月5日，周作人还在《晨报副刊》发表文章。1924年11月17日《语丝》周刊创刊，周作人开始把主要精力投入《语丝》。1927年10月，《语丝》迁往上海由鲁迅编辑。鲁迅编辑一年后，推荐柔石编辑，亦未能力挽狂澜。1930年3月10日《语丝》出满五卷后自动停刊。

1924年12月5日，周作人开始在《京报副刊》发表文章:《什么字》。此后，直至1926年4月7日，除《语丝》外，在《京报副刊》上发表文章较多。

1926年7月26日在《骆驼》上发表翻译文章。1926年4月28日，在《世界日报》副刊上发表文章《六月十八日》署名启明。本年7月28日在《世界日报》副刊发表文章《诉苦》。1626年10月13、14、15日在《世界日报副刊》发表"维持风教的请愿"（德国人霭惠而斯作)。1926年11月14日，在《世界日报副刊》发表"文明国的文字狱"。

1927年1月—10月，周作人一直在《语丝》发稿，1927年10月，《语丝》被迫停刊，迁往上海，由鲁迅主编。周作人便在《世界周报》《文学周报》和《北新》发稿。1927年12月15日、30日继续在《语丝》发稿。

1928年，周作人发表文章的刊物有:《北新》《语丝》《新女性》《世界日报》(7月15号作，7月16日发表)；《未名》(1928年9月2日作，10月1日发表于《未名》。)《开明》(9月14日作，11月10日发表)。1928年12月8日，还在《新中华报》发文"论可谈的"。

1929年整个一年正如他自己所说，发文不多。使用的媒体有:《新中华报》《语丝》《未名》《华北日报》《北新》《学生杂志》《益世报》《世界日报》。

1930年，发表文章也并不很多。发表的刊物有:《开明》《益世报》《未名》《新晨报》《骆驼草》(1930年5月12日，一直到1930年11月3日为止，在《骆驼草》发文多篇)、《青年界》。

1931年周作人文章发表刊物有:1931年10月10日《学生杂志》第18卷10号（"现代青年的失业问题与出路问题"）、《东方杂志》《新月》（"志摩纪念"1931年12月13日作，载《新月》第四卷第一期)、《明报月刊》(1931年12月15日作，载1975年香港《明报月刊》第11期，"致青木正儿")。

1932年发表的文章同样不是很多:《现代》《新月》。

1933年作的几篇文章,发表在1934年林语堂的《人间世》上。《青年界》。由于1933年秋,沈从文任《大公报副刊》主编,周作人1933年9月23日起,开始在《大公报》文艺副刊发表文章;1933年11月1日第4卷第一期《现代》("性的知识")。

1934年,《大公报》《现代》《文史》《人间世》《青年界》《华北日报》《论语》《读卖新闻》《女子月刊》《社会月报》《水星》《独立评论》《文饭小品》(创刊号)。

1935年周作人在下列媒体发表过文章:《日文》("关于日本文"1935年1月1日作,当月《日文》第2卷第1期)、《妇女旬刊》《华北日报》《人间世》《大公报》《益世报》《实报》《独立评论》《文饭小品》《国闻周报》《宇宙风》《晨报》《越风》。

1936年相关媒体:《宇宙风》《自由评论》《北平晨报》《青年界》《国闻周报》《益世报》《古今》《逸经》《越风》《实报》《论语》《西北风》《谈风》《世界日报·明珠》《歌谣》。

1937年相关媒体:《宇宙风》《自由评论》《北平晨报》《青年界》《国闻周报》《中国文艺》《文史》《独立评论》《朔风》《逸经》《越风》《实报》《论语》《谈风》。

1938年相关媒体:《传记文学》《晨报·副刊》《戏言》创刊号、《宇宙风》;一直到1938年7月26日,周作人在《晨报·副刊》上发表不少文章。

1939年周作人在《实报》上发表不少文章,署名药堂;《中国文艺》《华光》。

1940年相关媒体:《庸报》《实报》《中国文艺》《中和月刊》《晨报·文艺》。

1941年相关媒体:《晨报·文艺》《新中国报·学艺》、日本东京《日日新闻》《斯文》《实报》《大陆》《教育时报》《改造》《大陆》《图书》《文艺》。

1942年相关媒体:《教育时报》《古今》《文史》《中和月刊》《中国文艺》《中国公论》。

1943年相关媒体:《文史》《古今》《华北作家月报》《艺文杂志》《同声月刊》《天地》。

1944年相关媒体:《中国文学》创刊号、《求是月刊》《实报·文学旬刊》

《古今》《杂志》《中华日报》《艺文杂志》《华北新报》《风雨谈》《天地》《文史》《新民声》《读书》。

1945年相关媒体：《新民声》《艺文杂志》《求是月刊》《天地》。

1947年相关媒体：《亦报》《大成》。

1948年相关媒体：《子曰丛刊》。

1949年相关媒体：《自由论坛晚报》《新文学史料》《亦报》。本年在《亦报》发文不少。

1950年在《亦报》发表文章有100篇以上。

1951年、1952年，周作人在《亦报》发表文章同样不少，分别收入《鲁迅的故家》《鲁迅小说里的人物》。

1956年相关媒体：《旅行家》《中国青年报》5篇、《新华日报》1篇、《读书月报》1篇、《文汇报》6篇、《陕西日报》2篇、《工人日报》1篇、《民间文学》1篇、《新港》1篇、《文艺学习》1篇、《热风》2篇、《人民日报》1篇。

1957年在《工人日报》发文1篇、《文汇报》5篇、《北京日报》2篇、《读书月报》1篇、《人民文学》3篇、《人民日报》3篇、《新民报晚刊》30篇、《羊城晚报》2篇、《乡土杂志》1篇。

1958年相关媒体：《新民报晚刊》12篇、《羊城晚报》10篇、《新民晚报》14篇、《人民文学》2篇、香港《乡土》杂志1篇、香港《文艺世纪》1篇。

1959年相关媒体：《星岛晚报》1篇、《羊城晚报》2篇。

后　记

　　三年博士研究生的学习生活即将画上句号。回首往事，不禁感慨万千。

　　读书前，曾预料到毕业论文的写作不会是一件轻松惬意的事情。具体操作起来，才知个中滋味一言难尽。在读的同学中，单位同事中，已有资料里，能够直接借鉴、提供借鉴者不是很多。全靠吴福辉老师耐心指导，个人慢慢摸索。有时十天半月不来灵感，有了些想法、小有感触，就赶紧笔录下来，唯恐思维的火花稍纵即逝。鉴于河南大学图书馆、我自己单位图书馆有关图书资料的匮乏残缺，我读书期间购买了《沈从文全集》(28卷)，《废名集》(6卷)，《周作人散文全集》(14卷)，《鲁迅全集》(20卷)。这有诸多好处，一是一些出处弄准确了，再则加深了对鲁迅、沈从文、废名的宏观认识和把握，并有了一些自己的看法。现在，论文虽已初步写成，但我深知，自己对一些章节还不是很满意，一些问题还没有得到完满的解决。因此，自己的博士学习生涯只能说是取得了阶段性成果。毕业不是终点，而是新的起点，前面任重道远。

　　三年的学习生活如果说还有一些可取之处的话，首先要感谢河南大学文学院现当代文学教研室博士生导师组的合力指导。他们没有门户之见，视野开阔、知识广博，价值观多元，分工合作。这对于自己学生的成长产生了不可估量的影响。其中，刘增杰、刘思谦、孙先科、李伟昉、梁工老师给我们这一届学生开过课，他们渊博的学识令我辈受益匪浅。梁工、孙先科老师授课之余，对学生提出的问题都是有问必答，令人眼界大开。尤其是刘增杰老师，虽然是将近八十岁的老人，仍然精神饱满，笔耕不辍。他撰写的《中国现代文学史料学》是他毕生治学水到渠成的硕果，他的拼搏精神给我们后辈的激励是巨大的。

对博士生导师组的关爱和、张云鹏、耿占春、刘进才、刘涛、张先飞、武新军、胡全章等老师为我们这届学生所付出的辛勤劳动表示深深感谢。

三年来，河大文学院侯运华、王宏林、张乐林、段亚广、李国平、郭瑞霞等老师为我的日常学习、平时生活提供了不少帮助，在此一并致谢。

在这里，特别要提到的是我的业师吴福辉先生。吴老师满腹经纶、平易开朗、心地善良。在我眼里，他既有老师的严格，又有慈父的善良。学业上严格要求，生活上细心照顾。据吴老师讲，这次辅导我毕业论文，与以前有所不同，以前是一篇一篇地看。本次则不同，我把总体框架搭好后，请他指导。他每次都给我提出具体修改意见。前后数易其稿，每一稿都有明显的进步，让人感受到学习、写作的乐趣。生活中，吴老师兴趣爱好广泛，谈吐幽默。跟着吴老师，不但能够获得很多专业方面的学问，还可以学到不少专业外的有用知识。总之，我对吴老师的敬佩感激之情是用文字无以言表的。

读书期间，本届、上下届的同窗好友张东旭、刘鹏、赵娜、吴丹、曹冀、牛志勇、尹诗、杨磊、陈学芬、鹿义霞等等，或在一起探讨人生、切磋学问、答问释疑；或在生活中互相提供方便，给我留下终生难忘的美好记忆。

此外，河南大学图书馆、河大文学院资料室的老师在图书资料借阅方面表现出的热情周到的服务令人印象深刻，在此诚致谢意。

因缘际会，我的第一学历、第二学历、第三学历均为河南大学。

可以说，河南大学在知识道路上哺育培养了我，河南大学就是我的精神故乡。

最后，令我不能忘怀的是妻子在我读博前后为我付出的强有力的后勤支援和巨大的精神鼓励，我能够顺利毕业可以说她付出了许多常人难以想象的艰辛。必需提及的还有我自己的工作单位——湖南科技学院中文系的领导，潘燕飞主任、蒋诗堂书记、杨再喜副书记、肖智成副主任，从考试到读书都是一路绿灯，对我们这些在职读书的教职员呵护有加，令我们倍感温暖。

2014 年 5 月河南大学
2021 年元月改于湖南科技学院